75 YEARS
आप हैं हम से

AF541488

आज का हिन्द स्वराज

गाँधी-विमर्श

रज़ा फ़ाउण्डेशन | THE RAZA FOUNDATION

आज का हिन्द स्वराज

संदीप जोशी

राजकमल प्रकाशन

रज़ा पुस्तक माला : **गाँधी-विमर्श**
प्रधान सम्पादक : अशोक वाजपेयी | सम्पादक : पीयूष दईया
राजकमल प्रकाशन प्रा.लि. और रज़ा फ़ाउण्डेशन का सह-प्रकाशन

ISBN : 978-93-90971-72-5

मूल्य : ₹ 695

पहला संस्करण : 2022

प्रकाशक : राजकमल प्रकाशन प्रा. लि.
1-बी, नेताजी सुभाष मार्ग, दरियागंज
नयी दिल्ली-1100 002

शाखाएँ : अशोक राजपथ, साइंस कॉलेज के सामने, पटना-800 006
पहली मंज़िल, दरबारी बिल्डिंग, महात्मा गाँधी मार्ग, प्रयागराज-211 001
36 ए, शेक्सपियर सरणी, कोलकाता-700 017

वेबसाइट : www.rajkamalprakashan.com
ई-मेल : info@rajkamalprakashan.com

मुद्रक : यश प्रिन्टोग्राफिक्स
ग्रेटर नोएडा-201 310 (उत्तर प्रदेश)

AAJ KA HIND SWARAJ
by Sandeep Joshi

महात्मा गाँधी और हिन्दुस्तान
के
सर्वपन्थ सम्भाव के सहृदय समाज को

आमुख

अशोक वाजपेयी

आमुख

कलाओं में भारतीय आधुनिकता के एक मूर्धन्य सैयद हैदर रज़ा एक अथक और अनोखे चित्रकार तो थे ही उनकी अन्य कलाओं में भी गहरी दिलचस्पी थी। विशेषत: कविता और विचार में। वे हिन्दी को अपनी मातृभाषा मानते थे और हालाँकि उनका फ्रेंच और अँग्रेज़ी का ज्ञान और उन पर अधिकार गहरा था, वे फ्रांस में साठ वर्ष बिताने के बाद भी, हिन्दी में रमे रहे। यह आकस्मिक नहीं है कि अपने कला-जीवन के उत्तरार्द्ध में उनके सभी चित्रों के शीर्षक हिन्दी में होते थे। वे संसार के श्रेष्ठ चित्रकारों में, २०-२१वीं सदियों में, शायद अकेले हैं जिन्होंने अपने सौ से अधिक चित्रों में देवनागरी में संस्कृत, हिन्दी और उर्दू कविता में पंक्तियाँ अंकित कीं। बरसों तक मैं जब उनके साथ कुछ समय पेरिस में बिताने जाता था तो उनके इसरार पर अपने साथ नवप्रकाशित हिन्दी कविता की पुस्तकें ले जाता था : उनके पुस्तक-संग्रह में, जो अब दिल्ली स्थित रज़ा अभिलेखागार का एक हिस्सा है, हिन्दी कविता का एक बड़ा संग्रह शामिल था।

रज़ा की एक चिन्ता यह भी थी कि हिन्दी में कई विषयों में अच्छी पुस्तकों की कमी है। विशेषत: कलाओं और विचार आदि को लेकर। वे चाहते थे कि हमें कुछ पहल करनी चाहिए। २०१६ में साढ़े चौरानबे वर्ष की आयु में उनकी मृत्यु के बाद रज़ा फ़ाउण्डेशन ने उनकी इच्छा का

सम्मान करते हुए हिन्दी में कुछ नयी क़िस्म की पुस्तकें प्रकाशित करने की पहल रज़ा पुस्तक माला के रूप में की है, जिनमें कुछ अप्राप्य पूर्व प्रकाशित पुस्तकों का पुनर्प्रकाशन भी शामिल है। उनमें गाँधी, संस्कृति-चिन्तन, संवाद, भारतीय भाषाओं से विशेषत: कला-चिन्तन के हिन्दी अनुवाद, कविता आदि की पुस्तकें शामिल की जा रही हैं।

महात्मा गाँधी को सिरे से ख़ारिज़ करने या उनका अवमूल्यन करने की मुहीम, इन दिनों, सुनियोजित ढंग से चलायी जा रही है। हमारा समय, कम से कम इस समय सत्तारूढ़ शक्तियों के किये-लेखे, गाँधी के अस्वीकार का, गाँधी-विरोध का समय है। यह विरोध या अस्वीकार गाँधी को एक नयी और तीक्ष्ण प्रासंगिकता देता है। उस प्रासंगिकता का ही हिस्सा है प्रश्नवाचकता जबकि प्रश्न पूछना लगभग गुनाह क़रार दिया जा रहा है। गाँधी ने अपने समय में निर्भयता से प्रश्न उठाये और उनके समुचित उत्तर देने की कोशिश की। युवा चिन्तक और कर्मशील संदीप जोशी हमारे समय के कुछ ज़रूरी प्रश्न और उसके बेचैन उत्तर खोजने की 'गुस्ताख़ी' कर रहे हैं। यह गाँधी की दृष्टि का हमारे कठिन समय के लिए पुनराविष्कार है। हमें रज़ा पुस्तकमाला में 'आज का हिन्द स्वराज' प्रस्तुत करते हुए प्रसन्नता है।

अशोक वाजपेयी

नयी दिल्ली

मूल प्रस्तावना

इस विषय पर मैंने जो बीस अध्याय लिखे हैं, उन्हें पाठकों के सामने रखने की मैं हिम्मत करता हूँ।

जब मुझसे रहा नहीं गया तभी मैंने यह लिखा है। बहुत पढ़ा, बहुत सोचा। विलायत में ट्रान्सवाल डेप्युटेशन के साथ मैं चार माह रहा, उस बीच हो सका उतने हिन्दुस्तानियों के साथ मैंने सोच-विचार किया, हो सका उतने अँग्रेज़ों से भी मैं मिला। अपने जो विचार मुझे आख़िरी मालूम हुए, उन्हें पाठकों के सामने रखना मैंने अपना फ़र्ज़ समझा।

'इण्डियन ओपीनियन' के गुजराती ग्राहक आठ सौ के क़रीब हैं। हर ग्राहक के पीछे कम से कम दस आदमी दिलचस्पी से यह अख़बार पढ़ते हैं, ऐसा मैंने महसूस किया है। जो गुजराती नहीं जानते, वे दूसरों से पढ़वाते हैं। इन भाइयों ने हिन्दुस्तान की हालत के बारे में मुझसे बहुत सवाल किये हैं। ऐसे ही सवाल मुझसे विलायत में किये गये थे। इसलिए मुझे लगा कि जो विचार मैंने यों ख़ानगी में बताये, उन्हें सबके सामने रखना ग़लत नहीं होगा।

जो विचार यहाँ रखे गये हैं, वे मेरे हैं और मेरे नहीं भी हैं। वे मेरे हैं, क्योंकि उनके मुताबिक बरतने की मैं उम्मीद रखता हूँ; वे मेरी आत्मा में गढ़े-जुड़े हुए जैसे हैं। वे मेरे नहीं हैं, क्योंकि सिर्फ़ मैंने ही उन्हें सोचा हो सो बात नहीं। कुछ किताबें पढ़ने के बाद वे बने हैं। दिल में भीतर

जो महसूस करता था, उसका इन किताबों ने समर्थन किया।

यह साबित करने की ज़रूरत नहीं कि जो विचार मैं पाठकों के सामने रखता हूँ, वे हिन्दुस्तान में जिन पर (पश्चिमी) सभ्यता की धुन सवार नहीं हुई है, ऐसे बहुतेरे हिन्दुस्तानियों के हैं। लेकिन यही विचार यूरोप के हज़ारों लोगों के हैं, यह मैं अपने पाठकों के मन में अपने सबूतों से ही जँचवाना चाहता हूँ। जिसे इसकी खोज करनी हो, जिसे ऐसी फ़ुरसत हो, वह आदमी वे किताबें देख सकता है। अपनी फ़ुरसत से उन किताबों में से कुछ न कुछ पाठकों के सामने रखने की मेरी उम्मीद है।

'इण्डियन ओपीनियन' के पाठकों या औरों के मन में मेरे लेख पढ़कर जो विचार आयें, उन्हें अगर वे मुझे बतायेंगे तो मैं उनका आभारी रहूँगा।

उद्‌देश्य सिर्फ़ देश की सेवा करने का और सत्य की खोज करने का और उसके मुताबिक बरतने का है। इसलिए अगर मेरे विचार ग़लत साबित हों, तो उन्हें पकड़ रखने का मेरा आग्रह नहीं है। अगर वे सच साबित हों, तो दूसरे लोग भी उनके मुताबिक बरतें, ऐसी देश के भले के लिए साधारण तौर पर मेरी भावना रहेगी।

सुभीते के लिए लेखों को पाठक और सम्पादक के बीच के संवाद का रूप दिया गया है।

मोहनदास करमचन्द गाँधी
किलडोनन कैसल
२२/११/१९०९

'हिन्द स्वराज' के बारे में...

मेरी इस छोटी-सी किताब की ओर विशाल जनसंख्या का ध्यान खिंच रहा है, यह सचमुच ही मेरा सौभाग्य है। यह मूल तो गुजराती में लिखी गयी है। इसका जीवन-क्रम अजीब है। यह पहले-पहल दक्षिण अफ्रीका में छपनेवाले साप्ताहिक 'इण्डियन ओपीनियन' में प्रगट हुई थी। लन्दन से दक्षिण अफ्रीका लौटते हुए सन् १९०९ में जहाज़ पर हिन्दुस्तानियों के हिंसावादी पन्थ को और उसी विचारधारावाले दक्षिण अफ्रीका के एक वर्ग को दिये गये जवाब के रूप में यह लिखी गयी थी। लन्दन में रहनेवाले हरएक नामी अराजकतावादी हिन्दुस्तानी के सम्पर्क में मैं आया था। उनकी शूरवीरता का असर मेरे मन पर पड़ा था, लेकिन मुझे लगा कि उनके जोश ने उलटी राह पकड़ ली है। मुझे लगा कि हिंसा हिन्दुस्तान के दुखों का इलाज नहीं है, और उसकी संस्कृति को देखते हुए उसे आत्मरक्षा के लिए कोई अलग और ऊँचे प्रकार का शस्त्र काम में लाना चाहिए। दक्षिण अफ्रीका का सत्याग्रह उस वक़्त मुश्किल से दो साल का बच्चा था। लेकिन उसका विकास इतना हो चुका था कि उसके बारे में कुछ हद तक आत्म-विश्वास से लिखने की मैंने हिम्मत की थी। मेरी वह लेखमाला पाठक वर्ग को इतनी पसन्द आयी कि वह किताब के रूप में प्रकाशित की गयी। हिन्दुस्तान में उसकी ओर लोगों का कुछ ध्यान गया। बम्बई सरकार ने उसके प्रचार की मनाही कर दी। उसका जवाब मैंने किताब का

अँग्रेज़ी अनुवाद प्रकाशित कर के दिया। मुझे लगा कि अपने अँग्रेज़ मित्रों को इस किताब के विचारों से वाकिफ़ करना उनके प्रति मेरा फ़र्ज़ है।

मेरी राय में यह किताब ऐसी है कि यह बालक के हाथ में भी दी जा सकती है। यह द्वेषधर्म की जगह प्रेमधर्म सिखाती है; हिंसा की जगह आत्म-बलिदान को रखती है; पशुबल से टक्कर लेने के लिए आत्म-बल को खड़ा करती है। इसकी अनेक आवृत्तियाँ हो चुकी हैं; और जिन्हें इसे पढ़ने की परवाह है, उनसे इसे पढ़ने की मैं ज़रूर सिफ़ारिश करूँगा। इसमें से मैंने सिर्फ़ एक ही शब्द—और वह भी एक महिला मित्र की इच्छा को मानकर—रद्द किया है; इसके सिवा और कोई फेरबदल मैंने इसमें नहीं किया है।

इस किताब में 'आधुनिक सभ्यता' की सख़्त टीका की गयी है। यह सन् १९०९ में लिखी गयी थी। इसमें मेरी जो मान्यता प्रगट की गयी है, वह आज पहले से ज़्यादा मज़बूत बनी है। मुझे लगता है कि अगर हिन्दुस्तान 'आधुनिक सभ्यता' का त्याग करेगा, तो उससे उसे लाभ ही होगा।

लेकिन मैं पाठकों को एक चेतावनी देना चाहता हूँ। वे ऐसा न मान लें कि इस किताब में जिस स्वराज्य की तसवीर मैंने खड़ी की है, वैसा स्वराज्य कायम करने के लिए मेरी कोशिशें चल रही हैं। मैं जानता हूँ कि अभी हिन्दुस्तान उसके लिए तैयार नहीं है। ऐसा कहने में शायद ढिठाई का भास हो, लेकिन मुझे तो पक्का विश्वास है कि इसमें जिस स्वराज्य की तसवीर मैंने खींची है, वैसा स्वराज्य पाने की मेरी निजी कोशिश ज़रूर चल रही है। लेकिन इसमें कोई शक नहीं कि आज मेरी सामूहिक प्रवृत्ति का ध्येय तो हिन्दुस्तान की प्रजा की इच्छा के मुताबिक पार्लियामेंटरी ढंग का स्वराज्य पाना है। रेलों या अस्पतालों का नाश करने का ध्येय मेरे मन में नहीं है, अगरचे उनका कुदरती नाश हो तो मैं ज़रूर उसका स्वागत करूँगा। रेल या अस्पताल दोनों

में से एक भी ऊँची और बिलकुल शुद्ध संस्कृति का सूचक (चिह्न) नहीं है। ज़्यादा-से-ज़्यादा इतना ही कह सकते हैं कि यह एक ऐसी बुराई है, जो टाली नहीं जा सकती। दोनों में से एक भी हमारे राष्ट्र की नैतिक ऊँचाई में एक इंच की भी बढ़ती नहीं करती। उसी तरह मैं अदालतों के स्थायी नाश का ध्येय मन में नहीं रखता, हालाँकि ऐसा नतीजा आये तो मुझे अवश्य बहुत अच्छा लगेगा। यन्त्र और मिलों के नाश के लिए तो मैं उससे भी कम कोशिश करता हूँ। उसके लिए लोगों की आज जो तैयारी है, उससे कहीं ज़्यादा सादगी और त्याग की ज़रूरत रहती है।

इस पुस्तक में बताये हुए कार्यक्रम के एक हिस्से का आज अमल हो रहा है; वह है अहिंसा। लेकिन मैं अफ़सोस के साथ कबूल करूँगा कि उसका अमल भी इस पुस्तक में दिखायी हुई भावना से नहीं हो रहा है। अगर हो तो हिन्दुस्तान एक ही रोज़ में स्वराज्य पा जाय। हिन्दुस्तान अगर प्रेम के सिद्धान्त को अपने धर्म के एक सक्रिय अंश के रूप में स्वीकार करे और उसे अपनी राजनीति में शामिल करे, तो स्वराज्य स्वर्ग से हिन्दुस्तान की धरती पर उतरेगा। लेकिन मुझे दुख के साथ इस बात का भान भी है कि ऐसा होना बहुत दूर की बात है।

ये वाक्य मैं इसलिए लिख रहा हूँ कि आज के आन्दोलन को बदनाम करने के लिए इस पुस्तक में से बहुत-सी बातों का हवाला दिया जाता मैंने देखा है। मैंने इस मतलब के लेख भी देखे हैं कि मैं कोई गहरी चाल चल रहा हूँ, आज की उथल-पुथल से लाभ उठाकर अपने अजीब ख़याल भारत के सिर पर लादने की कोशिश कर रहा हूँ और हिन्दुस्तान को नुक़सान पहुँचाकर अपने धार्मिक प्रयोग कर रहा हूँ। इसका मेरे पास यही जवाब है कि सत्याग्रह ऐसी कोई कच्ची खोखली चीज़ नहीं है। उसमें कुछ भी दुराव-छिपाव नहीं है, उसमें कुछ भी गुप्तता नहीं है। 'हिन्द स्वराज' में बताये हुए सम्पूर्ण जीवन सिद्धान्त के एक भाग को आचरण में लाने की कोशिश हो रही है, इसमें कोई शक नहीं। ऐसा नहीं

कि उस समूचे सिद्धान्त का अमल करने में जोखिम है; लेकिन आज देश के सामने जो प्रश्न है, उसके साथ जिन हिस्सों का कोई सम्बन्ध नहीं है, ऐसे हिस्से मेरे लेखों में से देकर लोगों को भड़काने में न्याय हरगिज़ नहीं है।

जनवरी, १९२१

मोहनदास करमचन्द गाँधी
(यंग इण्डिया के गुजराती अनुवाद से)

गुस्ताख़ी

क्या कोई किताब जीवन से बड़ी हो सकती है? ठीक से कह पाना मुश्किल है। शायद 'हाँ', और 'नहीं' भी। लेकिन कोई किताब किसी के भी जीवन का आधार तो बन ही सकती है। किताबों के कारण विचारों में प्रगति भी हो सकती है। पुराने विचार सिर्फ़ दकियानूस ही हों, यह भी ज़रूरी नहीं है। गारंटी इसकी भी नहीं है कि नये विचार ही आधुनिकता में सब-कुछ हों। मगर ज़्यादातर नये विचार पुराने विचारों पर ही आधारित होते हैं। मोहनदास करमचन्द गाँधी द्वारा लिखी गयी, और तब दकियानूसी मानी गयी किताब 'हिन्द स्वराज' को गये अक्टूबर में ११० साल हो गये।

मूलत: गुजराती में लिखी गयी 'हिन्द स्वराज' का हिन्दी अनुवाद सन् १९४९ में, गाँधी जी द्वारा बनाये गये नवजीवन ट्रस्ट ने छापा था। उसके सम्पादक थे काका साहेब कालेलकर। उन्होंने माना था कि इस अमर किताब का स्थान हिन्दुस्तान के जीवन में हमेशा रहने वाला है। काका साहेब कालेलकर ने आज़ादी के तुरन्त बाद गाँधी जी से 'हिन्द स्वराज' को नये परिदृश्य में देखने, व नये परिप्रेक्ष्य में लिखने का अनुरोध भी किया था। नये सिरे से अवलोकन करने को कहा था। लेकिन ऐसा नहीं हो पाया। किताब में विचारों के फेरबदल के लिए गाँधी जी तैयार नहीं हुए थे। एक-आधा शब्द बदलने का ज़रूर उनने मान लिया था। मगर गाँधी जी हिन्द स्वराज को लेकर अन्त तक अडिग रहे।

नवजीवन ट्रस्ट द्वारा हिन्दी में प्रकाशित 'हिन्द स्वराज' के जब साठ साल सन् २००९ में पूरे हुए तो वह अँग्रेज़ों के बनाये कॉपीराइट क़ानून से मुक्त हुई। फिर से छापे जाने के लिए आज़ाद भी हो गयी। हिन्द स्वराज को भी नवजीवन की ज़रूरत थी। कई नये संस्करण अनेक प्रकाशकों ने छापे। गाँधी विचार के वाहक और उनके साथी ने अँग्रेज़ कॉपीराइट क़ानून हटते ही हिन्द स्वराज को नवजीवन देने की ठान ली। पर्यावरण प्रेमी और गाँधीमार्ग वाले अनुपम मिश्र ने अपने साथी सुरेन्द्र बंसल के साथ मिल कर 'हिन्द स्वराज' का सुन्दरता से पुन: प्रकाशन किया। प्रभावशाली बड़े अक्षर और सुन्दर साज-सज्जा के साथ 'हिन्द स्वराज' के मुख्य पृष्ठ पर गाँधी जी का मुस्कराता चित्र लुभावना लगा। आकर्षित करने वाला भी था। 'हिन्द स्वराज' का आधार वही रहा, विचार वही रहे, लेकिन परिवेश सुन्दर और साज-सज्जा नयी हो गयी। उसी आकर्षित करने वाले आवरण और सुन्दर साज-सज्जा के साथ यह 'आज का हिन्द स्वराज' भी गुस्ताख़ी में आपके सामने है।

जैसे 'हिन्द स्वराज' तब के समय के लिए आवश्यक था, वैसे ही 'आज का हिन्द स्वराज' आज के समय के लिए मुझे प्रिय लगता है। गाँधी विचार के उसी विकास को आज के नये आयाम में सामने रखने की कोशिश है। मेरे इस प्रयास में पाठक और सम्पादक के तौर पर मित्रों के योगदान को याद करना ज़रूरी समझता हूँ। 'आज का हिन्द स्वराज' के पाठ सुनने के लिए मैं राकेश सिंह, उमेश सिंह, डॉ. राजीव शर्मा, शिक्षक राजीव रंजन गिरि, एयर इण्डिया के साथी नरेश शर्मा, दिल्ली सरकार में कार्यरत अनिल राणा, पत्रकार आशीष मेहता और देहरादून के गिरीश छाबड़ा और क्रिकेट जीवन के अनेक पुराने साथियों की प्रतिक्रिया और सहनशीलता के लिए सदा आभारी रहूँगा।

मेरी इस गुस्ताख़ी से गाँधीजन ज़रूर ख़फ़ा हो सकते हैं। लेकिन मेरा मानना है कि महात्मा गाँधी इतने आधुनिक थे कि सवाल-जवाब के विकास के इस सिलसिले को वे आज भी चलाये रखते। उनके लिए

आधुनिक केवल पश्चिमी सभ्यता नहीं थी। वे ख़ुद अनन्त आधुनिक थे। गाँधी जी समयकाल की आधुनिकता को समझते थे। हिन्दुस्तानी सभ्यता के लिए गाँधी विचार को अपने विवेक से लगातार समयकाल में तोलना ज़रूरी है। उस काल के गाँधी विचार को आज के समय में समझने की मेरी यह कोशिश है। गाँधी विचार को आज के माहौल में देखने-समझने और परखने-सहेजने का प्रयास है।

जैसा लोकप्रिय फ़िल्म 'लगे रहो मुन्ना भाई' के आख़िरी सीन में कलाकार बने गाँधी जी कहते हैं "आप सोच रहे हैं मेरा क्या... भई मुझे तो बरसों पहले मार दिया गया था। पर मेरे विचार तीन गोलियों से नहीं मर सकते हैं। ज़माने बदलते रहेंगे पर मेरे विचार किसी न किसी के भेजे में कैमिकल लोचा करते ही रहेंगे। अब आपकी मर्ज़ी है, चाहो तो तस्वीर बना कर दीवार पर लटका दो या मेरे विचारों पर विचार करो।" यह गुस्ताख़ी गाँधी विचार को आज के माहौल में आगे बढ़ाने की जुगत है।

सवाल आख़िर कितने महत्त्वपूर्ण होते हैं? शायद जवाब जितने ही। क्योंकि महत्त्वपूर्ण सवालों से ही अर्थपूर्ण जवाब निकल सकते हैं। अगर सवाल क़ीमती हों, तभी जवाब मूल्यवान हो सकते हैं। इसलिए 'हिन्द स्वराज' की पाठक-सम्पादक के सवाल-जवाब की शैली अनूठी है। किसी भी लिखने वाले के मन में जो सवाल उठते हैं, उन्हीं को जवाब में लिखने पर, कोई भी किताब बनती है। इस मामले में गाँधी जी की 'हिन्द स्वराज' को श्रुति परम्परा की मूल शैली भी मान सकते हैं। संसार का सारा विकास सही सवाल के कारण ही हुआ होगा। जीवन में सवाल उतने ही स्वाभाविक हैं जितना मनुष्य का साँस लेना। माता-पिता से सवाल, गुरु-शिष्य के सवाल, मित्र-सखा के सवाल और गूगल-गुरु से सवाल ही विचारों को विकास प्रदान करते हैं। फिर समाज से, सत्ता से और राजनीति से सवाल क्यों नहीं होने चाहिए? किसी भी समय में सही जवाब के लिए सार्थक सवाल ही महत्त्वपूर्ण रहे हैं।

'आज का हिन्द स्वराज' भी आज के जवाब खोजने की कोशिश में आज के सवाल हैं। गाँधी जी के समय के जवाब, आज भी वही सवाल खड़े कर रहे हैं। हिन्द स्वराज के विचार आज भी स्वराज के लिए हिन्द का विकास कर सकते हैं। सिर्फ़ परिप्रेक्ष्य, पृष्ठभूमि और परिकल्पना बदली है। और अगर वे सवाल तब ज़रूरी थे तो आज के जवाब, आज के नये सवाल खड़े कर रहे हैं। इसलिए प्रार्थना यह भी है कि सवाल-जवाब का यह ज़रूरी सिलसिला सदा चलता रहे।

आशा है मेरी यह गुस्ताख़ी माफ़ कर दी जायेगी।

संदीप जोशी

जन्माष्टमी, २४ अगस्त २०१९

क्रम

राजनीति और उसके कर्ता-धर्ता

राजनीति और उसके कर्ता-धर्ता

पाठक : आजकल हिन्दुस्तान में देशभक्ति की हवा चल रही है। हिन्दुस्तानी आज देशभक्त होने के लिए आतुर हैं। विदेश में रहने वाले प्रवासी भी उसी जोश में दिखायी दे रहे हैं। हिन्दुस्तानियों में राष्ट्र गौरव के लिए बड़ी हिम्मत आयी हुई मालूम होती है। इस बारे में आप अपने ख़याल बतायें।

सम्पादक : आपने सवाल ठीक पूछा है, लेकिन इसका जवाब देना आसान नहीं है। आज राष्ट्रवाद और देशभक्ति में अन्तर कर पाना हिन्दुस्तानियों के लिए मुश्किल हो गया है। सत्ता के लालायित लोग रोज़ नये सम्बोधन से ऐसे माहौल के लिए लोगों को उकसाते हैं। भोली जनता इनके बहकावे में आती है और अपने ही लोगों की दुश्मन हो जाती है। प्रवासी हिन्दुस्तानियों का राष्ट्रगौरव उनकी जड़ों से जुड़े रहने का प्रयास भर है। आज का नया मीडिया भी राष्ट्रवाद और राष्ट्रभक्ति के उत्तरदायित्त्व के सही मायने लोगों को समझाने में विफल रहा है। मीडिया को चाहिए कुछ लोगों की उत्तेजित भावना के दोषों की निन्दा भी करनी पड़े तो करे, और उसे भी दिखाये। राष्ट्रवाद का सच्चा स्वरूप देशभक्ति होनी चाहिए। मगर देशभक्ति की वीभत्स कुरूपता ही आज राष्ट्रवाद हो गया है। देशभक्ति को प्रेम, स्नेह और आपसी सम्मान पर आधारित होना चाहिए। जबकि आज राष्ट्रवाद प्रतिद्वन्द्विता, विवाद और

आक्रोश पर आधारित दिखायी देता है। भक्ति में सत्य और अहिंसा ज़रूरी रहे। मगर आज के वाद में तो विवाद, असत्य और हिंसा चलायी जा रही है। फिर भी आपने सवाल किया है, इसलिए उसका जवाब देना ज़रूरी समझता हूँ।

> क्या आप आज हिन्द में सच्चे राष्ट्रवाद की भावना पैदा हुई देखते हैं? आप इसके क्या कारण मानते हैं?

राष्ट्रवाद को समझने के लिए पहले हमें राष्ट्र को समझना होगा। आख़िर राष्ट्र का स्वरूप क्या होना चाहिए? वह बनता कैसे है? समझना यह भी होगा कि राष्ट्र क्या उसकी ज़मीन, भूमि भर है या उस पर बसने वाले लोग भी उसमें शामिल हैं? ज़मीन या भूमि तो उस पर रहने वालों की होती है। राष्ट्र—'स्थान' या नेशन—'लैण्ड' तो एक-दो शताब्दी पहले उभरा राष्ट्रवाद का नया स्वरूप है। जैसे हिन्दुस्तान, वैसे इंग्लैण्ड। आज भी लोगों के बीच आपसी सौहार्द और एक-दूसरे के प्रति सम्मान के बिना राष्ट्र नहीं बनता। समभाव और सद्भाव के बिना राष्ट्रवाद कोरा सपना ही रहेगा। पिछले कुछ दशकों में या तो उत्साहित भ्रष्टभक्ति चलायी गयी या फिर उत्तेजित देशभक्ति। आज की उत्तेजित देशभक्ति को राजनीतिक राष्ट्रवाद भी कह सकते हैं। लेकिन राष्ट्रवाद में अगर मानवता न हो तो वह समाज में कैंसर का रूप ले सकता है। कैंसर के कीटाणु जैसे शरीर में घर कर जाने पर सारे जीवन को ही खा डालते हैं वैसे ही देशभक्ति में अगर आसक्ति आ जाये तो केवल अपने राष्ट्र के हित का ही विचार आयेगा। ऐसा राष्ट्रवाद बड़ा भयंकर हो सकता है। इससे लोगों का आत्मविकास रुक जाता है। भ्रष्टभक्ति के बाद आज की उत्तेजित राष्ट्रभक्ति भी राजनैतिक माहौल की देन भर है। आज केवल राष्ट्रवाद का नया इतिहास रचने की कोशिश हो रही है। ऐसा नहीं है कि आज से पहले हिन्दुस्तान में देशभक्त नहीं हुए। आज़ादी के आन्दोलन में लगे, सत्ता पाने पर हिन्दुस्तान के विकास में लगे महापुरुष भी राष्ट्रभक्त ही थे। हमें उन सभी के बलिदान को भी आदर और सम्मान से देखना होगा। राष्ट्रभक्ति के उत्तरदायित्व

होते हैं, जो राजनैतिक मेहरबानी पर निर्भर नहीं रहने चाहिए। आजकल हर राजनीतिक दल, सरकारी संस्था या व्यापारिक उद्योग 'नेशनल' शब्द का सस्ता उपयोग, प्रयोग या प्रचार करने के लिए आज़ाद है। भटकाव तो केवल आज़ादी के बाद के असल उद्देश्यों का रहा है।

> यह तो आपने ठीक नहीं कहा। युवा हिन्दुस्तानी आज स्वत: राष्ट्रभक्ति से अभिभूत है। आज़ादी के आन्दोलन के इतिहास से आज उसका कोई लेना-देना नहीं रह गया। आज का युवा हिन्दुस्तान पश्चिम-परस्ती के लिए लालायित है। जल्दी से जल्दी विकास की बुलेट ट्रेन पर सवार होना चाहता है। ख़ुद की सम्पन्नता के लिए अधीर है, और क्यों न हो?

नौजवानों की इस अति तेज़ विकास की अधीरता को मैं ठीक नहीं मानता। ऐसा भी मानना ग़लत होगा कि आज़ादी के बाद हिन्दुस्तान ने कोई विकास नहीं किया। पश्चिम के मुक़ाबले बेशक हिन्दुस्तान का विकास धीमा रहा। लेकिन पश्चिम ने अन्धाधुन्ध विकास की जो क़ीमत चुकाई, हिन्दुस्तान उसके लिए कभी तैयार नहीं हो सकता। यह भोगवाद और भाववाद का द्वन्द्व है। मगर यह भी सही है कि दुनिया एक दिशा में ही चलती है। सभी देश एक-दूसरे की नक़ल करने की होड़ में ही अपना अस्तित्त्व तलाशने पर मजबूर हैं। गाँधी जी के अनुसार इस बिगाड़ करने वाली सभ्यता के परिणाम अब धीरे-धीरे सामने आ रहे हैं।

आज सम्पन्नता के लिए जो अधीरता समाज में दिख रही है वह कोरा आशावाद है। व्यक्ति की सम्पन्नता का लेना-देना तो समाज की सम्पन्नता से ही हो सकता है। समाज के तौर पर हिन्दुस्तान ने कितना विकास किया? समझना यह ज़रूरी है। लोकतन्त्र में सरकारें बदलती रहती हैं। इसलिए प्रधानमन्त्री की भाषणबाज़ी और सरकार की जुमलेबाज़ी के अलावा, देशों की जनता ख़ुद कितना, और क्या कुछ बदल पायी है? सभ्य समाज को समझने के लिए यह ज़रूरी है। गाँधी जी के लिए भी यही महत्त्वपूर्ण था। आज भी यही महत्त्व का है। देश में

जनता, या अपना योगदान क्या केवल वोट देने भर का है? हम समाज के तौर पर कितने सजग और सक्रिय हैं? समाज की सम्पन्नता और मानवता के विकास के लिए यह ज़रूरी है। हिन्दुस्तान में बेशक आज राजनैतिक विपक्ष नदारद हो, लेकिन क्या इस देश के युवाओं को अपने सार्थक विचारों से और अच्छे कामों से सरकारी व्यवस्था को सुचारु रूप से चलाने में नहीं लगना चाहिए?

> ठहरिये, ठहरिये। आप तो बहुत आगे निकल गये। मेरा सवाल कुछ है और आप जवाब कुछ और दे रहे हैं। मैं देशभक्ति की बात करता हूँ और आप जगत्भक्ति की बात करते हैं। मुझे पौराणिक और दकियानूसी बातें मत गिनाइये। इस तरह हमारी गाड़ी राह पर आये ऐसा नहीं दिखता। मुझे तो देशभक्ति की ही बातें अच्छी लगती हैं। दूसरी मीठी, सयानी, ज्ञानी बातों से मुझे सन्तोष नहीं होगा।

आप अधीर हो रहे हैं। मगर मुझे तो अपनी गाड़ी आपकी राह पर चलानी ही होगी। मैं अधीरपन को कमज़ोरी मानता हूँ। सब्र का फल मीठा और टिकाऊ दोनों होता है। 'उतावली से आम नहीं पकते, दाल नहीं चुरती' यह कहावत सदा याद रखनेवाली है। वैश्विकता में उतावले, आपको फिर स्वराज की सही समझ आना मुश्किल है। विश्वगुरु बनने की आपकी इच्छा है तो जगत्भक्ति के बिना वह हासिल नहीं हो सकती। जगत्भक्ति की भावना ही भौतिक देशभक्ति हो सकती है। जगत् के ज्ञान के बिना देश के जीवन का भी सार नहीं है।

> मुझे तो लगता है कि गोल-मोल बातें बनाकर आप मेरे सवाल का जवाब उड़ा देना चाहते हैं। आप जिन्हें हिन्दुस्तान पर उपकार करनेवाला मानते हैं, उन्हें मैं ऐसा नहीं मानता। फिर मुझे किसके उपकार की बात सुननी है? आप जिन्हें हिन्द के महात्मा कहते हैं, उन्होंने क्या उपकार किया? वे तो कहते थे आज़ाद हिन्दुस्तान के

राजकर्ता नैतिकता से न्याय करेंगे, और हमें उनका समर्थन और सम्मान करना चाहिए।

मुझे आपसे सविनय कहना होगा कि हिन्द के महात्मा और तब के अन्य महामनाओं के बारे में आपका बेअदबी से बोलना सभी के लिए शर्म की बात है। उनके सारे जीवन को पढ़ना, देखना और समझना होगा। आज भी उनसे हमें बहुत कुछ सीखना है। हिन्दुस्तान और दुनिया को बिना ख़ून-ख़राबे के आज़ादी दिखाना, उनने ही सिखाया। हम जवानी के जोश में एक क़दम आगे रखते हैं और पीछे के तीन क़दम भूल जाते हैं। फिर दस क़दम आगे के पश्चिमी सपने देखने लगते हैं। हम अपने आप को तो भूले ही हैं हिन्दुस्तान की भारतीयता को भी भूल गये हैं। क्या आज हम ज़्यादा ज्ञानी हुए हैं? जिस सीढ़ी से हम यहाँ तक पहुँचे उसे लात न मारने में ही बुद्धिमानी है। हम बचपन से जवानी में आते हैं तब बचपन से नफ़रत नहीं करते, बल्कि उन दिनों को प्यार से याद करते हैं। बरसों तक अगर मुझे कोई पढ़ाता है और उससे मेरी जानकारी ज़रा बढ़ जाती है, तो इससे मैं अपने शिक्षक से ज़्यादा ज्ञानी नहीं माना जाऊँगा। अपने शिक्षक को तो मुझे मान देना ही होगा। इस तरह हमें हिन्द के महात्माओं के बारे में सोचना चाहिए। राजनीतिक नेताओं को भी हमें उनकी बातों से ज़्यादा उनके कामों से ही देखना होगा।

यह आपने ठीक कहा। गाँधी, नेहरू, पटेल, अम्बेडकर, मौलाना आज़ाद, भगत सिंह, बोस और इनसे भी पहले के लोगों की इज़्ज़त करनी चाहिए, यह तो समझ आता है। इन्होंने और इनके जैसे दूसरे महापुरुषों ने जो काम किये, बलिदान दिये, उनके बग़ैर हम आज़ादी और स्वराज का जोश महसूस नहीं कर पाते, यह बात भी ठीक लगती है। लेकिन यही बात उनके बाद के नेताओं के बारे में हम कैसे मान सकते हैं? वे तो पहले अँग्रेज़, फिर रूस और अब अमेरिका के बड़े भाईबन्ध बनकर बैठे हैं। वे तो मानते हैं कि पश्चिमी सभ्यता और इन देशों से हमें बहुत कुछ सीखना है।

इन देशों की राजनीति और अर्थनीति को अपना कर ही हमें सच्चा स्वराज मिल सकता है। आज़ादी के बाद के राजकर्ताओं के काम और उसके बाद के सत्ताधीशों के भाषणों से तो मैं ऊब गया हूँ।

मिज़ाज आपका भी उतावला है। आज हिन्दुस्तान को स्वराज मिले सात दशक से भी ज़्यादा बरस हो चुके हैं। सवाल आपका वाजिब है, लेकिन नया नहीं है। आज़ादी के बाद के अपने नेताओं ने अँग्रेज़ों के पार्लियामेण्ट सिस्टम को ही हिन्दुस्तान के लिए सही माना। संविधान में अमेरिका, कनाडा और ब्रिटेन से बातें उठायी गयीं। मगर गाँधी जी के सपने का भारत उनके विचार और किताब में ही रह गया। तब के नेता अँग्रेज़ियत और अँग्रेज़ी शिक्षा से प्रभावित थे। गाँधी जी के सपने के लिए तैयार नहीं थे। हिन्दुस्तानियों को बिलकुल नयी, विदेशी प्रणाली को समझने, व्यवहार में लाने और पचा पाने में अन्य देशों से ज़्यादा समय लग रहा है। अपनाया गया विदेशी लोकतन्त्र बहुत धीरे से घुल-मिल रहा है। बीच-बीच में कुछ नेताओं के अहम और अराजकता के कारण भटकता भी रहा है। जैसा पहले भी कह चुका हूँ, पूरी दुनिया एक तरफ़ ही चलती है, और लोकतन्त्र की गोली हिन्दुस्तान की बन्दूक से निकल चुकी है। इसलिए हमें धीरता अपना कर अपने लोकतन्त्र को और समय देना होगा। राजनीति और अर्थनीति को ज़मीनी सच्चाई से रिश्ता बनाना होगा। हिन्दुस्तान की पौराणिक स्वाभाविक विरासत जब इसमें घुल-मिल जायेगी तो अपना लोकतन्त्र भी सफलता पायेगा। तब तक सत्ताधीशों के भाषणों से ऊबना ही अपनी नियति होगी।

पश्चिम की ओर ही देखने वाले इन सत्ताधीशों ने जो कहा, किया उसके मुताबिक ही हमें भी करना चाहिए?

स्वराज के लिए पश्चिम की ओर देखने से फिर अपना स्वराज कैसे रहेगा। आज विदेश में हिन्दुस्तान को जिस आशा के साथ देखा जा रहा है वह भी मेरे हिसाब से ख़ास मायने नहीं रखता। यह सही है कि

आज हिन्दुस्तान के राजनयिकों को दुनिया में सम्मान व आदर मिल रहा है। लेकिन इसको आदमी विशेष की ख़ूबी या उसके प्रचार-तन्त्र की सफलता भर मानना चाहिए। विदेश नीति के तहत देशों में सौहार्द बढ़े यहाँ तक तो ठीक है लेकिन देश में विदेश से निवेश आये इस दृष्टि से सम्मान या आदर को देखना बड़ी भूल है। हमें धीरे ही सही लेकिन अपनी राजनीति और अर्थनीति को अपने तौर-तरीक़े से ही उभारना और चलाना चाहिए। अगर विदेश में बसे हिन्दुस्तानी स्वेच्छा से अपने देश में धन लगाना चाहते हैं तब तो ठीक है लेकिन फिर उन्हें आश्रय देनेवाले देशों के साथ बेइंसाफ़ी होगी। इसलिए हमें अपने ही देश में, अपने ही लोगों के बीच हर क्षेत्र में पैदावार बढ़ाने के साधन जुटाने होंगे। फिर हमें उन देशों के मुताबिक चलने की ज़रूरत ही नहीं रहेगी।

> आप जो कुछ कहते हैं वह अब मेरी समझ में कुछ आता है। फिर भी मुझे उसके बारे में सोचना होगा। पर पश्चिमी सभ्यता के विरोध वग़ैरह के बारे में आपने जो कहा उसमें तो हद हो गयी?

पश्चिम से निकली आधुनिकता-परस्ती को गाँधी जी ने पामाल सभ्यता कहा था। इस सभ्यता ने आज दुनिया का जो हाल किया है उसको क्या आप देख नहीं पा रहे? आज दुनिया का जितना धन हर तरह की तोप-बन्दूक, मिसाइल-रॉकेट, लड़ाकू विमान, जल-पनडुब्बी और रसायन के उत्पादन और चिकित्सा शोध व उद्योग में ख़र्च हो रहा है उतना पहले कभी नहीं हुआ। प्राकृतिक संसाधनों का जितना दोहन आज हो रहा है उतना पहले कभी नहीं हुआ। वैश्विकता में बावली दुनिया ने अपने पर्यावरण को, उसके कचरे के निवारण को और भयानक तौर पर फैलते जल संकट को आज जिस हालत में पहुँचा दिया है क्या उसको सफल सभ्यता कहेंगे? दुनिया की राजनीति ने जो सामाजिक और आर्थिक व्यवस्था गढ़ी, उसके हाल तो कोरोना काल में मानवता ने साफ़ देखे। इसी सभ्यता के कारण अमीर, और अमीर हुए। मगर

ग़रीब, और ग़रीब होते गये हैं। दुनिया भर में अमीर-ग़रीब की खाई ज़्यादा गहरी हुई है। हमने बाघ को तो जाने के लिए कहा लेकिन बाघ के व्यवहार को अपना लिया। क्या इसको आज हमारी भूल नहीं माना जायेगा?

> अब तो ये सब मुझे फिज़ूल की बड़ी-बड़ी बातें लगती हैं। विदेशों से मदद मिले और उससे हम समृद्ध हों, यह तो स्वराज नहीं। लेकिन इस सवाल का हल अभी मुझे नहीं चाहिए। इस पर अभी समय लगाना बेकार है। सच्चा स्वराज कैसे मिले, यह जब आप बतायेंगे तब शायद आपके विचार मैं समझ सकूँ तो समझ सकूँ। फ़िलहाल तो बाघ के स्वभाव और बाघ के व्यवहार के अन्तर की बात ने मुझे शंका में डाल दिया है और आपके विचारों के ख़िलाफ़ मुझे भरमा दिया है। इसलिए यह बात आगे न बढ़ायें तो अच्छा हो।

हिन्दुस्तानियों को विदेश से, विदेशी लोगों से या विदेशी हुक्मरानों से कोई बैर नहीं है। किसी को होना भी नहीं चाहिए। लेकिन हिन्दुस्तानियों को अपना समाज देखते हुए ही विकास और प्रगति करने की आदत बना लेनी चाहिए। हर समाज के अपने रीति-रिवाज़ और संस्कृति होती है जिसके दायरे में ही उनको विकास सुहा सकता है। स्वराज तो हिन्दुस्तानियों का मूल स्वभाव रहा है। मतभेद तो हमारे अन्दर के व्यवहार और बाहर से लायी गयी व्यवस्था के कारण उपजे हैं। आज ज़्यादातर देश आज़ाद हैं और उनको दूसरों से क्या लेना है या क्या नहीं लेना इसकी समझ और स्वतन्त्रता है। विवेक से सोचने-समझने की इसी स्वतन्त्रता को लोकतन्त्र के विकास में लगाना ही बाघ के स्वभाव और व्यवहार का अन्तर है।

> आपकी यह बात मुझे पसन्द आयी। इससे मुझे जो ठीक लगे वह बात कहने की मुझमें हिम्मत आयी है। मेरी एक शंका रह गयी है। स्वराज का सपना और आज देशभक्ति की नींव कैसे पड़ी इस पर

अपने विचार बताइये।

मेरा तो यह मानना है कि हिन्दुस्तानी तो हज़ारों साल से अपनी ज़मीन और अपने समाज से जुड़े रहे हैं। स्वदेशी देशभक्त रहे हैं। स्वराज तो हिन्दुस्तान की रग-रग में बसा है। आज इसका ध्यान तो पिछली दो-तीन शताब्दी की अधीनता के कारण उपजा। वरना हिन्दुस्तान तो अपने समाज को ही जगत्, और जगत् को ही समाज मानता रहा है। समाज प्रधान अपनी सभ्यता में राजसत्ता का समावेश तो अँग्रेज़ों के कारण आया। आज़ादी के आन्दोलन से जुड़े अपने नेताओं ने हिन्दुस्तान के लिए पश्चिमी सभ्यता से निकली राजशाही को चुना। उस पश्चिमी लोकतन्त्र को हिन्दुस्तानी समाज ने अपनाने में अधिक समय लगाया है। इसका मुख्य कारण मुझे दो संस्कृतियों का टकराव लगता है। हिन्दुस्तानी समाज द्वारा पश्चिमी लोकतन्त्र का भारतीयकरण अभी होना बाक़ी है।

बंग-भंग के बाद पाक-भंग

बंग-भंग के बाद पाक-भंग

पाठक : सोचने पर क्या यह ठीक लगता है कि तब की काँग्रेस ने स्वराज और एक राष्ट्र की नींव डाली। गाँधी जी ने स्वतन्त्रता आन्दोलन के बाद काँग्रेस को रद्द करके लोक सेवक संघ बनाने की बात फिर क्यों कही थी? ऐसा हुआ भी नहीं। इसके आप क्या कारण मानते हैं?

सम्पादक : बीज हमेशा हमें दिखायी नहीं देता। वह अपना काम ज़मीन के नीचे करता है और जब ख़ुद मिट जाता है तब पेड़ ज़मीन के ऊपर दिखने में आता है। तब की काँग्रेस के बारे में ऐसा ही समझिये। अँग्रेज़ों की बंग-भंग की कोशिशों से हिन्दुस्तान में एक राष्ट्र की जागृति तो हुई लेकिन तब की अँग्रेज़ सरकार हिन्दू-मुस्लिम के बीच फूट डालने में भी कामयाब हुई। तब की काँग्रेस का एकमात्र उद्‌देश्य आज़ादी के लिए आन्दोलन था। आज़ाद हिन्दुस्तान में जनता की सेवा के लिए काँग्रेस को लोक सेवक संघ में बदलने का प्रस्ताव गाँधी जी ने रखा था। इसका उद्‌देश्य राजनीतिक तौर पर जनता की सेवा करना था। आज़ादी मिलने के चन्द महीनों के अन्दर ही गाँधी जी चले गये। बाद के काँग्रेसी नेता स्वतन्त्रता पाने और सरकार चलाने में अन्तर नहीं कर पाये। पश्चिमी सभ्यता से प्रभावित अपने नेताओं को दुनिया के मानचित्र पर दिखना ही आज़ादी का एकमात्र उद्‌देश्य समझ आया। तब की जनता में भी इन्हीं

नेताओं की लोकप्रियता थी।

अँग्रेज़ों के बंग-भंग के कारण अपने यहाँ राष्ट्रभक्ति की जागृति का उदय हुआ। बंगाल में कोशिश करने के बाद अँग्रेज़ पाकिस्तान का भी विभाजन कर के गये। फिर सन् १९७१ में बांग्लादेश बन गया। पाक-भंग और फिर बंग-भंग के बाद उभरी राष्ट्र की हालत को आप आज कैसे देखते हैं?

बंग-भंग से अँग्रेज़ी सरकार ने हिन्दू-मुस्लिम फूट पैदा की ताकि उनका राजकाज और व्यापार लम्बा चलता रहे। फिर जाते-जाते अँग्रेज़ सरकार ने देश में सत्ता लोभ की ऐसी फूट डाली कि सन् १९४७ का विभाजन हर क़ीमत पर ज़रूरी हो गया। विभाजन का विचार भी आज़ादी के कुछ साल पहले ही ज़हर की तरह घोला गया था। सन् १९४२ के 'भारत छोड़ो' आन्दोलन के दौरान मुस्लिम लीग के नेताओं को छोड़ कर, काँग्रेस के ज़्यादातर सभी नेताओं को लम्बे समय तक जेल हो गयी थी। इसी दौरान मुस्लिम लीग और अँग्रेज़ सरकार के बीच संवाद चला और अलग राष्ट्र की बात चलायी गयी। अँग्रेज़ों ने हालात ऐसे बना दिये कि विभाजन ही आज़ादी का परिणाम रह गया। दुनिया का सबसे बड़ा मानव विस्थापन पन्थ-मज़हब के नाम पर कराया गया। अपनी ज़मीन-जायदाद से अचानक अलग होने के कारण समाज में आपसी फूट पड़ी, मनभेद हुए। लूट-पाट और मार-काट मची। विभाजन के नरसंहार ने सदा के लिए भावनाओं में विकार पैदा कर दिया। विभाजन की शर्त पर आज़ादी—अँग्रेज़ सरकार की इस चाल को हिन्दुस्तान के नेता समझने में नाकाम रहे। अँग्रेज़ सरकार की अलगाववादी नीति और हिन्दुस्तानी नेताओं के सत्ता स्वार्थ के कारण आज भी हिन्दू-मुस्लिम रिश्तों में तनाव बना ही हुआ है।

गाँधी जी विभाजन के पक्षधर नहीं थे। लेकिन विभाजन तो हुआ। इस सब में गाँधी जी को आप कहाँ खड़ा देखते हैं?

सभी जानते हैं कि आज़ादी के समय जो विभाजन की हिंसा देश में हुई वह अहिंसा के सबसे बड़े प्रवक्ता की आँखों के सामने हुई। जब सारा देश आज़ादी का जश्न मना रहा था तब गाँधी जी हिन्दू-मुस्लिम शान्ति के लिए प्रार्थना में हाथ जोड़े कोलकाता में थे। और हिंसा के गढ़ नोआखली जाना चाहते थे। हिन्दुस्तान सरकार ने बहुत कोशिश की कि गाँधी जी दिल्ली के आयोजनों में रहें। लेकिन लगता यही है कि मन ही मन गाँधी जी विभाजन के कारण हो रही हिंसा से दुखी थे। तब के नेताओं को अँग्रेज़ों की चाल में फँसने के लिए ज़िम्मेदार मान रहे थे। आप ज़रा सोचिये, जिस आदमी ने देशवासियों की स्वतन्त्रता के लिए पूरा जीवन लगाया हो वह स्वतन्त्रता मिलने पर भी अहिंसा और शान्ति के लिए ही काम करने में लगा रहा। गाँधी जी को लगता था कि सत्ता इन नेताओं में मतभेद और मनभेद करायेगी। इसलिए अपने जीवन के आख़िरी दिनों में भी वे काँग्रेस को लोक सेवक संघ में बदलने की बात कह रहे थे। विभाजन के विरोध में गाँधी जी अकेले पड़ गये थे। जनता और उसके नेताओं के लिए अपनी ज़मीन का जुनून हिन्दुस्तान पर भारी पड़ा। गाँधी जी के प्रयास विफल रहे। विभाजन के बाद पाकिस्तान से दो युद्ध हुए और बांग्लादेश भी अलग हुआ। सब कुछ बदला जा सकता है लेकिन पड़ोस नहीं बदल सकते। आज भी हमें विभाजन से पैदा हुई परेशानियाँ अक्सर देखने को मिलती रहती हैं।

अशान्ति और असन्तोष

अशान्ति और असन्तोष

पाठक : बीते सात दशकों में हिन्दुस्तान में बहुत पानी बह चुका है। बरसा भी बहुत है। क्या अपनी ही सरकारों के प्रति आप आज असन्तोष और अशान्ति की भावना देखते हैं?

सम्पादक : जब पराधीन थे तब भी असन्तोष था और आज स्वाधीन हैं फिर भी असन्तोष बना हुआ है। जागरूक समाज सदा असन्तोष और अशान्ति में ही रहता है। तब परतन्त्रता से छुटकारा पाने के लिए असन्तोष था तो आज गम्भीर स्थितियों से बाहर निकलने के लिए असन्तोष है। सन्तुष्ट होना, यानी विकास का ठहरना। विकास थमता है तो असन्तोष बढ़ता है। असन्तोष बढ़ता है तो अशान्ति फैलती है। इनसान जब नींद में से उठता है तो भान होने तक अशान्त ही रहता है। गाँधी जी ने तब कहा था कि हम आज भी नींद से उठकर अँगड़ाई लेने की हालत में ही हैं। आज भी हम स्वाधीनता से उठकर लोकतन्त्र की अँगड़ाई ही ले रहे हैं। अगर अँग्रेज़ी सरकार के लिए असन्तोष था तो आज अपनी सरकारों के कामकाज को लेकर भी असन्तोष ज़रूर दिखना चाहिए। असन्तोष विकास का परिसूचक भी है। अशान्ति किसी को नहीं सुहाती। लोकतन्त्र में असन्तोष और अशान्ति दर्शाने का अवसर अहिंसक चुनाव देते हैं।

क्या आज़ाद हिन्दुस्तान में पसरी कुरीतियों के ख़िलाफ़ आप असन्तोष और अशान्ति देखते हैं?

जब तक आदमी चालू हालात में ख़ुश रहता है, तब तक उसमें से निकलने के लिए उसे समझाना मुश्किल होता है। इसलिए हर एक सुधार से पहले असन्तोष होना ही चाहिए। चालू चीज़ से ऊब जाने पर ही उसे फेंक देने का मन करता है। हिन्दुस्तान दुनिया का सबसे बड़ा लोकतन्त्र है। इतने बड़े लोकतन्त्र में नीतियों पर लोकसम्मति स्थापित करना आसान नहीं है। नेताओं की नीतियों में नैतिकता होना भी ज़रूरी है। गाँधी जी ने इसके लिए एक तिलस्म भी लिखा था–'हर नीति बनाने से पहले यह ध्यान रखा जाये कि सबसे आख़िरी, सबसे ग़रीब आदमी पर उसका क्या असर पड़ेगा।'

आज़ादी के बाद विशाल देश में खाद्य आपूर्ति के कारण असन्तोष लगातार बना रहा था। हिन्दुस्तान में पहली बार आम लोगों में अशान्ति और असन्तोष आपातकाल के दौरान दिखा। फिर आरक्षण मुद्दा बना, पंजाब, आसाम व अन्य राज्यों का मुद्दा बना, राममन्दिर-बाबरी मस्जिद मुद्दा बना, आर्थिक संकट मुद्दा बना, नेताओं का भ्रष्टाचार और राष्ट्रवाद भी बड़ा मुद्दा बना है। समय-समय पर समाज में असन्तोष विशेष कारणों से फैलता रहा है। कई बार असन्तोष से अशान्ति भी पैदा होती है। अशान्ति में लोग बर्बाद होते हैं, जेल जाते हैं और मारे भी जाते हैं। ऐसा होता रहा है, आगे भी होगा और होना भी चाहिए। असन्तोष के लक्षण अच्छे माने जाते हैं। इनके नतीजे बुरे भी आते हैं।

आज हिन्दुस्तान में असन्तोष जताना आसान नहीं है। असन्तोष जताना हिंसक होता जा रहा है। सभ्य समाज के लिए ज़रूरी है कि उसका असन्तोष जताना अहिंसक ही रहना चाहिए। हिंसा से जताये गये असन्तोष के कारण सत्ता को भी हिंसा की आज़ादी मिलती है। जिस समाज में ऐसा होता है तो उसे सभ्य समाज कैसे माना जायेगा? आज भीड़तन्त्र से भी हिन्दुस्तान में जो अशान्ति फैल रही है उस पर काबू

पाने में समाज और सरकार दोनों असफल रहे हैं। यह समझना ज़रूरी है कि भीड़ का कोई अस्तित्त्व नहीं होता। भीड़ का कोई सिद्धान्त भी नहीं होता है। आज अगर भीड़ एक पक्ष में है तो कल वो दूसरे विपक्ष में भी हो सकती है। भीड़तन्त्र को उकसाने वाले पक्ष के हों या विपक्ष के, भीड़ की भावना तो हिंसा के प्रति ही प्रवृत्त रहती है।

सन्त नरसिंह महेता ने सभ्य समाज को वैष्णव जन कहा था। जो पन्थ-मज़हब के पचड़ों से परे हो। सभ्य समाज वही है जो पराई पीड़ को समझे, जाने और उसे दूर करने में लगे। समाज, जो एक-दूसरे के दुख दूर करने में लगे। ऐसा करने पर भी जिसके मन में कोई अभिमान न रहे वही वैष्णव जन हैं।

स्वराज कैसा हो?

स्वराज कैसा हो?

पाठक : अँग्रेज़ और काँग्रेस दोनों कहते रहे कि हिन्दुस्तान को एक राष्ट्र उनने ही बनाया। बंग-भंग और पाक-भंग के परिणाम, दुष्परिणाम आपने बताये। समाज में पसरी कुरीतियों के ख़िलाफ़ अशान्ति और असन्तोष क्यों ज़रूरी है यह भी आपने समझाया। अब मैं यह जानना चाहता हूँ कि स्वराज के बारे में आपके क्या ख़याल हैं। मुझे डर है कि शायद हमारी समझ में फ़र्क़ हो।

सम्पादक : फ़र्क़ होना मुमकिन है। स्वराज के लिए आप-हम सब अधीर रहे हैं। लेकिन वह कैसा होना चाहिए इस बारे में हम सही राय नहीं बना पाये। गाँधी जी ने बाद के एक पत्र में लिखा था कि वे हिन्दुस्तान की जनता जैसा चाहती है वैसे ही पार्लियामेण्ट स्वराज के लिए तैयार हैं। वे हिन्द स्वराज को हिन्दुस्तान की जनता पर थोपना नहीं चाहते थे। अँग्रेज़ों के आने से भी बहुत पहले से हमें आक्रमणकारियों के आतंक से छुटकारा चाहिए था। फिर व्यापार के बहाने आये अँग्रेज़ हम पर हुक्म चलाने और राज करने लगे। व्यापार करने तक तो ठीक था, लेकिन वे यहाँ राज करने लगे तो इसको हिन्दुस्तानियों की कमज़ोरी भर मानना चाहिए। लगातार आने वाले आक्रमणकारियों के कारण हिन्दुस्तानी लोग स्वराज का आत्म-बल खोते गये। यह भी सही है कि हिन्दुस्तान ने कभी किसी पर आक्रमण या किसी को उपनिवेश बनाने

की कोशिश नहीं की। लेकिन जैसे संसार एक आदर्शवादी समाज के लिए निरन्तर प्रयासरत रहता है, वैसे ही स्वराज के सपने को हमें आदर्श जीवन जीने के लिए जाग्रत बनाये रखना होगा। आदर्श समाज के लिए स्वराज उसकी सबसे ऊँची मंज़िल है। उसकी अन्तिम अवस्था है।

यह आपने ठीक कहा कि स्वराज अधीरता से या अकेले में नहीं आता। हमने आज़ादी के सत्तर से ज़्यादा साल देख लिये। आज की अन्ध-दौड़ वैश्विकता में आप गाँधी जी के स्वराज को कैसे देखते हैं। अब और कितना धीरज धरना होगा?

एक व्यक्ति के जीवन में सत्तर साल बहुत होते हों लेकिन एक विशाल सहृदय समाज और दुनिया के सबसे विशाल लोकतन्त्र के लिए सत्तर साल कम हैं। क्या आप आज सुख और शान्ति देखते या महसूस करते हैं? आज जो कुछ भी सुख के तौर पर देखा जा रहा है वह केवल सुविधाएँ, और उन्हीं का भ्रम हैं। अशान्त है, क्योंकि सुविधाओं की कमी खलती है। आज हिन्दुस्तान न पूर्ण सुखी है और न पूर्णतया शान्त है। फिर कैसा स्वराज?

अँग्रेज़ों के जाने के बाद हिन्दुस्तान ने उन्हीं के द्वारा चलाये जा रहे पार्लियामेण्ट सिस्टम को अपनाया। उसी आधुनिक सभ्यता में रमने और उसे ही अपनाने में आज भी हिन्दुस्तान लगा है। भौतिक भोगों के विकास को ही आधुनिक सभ्यता की समृद्धि मान लिया गया। चरित्र विकास की जगह दैहिक, व्यापारिक विकास ज़रूरी हो गया। व्यक्तिगत व्यापारिक विकास के कारण समाज के प्राकृतिक संसाधनों का शोषण किया जाने लगा। उपनिवेशवाद फैला। फिर वैश्विकता ने दुनिया को उत्पादक और उपभोक्ता में बाँट दिया। किसानी करने वाले उत्पादक ग़रीब ही रहे, मगर भोगी उपभोक्ता अमीर होते गये। गाँधी जी का स्वराज इससे भिन्न था। वे हिन्दुस्तान के स्वराज को दुनिया के लिए मिसाल के तौर पर देखना चाहते थे। गाँधी जी भोग की भौतिक

वैश्विकता की जगह दुनिया में विवेक की व्यावहारिकता लाने का सपना देखते थे। इसी आधुनिक सभ्यता के कारण दुनिया भौतिक भोग-विलास में तो समृद्ध हुई लेकिन लोगों की व्यावहारिक नैतिकता लगातार गिरती रही। आज दुनिया भोग-विलास की वैश्विकता के दुष्परिणाम साफ़ देख रही है। कोरोना काल ने दुनिया की खोखली राजनीतिक व्यवस्था को सबके सामने दर्शाया। कई देश तो ऐसी वैश्विकता को नकारने भी लगे हैं। गाँधी जी ने जो सपना 'हिन्द स्वराज' में दर्शाया था वे ख़ुद तो उस स्वराज की कोशिश में लगे रहे, लेकिन हिन्दुस्तान के नेताओं पर उसके लिए ज़ोर नहीं डाला। उनको मालूम हो गया था कि आधुनिक सभ्यता से प्रभावित हिन्दुस्तान के नेता और जनता उनके स्वराज के लिए अभी तैयार नहीं है। दुनिया की नीतिगत, सामाजिक एवं आर्थिक व्यवस्था एक ही वैश्विक रास्ते पर निकल चुकी है। इसलिए आज धीरज धरना ही मानवीय स्वधर्म हो सकता है।

> अँग्रेज़ तो कभी के जा चुके। लेकिन उनका ही बनाया विधान और राजकाज हम आज भी चला रहे हैं। बाघ के चले जाने के बाद बाघ के स्वभाव को सत्तर साल बाद आज आप कैसे देखते हैं। आज के स्वराज को आप सही मानते हैं या नहीं? संक्षेप में समझाइये।

आज अपना लोकतन्त्र जिस हाल में है उस पर तो आगे बात करेंगे। लेकिन उसके व्यावहारिक और आर्थिक हाल आज कोई बहुत अच्छे हों ऐसा दावा करना, बचपना ही माना जायेगा। अपनायी गयी विदेशी व्यवस्था के कारण हम अपनी सामाजिक स्थितियों, व्यावहारिक समस्याओं और भौगोलिक वातावरण की सही समझ नहीं बना पाये हैं। यह हमारी असल नाकामी रही है। हर बात पर पश्चिम की ओर देखनेवाली हमारी मानसिकता ने हमें केवल पंगु ही बनाया। सत्तर साल बाद भी हमारी आधी से ज़्यादा आबादी अब भी ज़रूरत की चीज़ों जैसे

रोटी, कपड़ा, मकान और सम्मानजनक रोज़गार के लिए तरस रही है। इसको आज़ादी के बाद की सरकारों की असफलता ही कहना होगा। गाँधी जी के लिए विदेश की तर्ज़ पर अपनाया गया लोकतन्त्र, असल स्वराज नहीं था। उनका स्वराज सामाजिक ज़रूरतों को पूरा करने वाला राजकीय सेवाभाव था।

> अँग्रेज़ों की तरह ही आज के राजकर्ताओं ने भी हमें कंगाल ही किया है। वे तो अँग्रेज़ों की तरह ही राजशाही में हैं और हमें दरिद्रता ही नसीब हुई। ये भी अपने ही सगे-सम्बन्धियों को बढ़ावा देते हैं, और बाक़ी जनता को राम भरोसे छोड़ दिया गया है। क्या गाँधी जी ऐसे ही स्वराज का सपना देखते थे?

गाँधी जी के लिए स्वराज के मायने 'हिन्दुस्तान पर हिन्दुस्तानियों का राज हो' से अलग थे। उनके लिए स्वराज का मतलब था : 'हर हिन्दुस्तानी अपने आचार, विचार और व्यवहार से राजा हो जाये।' हम ख़ुद के राज के अलावा ख़ुद पर राज करना सीख लें। हिन्दुस्तानी ख़ुद पर, यानी अपनी ज़रूरतों, अपनी आकांक्षाओं और अपनी उत्कण्ठाओं पर संयम रखते हुए अपने पर राज करना सीख ले। इसका एक मन्त्र भी उनने दिया था : 'सृष्टि में सभी की ज़रूरतों के लिए ख़ूब है, मगर एक के भी लालच के लिए कम है।' गाँधी जी का स्वराज–प्रेम से नफ़रत को मिटाने का योग-कर्म रहा। हर हिंसा के बदले, जो हर क़ीमत पर अहिंसा को रखता हो। पाशविकता के बदले मानवता को रखता हो। औपचारिकता के बदले आत्मीयता को रखता हो। उनके स्वराज में हर व्यक्ति की स्वतन्त्रता थी। हर व्यक्ति अपने अधिकार और उत्तरदायित्त्व समझते हुए स्वतन्त्रता का निर्वाह करे। यही हमारा स्वधर्म भी है। जैसे एक-एक बूँद से सागर बनता है वैसे ही एक-एक व्यक्ति से समाज और फिर समाज की सामूहिकता से राष्ट्र बनता है। क्या हिन्दुस्तान में आज ऐसी समरसता देखने को मिलती है?

आप यह कैसा सवाल कर रहे हैं। यह तो माना कि हिन्दुस्तान न तो कनाडा, न जापान और न अमेरिका ही हो सकता है। क्योंकि हिन्दुस्तानियों का स्वभाव अलग है और भारत की सामाजिक, प्राकृतिक व्यवस्था भी इन देशों से भिन्न है। लेकिन जब उनकी तरह हमारे पास भी आर्थिक समृद्धि और सशक्त सैन्य उपकरण हो जायेंगे तब हिन्दुस्तान का भी सारी दुनिया में बोलबाला होगा।

आपको याद दिलाता हूँ। हिन्दुस्तान में सन् १९४५ में आज़ादी आती दिख रही थी। काँग्रेस और तब के सभी बड़े नेता आज़ादी के बाद के हिन्दुस्तान के लिए योजनाएँ बनाने में लगे थे। गाँधी जी ने ५ अक्टूबर, १९४५ को नेहरू जी को एक पत्र लिखा। पत्र को पढ़ने-समझने पर उन दोनों के विचारों के मतभेद साफ़ झलकते हैं। जवाब में गाँधी जी लिखते हैं कि हममें अगर स्वराज के स्वरूप के प्रति विचारों का भेद है तो इसके बारे में लोगों को पता चलना चाहिए। स्वराज के कामकाज के प्रति जनता को अन्धकार में नहीं रखना चाहिए। इस पत्र से यह तो साफ़ होता है कि नेहरू जी को गाँधी जी के स्वराज में कोई रुचि नहीं थी। नेहरू जी मानते थे कि अगर हमको दुनिया की तरह तरक़्क़ी करनी है तो हिन्दुस्तान को दुनिया के ही रास्ते पर चलाना होगा। मशीनीकरण को अपनाकर औद्योगीकरण ही हिन्दुस्तान को दुनिया के मानचित्र में जगह दिला सकता है। यानी तब के नेताओं ने दुनिया के रास्ते को ही हिन्दुस्तान के विकास का एकमात्र ज़रिया मान लिया था। गाँधी जी का स्वराज इसमें कहीं खो गया।

आज अगर हम इन देशों की नक़ल या इनके ही वैश्विक माहौल में हैं तो आप ख़राबी क्यों देखते हैं? अँग्रेज़ी पार्लियामेण्ट की तरह हमारी भी संसद क्या सुचारु रूप से नहीं चल रही? मुझे तो समृद्ध देशों के रास्ते चलने में कोई ख़राबी नहीं दिखती। लेकिन इस बारे में आप अपने विचार बतलाइये।

यह तो मैं आपको बार-बार याद दिलाऊँगा। यह कि सारी दुनिया एक ही रास्ते पर चलने पर मजबूर है। मगर इन समृद्ध देशों के इतिहास को ज़रा देखना और समझना भी ज़रूरी है। अट्ठाहरवीं शताब्दी के अन्त में, पहले अमेरिकी और फिर फ्रांसीसी क्रान्ति हुई। कई राजशाही साम्राज्यों का अन्त हुआ। फ्रांसीसी क्रान्ति से निकले नेपोलियन बोनापार्ट ने फिर तानाशाह राज चलाया। यूरोप के कुछ देशों में लोकतन्त्र भी चला। इसी बीच राष्ट्रवाद का भी उदय हुआ। लगातर लड़ाई के कारण वहाँ भयंकर सामाजिक और आर्थिक संकट आये। अन्य राष्ट्रों को उपनिवेश बनाने के इरादे उपजे। यूरोप ने तो औपनिवेशिकता से देशों को लूट कर अपनी समृद्धि बनायी। उन्हीं देशों में अपनी सभ्यता को सबसे अच्छी बताते हुए फैलाने का भी काम किया। एक तरफ़ उपनिवेशी देशों की समृद्धि छिनी, और दूसरी तरफ़ उनकी सांस्कृतिक विरासत को भी पश्चिमी सभ्यता निगल गयी। इससे औपनिवेशिक देश आर्थिक और सांस्कृतिक तौर पर ग़रीब और विरासत-विहीन होते गये। इसलिए नक़ल करने से पहले समृद्ध देशों की समृद्धि को समझना ज़रूरी है। जो अपनी आर्थिक और सांस्कृतिक विरासत को तहस-नहस करने के बाद अन्य देशों को लूटने निकले थे उन्हीं की आज नक़ल करना कितना सही हो सकता है? सही है कि अगर पूरा विश्व एक ही मानव जगत् है तो वैश्विकता उसका मानवीय स्वभाव होना चाहिए। लेकिन कैसे वैश्विक आर्थिकी ने दुनिया को दो भागों—ग़रीब और अमीर में बाँटा, यह आज सब के सामने है। हिन्दुस्तान में ही शहर और गाँव में दो बिलकुल विपरीत भारत देखने को मिलते हैं। अँग्रेज़ों से अपनायी गयी अपनी पार्लियामेण्ट के हाल आगे देखेंगे।

इंग्लैण्ड के हाल

इंग्लैण्ड के हाल

सम्पादक : आप जो कहते हैं उस पर से तो मैं यही अन्दाज़ा लगाता हूँ कि इंग्लैण्ड की पार्लियामेण्ट को हिन्दुस्तान के लिए आप ठीक नहीं मानते। गाँधी जी ने इंग्लैण्ड पार्लियामेण्ट के बारे में जो कहा था वह क्यों कहा था?

सम्पादक : इंग्लैण्ड में आज की पार्लियामेण्ट का शताब्दियों पहले उदय हुआ। अगर इतिहास देखें तो इसके उदय के ख़ास कारण रहे। बारहवीं शताब्दी में इंग्लैण्ड के राजा द्वारा राज चलाने में सहायता के लिए मनोनीत बैरन लोगों में और राजा में घमासान लड़ाई छिड़ी थी। जिसके कारण 'मैग्नाकार्टा' दस्तावेज़ तैयार हुआ। उसके ही बाद बैरन और राजा के अधिकार व उत्तरदायित्व लिखित तौर पर तय हुए। हालाँकि मैग्नाकार्टा पूर्ण रूप से राजा और रईस बैरन लोगों के बीच सत्ता का सुलहनामा था मगर उसमें पहली बार आम जनता के स्वतन्त्र अधिकार भी लिखित तौर पर शामिल किये गये थे। यही बैरन लोग बाद में मनोनीत 'हाउस ऑफ़ लार्ड्स' और ख़ास रईसों द्वारा चुने गये 'हाउस ऑफ़ कॉमन्स' हुए। इन्हीं दोनों की सभा को बाद में पार्लियामेण्ट कहा जाने लगा।

सोलहवीं शताब्दी पार्लियामेण्ट के इतिहास को समझने के लिए महत्त्वपूर्ण है। मैग्नाकार्टा से लेकर सोलहवीं शताब्दी के अन्त तक

राजा ही पार्लियामेण्ट को बनाते, चुनते रहे और जब मन आया भंग करते रहे। इसी शताब्दी की शुरुआत में इंग्लैण्ड के राजा चार्ल्स-प्रथम ने अपने विरोध में एकजुट हुई पार्लियामेण्ट को भंग किया था। उसके बाद राजा और पार्लियामेण्ट के लगातार द्वन्द्व के कारण इंग्लैण्ड में तीन गृह-युद्ध हुए। आधी से ज़्यादा शताब्दी अशान्ति में बीती। लेकिन फिर चार्ल्स-प्रथम को अपने, और राज चलाने के लिए धन की कमी खलने लगी। पार्लियामेण्ट के सदस्यों का मुख्य काम और योग्यता आम जनता से कर वसूली करना, और राजा व राज्य के लिए धन जुटाना होता था। इसलिए एक दशक के बाद चार्ल्स-प्रथम ने फिर पार्लियामेण्ट को स्थापित किया। सुलह हुई, राजशाही बनी रही और पार्लियामेण्ट का सत्ता-धन खेल चलने लगा। लेकिन इस बार पार्लियामेण्ट आत्मनिर्भरता में लौटी थी क्योंकि उसने राजा से तीन गृह-युद्ध जीते थे। ऐसे ही इंग्लैण्ड में पार्लियामेण्ट पैठ जमाती गयी। राज चलाने की स्वयंभू संस्था होती गयी। राजसत्ता के लिए राजपरिवार और लार्ड-बैरन व ख़ास-आम लोगों की पार्लियामेण्ट लगातार भिड़ती रही। लेकिन आम जनता बेहाली में ही गुज़र-बसर करती थी। गाँधी जी को तब की पार्लियामेण्ट संस्था के इसी स्वरूप का मलाल रहा होगा।

> आपके बताने में दुख ज़्यादा दिखता है। मतलब यह कि आम जनता धोखे में ही रहती रही कि पार्लियामेण्ट उनके लिए काम करती है। गाँधी जी ने इंग्लैण्ड की पार्लियामेण्ट को बाँझ और बेसवा क्या इसीलिए कहा था?

राजा और पार्लियामेण्ट के बीच में लड़ाई तो सत्ता और धन को लेकर ही चलती रही। इंग्लैण्ड की आम जनता पहले तो मेहनत की कमाई कर में देती और फिर राजा और पार्लियामेण्ट में चलती लड़ाइयों का ख़र्चा भी उठाती। बेहाली में रहने पर मजबूर कर दी जाती। जबकि होना इससे उलटा चाहिए। लोग पार्लियामेण्ट में अच्छे से अच्छे मेम्बर चुनकर भेजें जो जनता की सेवा करें। पार्लियामेण्ट में आना यानी जनता की सेवा करना। उस पार्लियामेण्ट

का काम इतना सरल होना चाहिए कि दिन-ब-दिन उसका तेज और असर बढ़े। लेकिन इसके उलट, पार्लियामेण्ट के मेम्बर दिखावटी और स्वार्थी पाये गये। गाँधी जी ने उसको बाँझ इसलिए कहा क्योंकि तब की इंग्लैण्ड पार्लियामेण्ट अपने आप से आम जनता के लिए कोई अच्छा काम नहीं कर पायी थी। सिर्फ़ दबाव में ही जो कुछ कर पाती, करती थी। बेसवा इसलिए कहा क्योंकि उसका कोई एक मालिक नहीं होता था। जिसकी सत्ता हो उसी के लिए वह काम करती। सेवा के लिए सत्ता में आये लोग सत्ता की सेवा में लग जाते हैं। गाँधी जी आम जनता का शोषण करने वाली ऐसी पार्लियामेण्ट संस्था के सख़्त ख़िलाफ़ थे।

हिन्दुस्तान की पार्लियामेण्ट के हाल तो आज सीधे टेलीविज़न के ज़रिये, पूरा देश रोज़ अपने घरों में बैठ कर देखता है। इसके सांसद एक दूसरे को नीचा दिखाने के लिए ख़ुद भी इतना नीचे गिर जाते हैं कि साधारण नागरिक अपने को कहीं बेहतर ऊँचाई पर खड़ा मान सकता है। संसद की कार्यवाही अक्सर नाटकीय और हास्यास्पद लगती है। ज़्यादातर सांसद संसद को अपने परिवार की जागीर तक मानने लगे हैं। इन्हीं के बेटा-बेटी आसानी से चुनावी उम्मीदवार हो जाते हैं। बरसों से काम करने वाले बेचारे कार्यकर्ता नज़रअन्दाज़ होते रहते हैं। ऐसे कई रईस राजनीतिक परिवार हैं जिनके सदस्य अलग-अलग पार्टी में हैं ताकि राजनीतिक पव्वा और धोंस बनी रहे। आजकल तो अनेक मौक़ापरस्त नेता सत्ता में बने रहने के लिए विचारधारा को ताक पर रखकर सत्ता में रहने के लिए दल बदलते रहते हैं। आज राज करने का भाव सेवा के भाव पर हर तरह से हावी दिखता है। क्या हिन्दुस्तान की जनता ने ऐसी ही संसद का सपना देखा था?

> आपने मुझे सोच में डाल दिया। यह सब मुझे तुरन्त मान लेना चाहिए, ऐसा तो आप नहीं कहेंगे। क्या इंग्लैण्ड की पार्लियामेण्ट ने आजतक कुछ अच्छा नहीं किया?

ऐसा मैं तो क्या, कोई भी नहीं कहेगा। अगर इंग्लैण्ड में पार्लियामेण्ट ने कुछ भी अच्छा नहीं किया होता तो वहाँ की जनता ने उन्हें कभी का बाहर का रास्ता दिखा दिया होता। यूरोप अलग-अलग भाषा के छोटे-छोटे देशों का समूह है। विदेशी हस्तक्षेप के समय देशाभिमान दिखाते हुए लड़ाई की तैयारी करना, नीति बनाना, धन जुटाना आदि ऐसे कई काम हैं जो इंग्लैण्ड की पार्लियामेण्ट ने बेशक किये होंगे। पार्लियामेण्ट के कारण ही इंग्लैण्ड की राजशाही बनी रही। वहाँ की प्रजा में रानी या राजा के प्रति भावनात्मक लगाव आज भी बना हुआ है। दो दलीय राजनीति से पार्लियामेण्ट ही जनता को भरमाने में कामयाब रही। इंग्लैण्ड और यूरोप जब हर तरह से लड़ते-लड़ते कमज़ोर हुए तो अन्य देशों को उपनिवेश बनाने की नीति भी पार्लियामेण्ट के ही दिमाग़ की उपज थी। आधी से ज़्यादा दुनिया को अपने साम्राज्य में समेटे रखने में इंग्लैण्ड की पार्लियामेण्ट ही कामयाब रही थी। पार्लियामेण्ट के कारण ही सत्ता का दम्भ सिर चढ़ कर बोलता रहा है।

> तब तो आज तक जिन्हें हम समाज से, समाज के लिए, समाज द्वारा चुने गये पार्लियामेण्ट सदस्य मानते रहे, उनको तो आप आदर्श नहीं मानते होंगे?

मेरी कोशिश तो सिर्फ़ जैसा मुझे लगता है, इंग्लैण्ड की तब की पार्लियामेण्ट के असल चेहरे को आपके सामने रखना है। आज की पार्लियामेण्ट के उसी दिखावे को जनता के भी सामने लाना चाहिए। मैं यह पक्के तौर पर मानता हूँ कि अगर किसी भी देश की जनता चाहे और सक्षम हो तो अपनी पार्लियामेण्ट को समाज के विकास में लगने पर मजबूर कर सकती है।

जनता ही पहले एक राजनीतिक दल को, और फिर वही दल अपने प्रधानमन्त्री को चुनता है। लोकतन्त्र में जनता अपनी सेवा के लिए एक राजनीतिक दल को, या किसी एक राजनीतिक नेता के नाम पर किसी एक दल को, सीधे तौर पर चुनती है। कई बार चुनाव का केन्द्र

व्यक्ति-विशेष भी होते हैं, जब जनता अपने प्रिय नेता को प्रधानमन्त्री के तौर पर देखने के लिए एक विशेष दल को चुनती है। जनता की, जनता द्वारा और जनता के लिए सरकार चलाने में प्रधानमन्त्रियों का महत्त्वपूर्ण योगदान रहता है।

जनता के चुनाव को सन्देह से देखने की भूल करना मुझे बेईमानी लगती है। गाँधी जी के अनुसार प्रधानमन्त्री के कामों में शुद्ध भावना और सच्ची ईमानदारी झलकनी ही चाहिए। प्रधानमन्त्री की निष्ठा और उनके द्वारा चुनी गयी सरकार के मन्त्रियों की नैतिकता पर ही राष्ट्र और उसकी जनता का विकास निहित है। मेरा पक्के तौर पर मानना है कि अगर जनता सत्य और अहिंसा पर चलती है तो उसकी पार्लियामेण्ट इससे भटक नहीं सकती। यूरोप और पश्चिम के राष्ट्रों की पार्लियामेण्ट की दुर्दशा का कारण उनकी सभ्यता को भी मानना चाहिए।

> जब आपके ऐसे ख़याल हैं तो जिन अँग्रेज़ों के नाम से पार्लियामेण्ट ने आधी से ज़्यादा दुनिया पर राज किया उनके स्वराज के प्रति विचार बताइये।

गाँधी जी ने तो कहा ही था कि अँग्रेज़ 'वोटर' का धर्मग्रन्थ तो बाइबिल के बजाय वहाँ से निकलने वाले अख़बार हैं। जब निकलने वाले सभी अख़बार, पत्रिकाएँ और टेलीविज़न चैनल धनी पार्लियामेण्ट सदस्यों या उनके साथियों के हों, या उनके द्वारा चलाये जाते हों तो समाज में एकतरफ़ा रोशनी या एकतरफ़ा अन्धकार ही दिखायी देगा। एक अख़बार, पत्रिका या चैनल किसी एक को प्रामाणिक मानता, तो दूसरा किसी दूसरे को प्रामाणिक मानता है। गाँधी जी के अनुसार जिस देश में ख़बर देने वाले अख़बार, पत्रिका या चैनल निष्पक्ष न हों तो उस देश की दुर्दशा रोकी नहीं जा सकती।

आज हिन्दुस्तान में लगभग ५०० टीवी न्यूज़ चैनल हैं। इन सभी टीवी सूचना माध्यमों के मालिक देश के सिर्फ़ १४ या १६ रईस घराने हैं।

ज़्यादातर अख़बार और पत्रिकाएँ भी इन्हीं घरानों की हैं। यानी निष्पक्षता का अकाल स्वाभाविक है। हिन्दुस्तान के ज़्यादातर नेता या तो लोकप्रिय होकर अनैतिक धन कमाने में लगते हैं या फिर अनैतिक धन कमा कर लोकप्रिय हो जाना चाहते हैं। सांसद होते ही उनका सेवाभाव, सत्तावाद में बदल जाता है। हर क़ीमत पर देश और दुनिया पर राज करने की इच्छा ने ही सारा माहौल ख़राब किया है। माना भी यही जाता है कि संसार की आधी से ज़्यादा समस्या उन्हीं लोगों के कारण है जो ख़ुद के महत्त्व को दिखाना या दर्शाना चाहते हैं।

आप इसके क्या कारण मानते हैं?

इस दुर्दशा का कारण तो उनकी बिगाड़ करने वाली सभ्यता है। उन लोगों के विचार घड़ी-घड़ी में बदलते हैं। घड़ी के लोलक की तरह वे इधर-उधर घूमा करते हैं। जल्दीबाज़ी की अधीरता और उधेड़बुन की उच्छृंखलता में जीते हैं। टिक कर, जमकर बैठ ही नहीं सकते। ऐसे लोगों की पार्लियामेण्ट भी ऐसी ही होगी। हाँ, उनको अपने देश पर मान और भौतिक तरक़्क़ी का ख़ूब भान है। अपनी नस्ल की अच्छाई गिनाते वे थकते नहीं हैं। आपस में लड़ते-लड़ते पूरा यूरोप अस्त्र-शस्त्र के दम-खम को ही विकास और सभ्यता मान बैठा। लेकिन इससे उस राज और प्रजा में गुण देखना, और उनकी पार्लियामेण्ट और उस व्यवस्था की नक़ल की जाय, मेरे हिसाब से ग़लत होगा। अगर समाज, संस्कार और संस्कृति में अलग हिन्दुस्तान, अँग्रेज़ों की नक़ल करे तो हिन्दुस्तान को इंग्लिस्तान बनने में हज़ारों साल लग सकते हैं। ऐसा मेरा पक्का ख़याल है।

अगर आपके ऐसे ख़याल हैं तो आप तो यह भी मानते होंगे कि हिन्दुस्तान में लोकतन्त्र विफल रहा, संविधान नाकाम रहा।

कृपया अभी इस विषय पर आने की उतावली न करें। जब हिन्दुस्तान की दशा और दिशा पर बात करेंगे तब तक के लिए इस विषय को छोड़ते हैं।

सभ्यता का दर्शन

सभ्यता का दर्शन

पाठक : फिर तो आपको सभ्यता की बात भी करनी होगी। गाँधी जी के हिसाब से यह आधुनिक सभ्यता बिगाड़ करनेवाली क्यों है?

सम्पादक : गाँधी जी के हिसाब से ही नहीं, कई अँग्रेज़ लेखकों के हिसाब से भी यह पश्चिम से निकली आधुनिक सभ्यता बिगाड़ करने वाली ही मानी गयी। विद्वान अँग्रेज़ लेखक एडवर्ड कारपेंटर ने तो इस शीर्षक पर– 'सभ्यता—इसके रोग और उपचार' किताब भी लिख डाली थी। चर्चित तन्त्रिकाविज्ञानी और मनोविज्ञान के जन्मदाता माने गये सिग्मण्ड फ्रायड ने १९३० में—'सभ्यता और इससे उभरा असन्तोष' नाम से किताब लिखी थी। फ्रायड ने इस सभ्यता को व्यक्ति की वासना और समाज की आशा के संघर्ष के रूप में देखा था। आधुनिक मनोविज्ञान की यह बहुचर्चित किताब बेहद लोकप्रिय हुई। और ख़ूब पढ़ी जाती है। फ्रायड ने यह भी माना था कि इस सभ्यता से उभरी हत्या की लालसा, अतृप्त कामुकता और सम्पत्ति का लालच मानव समाज के लिए हानिकारक होने वाला है।

गाँधी जी के प्रेरणास्रोत रहे जॉन रस्किन ने भी इस आधुनिक सभ्यता की मानसिकता को अच्छी तरह सुभाषित किया था—

'हमारे पास जो है, उससे हमें ज़्यादा चाहिए, और जो हम हैं, हमें उससे कुछ और होना है।'

ऐसी आत्म-अशान्ति, आत्म-अधीरता मानव के विवेक को रोगी बना कर उसकी नैतिकता और सामाजिकता पर आघात करती है। आधुनिक सभ्यता को एक तरह का रोग मानने वालों की संसार में कमी नहीं। मानव के भौतिक विकास के साथ-साथ मानव की भावना का भी विकास ज़रूरी है। समाज की भावना ही उसकी सभ्यता की महानता को दर्शाती है। सभ्यताओं की शुरुआत क्योंकि समाज से होती है इसलिए समाज में भौतिक के अलावा भावनात्मक का भी महत्त्व है।

यह सब हम क्यों नहीं जानते?

इसका कारण तो साफ़ है। कोई भी आदमी अपने ख़िलाफ़ जानेवाली बात करे, ऐसा शायद ही होता है। आज की आधुनिक सभ्यता में फँसे लोग न तो उसके ख़िलाफ़ बात करना चाहते हैं, न उसका विरोध सुनना चाहते हैं और न ही उसके प्रतिरोध में लिखना चाहते हैं। उलटे उसको सहारा मिले ऐसी ही बातें करते, सुनते और लिखते हैं। उन्हीं बातों को सच भी मानने लगते हैं। अक्सर नींद में आदमी जो सपना देखता है, उसे सही मानता है। नींद जब खुलती है तभी ग़लती का एहसास होता है। ऐसी ही दशा आधुनिक सभ्यता में फँसे लोगों की है। हम जो बातें करते-सुनते या लिखते-पढ़ते हैं उसी में फँसते जाते हैं। उस पर विवेक से विचार करने की आज न तो क्षमता दिखती है, और न ही शिक्षा बची है।

गाँधी जी के लिए पश्चिम से निकली बिगाड़ करने वाली आधुनिक सभ्यता वह सोच थी जिसको पश्चिम के लोगों ने अपनाया और उसी सोच का पीछा वर्तमान में भी कर रहे हैं। उनकी मान्यता क्रूर प्रवृत्ति के प्रभुत्त्व में रही है। धन को वे भगवान के रूप में पूजते हैं। अधिकतर समय दुनियावी भौतिक सुखों पर ख़र्च करते हैं। वैसी ही विलासिता के लिए किसी भी स्तर तक जाने का ख़तरा भी मोल ले लेते हैं। दिमाग़ की सारी ऊर्जा मशीन और तकनीक की सत्ता बढ़ाने में लगाते हैं। विनाश कर सकने वाले उपकरण के ईजाद में करोड़ों ख़र्च करते हैं। इनकी

प्रवृत्ति, अपनी नस्ल के अलावा सभी को नीचा देखने की रहती है। इसलिए गाँधी जी इस आधुनिक सभ्यता को हिन्दुस्तान के लिए नकारा जाना ज़रूरी मानते थे।

यह बात आपने ठीक कही। अब आज की आधुनिक सभ्यता के बारे में आपने जो सोचा और पढ़ा है, उसके बारे में बताइये।

पहले तो हम यह समझें कि आख़िर सभ्यता किस हालत को कहते हैं। आज की आधुनिक सभ्यता की पहचान तो यह है कि इसके लोग बाहरी दुनिया की खोजों में, और शरीर के सुख में ही धन्यता, सार्थकता और पुरुषार्थ मानते हैं। इसकी अनेक मिसालें हमें रोज़ देखने को मिलती हैं। बाज़ारवादी सभ्यता इन सुखों की खोजों को ऐसे बताती, दिखाती हैं जैसे इनके बिना संसार का चलना ही मुश्किल हो। प्रकृति के स्वाभाविक नियम को तो आज नज़रअन्दाज़ ही कर दिया गया है। दुनिया भर में फैली कोविड महामारी के कारण प्राकृतिक स्थिति आज बिलकुल साफ़ दिखने लगी है।

सौ, या ज़्यादा साल पहले हम जिन खपरैल के घरों में रहते थे आज उनकी जगह सीमेंट के घरों ने ले ली है। जंगल से तो ये ज़्यादा सुरक्षित हैं लेकिन आत्मीय समरसता से हमें दूर ले गये हैं। जहाँ शहरों में ज़मीन पर बोझ बढ़ा, वहीं गाँव देख-रेख की कमी से धूल भरे होते गये। पहले लोग अपने घरों की साज-सज्जा, रख-रखाव और मरम्मत-वग़ैरह ख़ुद अपनी मेहनत से करते थे। आज यह सब वे करते हैं जिनको उन घरों में रहना नहीं है। यानी बिल्डर ही घर बनाते हैं और उन्हीं पर इसकी मरम्मत का ज़िम्मा भी रहता है। मौसम की अनुकूलता और प्रकृति से सामंजस्य का आज के मकानों की बनावट से कोई लेना-देना नहीं रह गया है। बड़े विशाल शहरों में ख़ुद का घर होना इस सभ्यता की शान मान ली गयी। अपने घर और अपने शहर में मानव ने ख़ुद को बाँध कर प्रकृति से किनारा कर लिया।

पहले हम अपने मौसम के हिसाब से कपड़े पहनते थे। आज शरीर को सजाने भर के लिए कपड़ों के नाम पर बेमौसम नक़ल में सभ्य, सुशिक्षित दिखने के लिए तरह-तरह के कपड़े बदलते, पहनते हैं। आये दिन बाज़ार फ़ैशन बदलता है और अमीर-ग़रीब के अन्तर-भेद को बढ़ाता है। आज राजधानी जैसे बड़े शहरों में भरी गर्मी में बच्चों को टाई पहने स्कूल आते-जाते सभी ने देखा होगा। इसको क्या बिना अकल की नक़ल नहीं माना जाये तो फिर क्या माना जाये? पहले प्रेम और लगन से बनाये गये खाने को पेट भर खाते थे। आज नफ़े-नुक़सान के लिए बनाये गये खाने को मन भरने के लिए खाते हैं। आज के खान-पान से हमारा स्वास्थ्य भी बिगड़ा ही है। कोरोना काल में सभी को समझ आया कि हमारा खान-पान ही हमारा स्वास्थ्य बनाता या बिगाड़ता है। यह भी कि घर का ताज़ा-गर्म खाना ही इम्यूनिटी या शारीरिक प्रतिरक्षा बढ़ाता है। आज के रोटी, कपड़ा और मकान के कारण क्या हम ज़्यादा स्वस्थ, ज़्यादा सुन्दर या ज़्यादा सुरक्षित हुए हैं?

हर घर में नल से जल पहुँचाने को मानव अपनी बड़ी उपलब्धि मानता है। और अगर पीने लायक जल अपने शहर में नहीं हो तो पाइप से कई सौ किलोमीटर दूर से जल लाया जाता है। शहरों की नदियाँ तो नाला हो गयी हैं, तालाबों पर कई तल की बिल्डिंग बन गयी हैं और कुँओं को कचरा घर बना दिया गया है। हर तरह से जीवन जैसे जल की बर्बादी हो रही है। आज मानव का समुद्र के नाविक जैसा हाल हो गया है। खारा पानी तो हर तरफ़ है मगर पीने का पानी पर्याप्त नहीं है। आज जल, नल से निकल कर बन्द बोतलों में भी आ गया है। जल या चाय पीने के लिए प्लास्टिक के गिलासों का इस्तेमाल हो रहा है। हिन्दुस्तान में तो मिट्टी के कुल्हड़ में जल या चाय पी जाती थी। कुल्हड़ वापस मिट्टी में मिल जाता था। आज भी हिन्दुस्तान में जहाँ प्लास्टिक की इस सभ्यता ने पाँव नहीं जमाये हैं वहाँ जाकर देख आइये। समाज द्वारा प्रकृति का आज भी ध्यान रखा जाता है। कुल्हड़ जैसी पुनर्प्रयोग वस्तुओं का ही इस्तेमाल होता है। कभी न मिटने वाले ये प्लास्टिक

के गिलास और बोतलें जलस्रोत के प्रवाह को रोकते हैं जिसके कारण जल-प्रवाह की समस्या ने विकराल रूप धारण कर लिया है।

बरसात तो बराबर होती है लेकिन उसके जल को सहेजने की ज़रूरत हमने नकार दी है। आज घरों के ये नल सूखने लगे हैं। घरों में नल से जल पहुँचने के कारण मानव ने अपने समाज के जलस्रोतों के प्रति ज़िम्मेदारी को भुला दिया। समाज के लोगों ने मान लिया कि कुएँ, तालाब, बावड़ी या नहरें हर समय के लिए रहनेवाली हैं। आज हालात यह हो गये हैं कि खेती तो भू-जल से करनी पड़ रही है और घरों व कारख़ानों का दूषित जल सीधा नदियों में मिलाया जा रहा है। भू-जल का स्तर तो लगातार गिर रहा है और नदियों का जल चुल्लू भर पीने के लायक नहीं बचा है। हर गर्मी में जल-समस्या विराट रूप ले लेती है और मानव के जीवन पर ही आँच आने की नौबत आ जाती है। पर्यावरण पर सुन्दर काम करने वाले अनुपम मिश्र ने तो कहा ही था 'अकाल अकेले नहीं आते। पहले अच्छे कामों का और अच्छे विचारों का अकाल आता है।' हमने इन अकालों को ख़ुद न्योता है। आजकल ऐसे हालात जल्दी-जल्दी आने लगे हैं। आज हिन्दुस्तान में ही नहीं कई अन्य देशों में भी जल-समस्या भयावह होती जा रही है। इसका कारण प्रकृति के प्रति समाज और सत्ता की विवेकहीन सोच है। शहर में बड़े शिल्पकार ऊँची इमारतें बनाते हैं और जल निकासी का ध्यान ही नहीं रखा जाता। हर वर्षा में ये शहर लगभग जलमग्न होते हैं या डूब ही जाते हैं। अगर जल ही जीवन है तो जल का ऐसा निरादर कौन सी सभ्यता दर्शाता है?

आज खेती भी उद्योग के लिए होती है। संसार और समाज के भरण-पोषण के लिए नहीं। पहले कई किसान एक-साथ हँसी-ख़ुशी, मेहनत से खेती कर सम्मान और स्वास्थ्य की रोज़ी-रोटी कमाते थे। आज एक बड़ा किसान मशीनी यन्त्रों के सहारे बहुत सारी ज़मीन जोतता है। इसके कारण बहुत से किसान खेती करने और रोज़ी-रोटी कमाने से वंचित रह जाते हैं। बड़े किसान बहुत अमीर हुए और छोटे किसान अपनी जीविका

और जीवन तक छोड़ने पर मजबूर हुए हैं। क्या इसको सभ्यता मानेंगे?

फिर आज की इस आधुनिकता को कचरे की सभ्यता भी कह सकते हैं। क्योंकि यह सभ्यता जितना कचरा पैदा कर रही है उस कचरे को सहेजने की समझ इसमें नहीं रह गयी है। आज शहरों में कचरे के ढेर पहाड़नुमाँ हो गये हैं। कचरे की जो यह आधुनिक सभ्यता है वह आज हमें हर ओर से घेर कर हमारे जीवन का ही कचरा कर रही है। शहरों का तो बुरा हाल हो ही गया है, मगर गाँवों में भी पन्नी, पॉलिथीन और छुट-पुट खाने के टेट्रा-पैक ने अपना भयावह संसार बना लिया है। सभ्य समाज के तौर पर हमने ऐसे कचरे को सहेजने में न अपना कर्तव्य माना, और न कोई रुचि ही दिखायी। हिन्दुस्तानी समाज में तो कचरा कुछ होता ही नहीं था। बचा खाना घर के या आसपास के गाय-बैल, कुत्ता-बिल्ली या चिड़िया-कौवे खाते थे। लोग ख़रीददारी करने घर से थैला लेकर जाते थे ताकि पन्नी या पॉलिथीन की ज़रूरत ही न रहे। असल में आज हममें अपना कचरा सहेजने की विवेकीय सोच ही नहीं रह गयी। मानव के ऐसे ही प्रकृति विरोधी कामों के कारण आज कहीं तो बाढ़ आती है और कहीं अकाल पड़ता है। क्या यही सभ्यता के अच्छे काम और अच्छे विचार हैं?

आज नये-नये तरह के रोग सामने आते हैं और डॉक्टर उन रोगों को मिटाने में ऐड़ी-चोटी का ज़ोर लगाते दिखते हैं। लेकिन रोग हैं कि ख़त्म होने का नाम ही नहीं लेते। लोग तन, मन और धन से कमज़ोर होते जा रहे हैं। बीमार जनता डॉक्टर से लुटने के लिए बावली हो जाती है। उसके पास कोई चारा नहीं रह गया है। हाल ही में कोविड विषाणु के प्रकोप ने पूरी दुनिया को मौत के डर से हिला दिया। दुनिया ने इस महामारी में जैसी महाबन्दी देखी वैसी पहले कभी नहीं देखी गयी। विषाणु के दुरुपयोग से पैदा हुई महामारी भी मानव निर्मित ही मानी गयी। दुनिया में एक तरफ़ कोविड विषाणु का संक्रमण तेज़ी से फैलने का ख़तरा बना तो दूसरी तरफ़ आर्थिक महामन्दी का ख़तरा मँडराने

लगा। कोविड का उपचार पूरी दुनिया के चिकित्सा-विज्ञानी बेसब्री से खोजने में लगे। महामारी ने दुनिया के चिकित्सा विज्ञान को अयोग्यता में ही दर्शाया। इससे पहले की भी आपको याद दिलाता हूँ। कुछ साल पहले बातें उठी थीं कि 'एड्स' नामक बीमारी भयंकर तेज़ी से फैल रही है। देश-दुनिया में डर का माहौल बना। बताया गया कि जिस तेज़ी से यह महामारी फैल रही है दुनिया तबाह हो जाने वाली है। फिर स्वाईन फ़्लू फैला, सार्स फैला, एच-वन एन-वन फैला और अब हर साल कोई नयी बीमारी सामने आ जाती है। पिछले बीस सालों में कोरोना प्रजाति के विषाणु की यह तीसरी मार है। सार्स और मार्स के बाद कोरोना की ही कोविड महामारी है। क्यों दुनिया के चिकित्सा विज्ञान की तैयारी आज कमज़ोर और हारी हुई लग रही है? ऐसे माहौल में हमें प्रकृति और विषाणु पर किये जा रहे अन्याय और खिलवाड़ की ज़िम्मेदारी भी लेनी होगी। जब लोगों में इसका डर बैठा तो जीने के नये तरीक़े सिखाये जाने लगे। हर साल ये नयी बीमारियाँ सिर्फ़ चिकित्सा विज्ञान के लिए अनुमान और स्वास्थ्य आकांक्षाओं का आधार भर बनती हैं। फिर महंगी दवाएँ बेची जाती हैं। जनता पर दवाई का बाज़ार हावी होता है। बीमारी का भी धन्धा चलता है। ख़र्चीली डॉक्टरी व्यवस्था ने ग़रीब का जीवन मुश्किल कर दिया है। आज के अस्पताल और पैथोलॉजी लैब भी उद्योग की तरह ही चलाये जाते हैं। चिकित्सा कभी भी सम्पूर्ण विज्ञान नहीं रही, ऐसा इसके ही सफल डॉक्टरों का कहना है। ऐसी ही चिकित्सा पद्धति को आधुनिक सभ्यता की महान् उपलब्धि मान लिया गया। ये सब इस सभ्यता की सच्ची निशानियाँ मानी गयी हैं। इसमें नीति और नैतिकता की कोई भी बात आप देख पाते हैं क्या? अगर कोई भी इससे भिन्न बात करे तो उसको भूला-भटका हुआ मान लिया जाता है।

ऐसा भी नहीं है कि इन सभी बातों पर आज समाज में सोच और समझ बढ़ नहीं रही। नयी तकनीक के द्वारा सभी में प्रचारित भी हो रही है। लेकिन इस सभ्यता के हिमायती, बाज़ार की सत्ता चलाने वाले साफ़ कहते हैं कि लोगों को धर्म की नीति और संस्कार की नैतिकता

सिखाना उनका काम नहीं। आज मुनाफ़ा ही महामन्त्र हो गया है। लाभ ही लुभावना लगता है। लाभ के लिए मिलावट आज हर वस्तु में मिल जायेगी। आज अनाज से लेकर फल-सब्ज़ी-दूध और हर चीज़ में मिलावट की बातें सुनने को मिलती हैं। चीज़ों को लम्बे समय तक सहेजने के नाम पर भी मिलावट होती है। माहौल ऐसा हो गया है कि मुनाफ़े के लिए मिलावट भी करनी पड़े तो समाज को धोखे में रखा जाता है। लाभ और मुनाफ़े के लिए व्यक्ति का व्यक्ति से विश्वास उठ गया है। व्यक्ति का समाज के प्रति उत्तरदायित्त्व ख़त्म हुआ है। मनमाफ़िक मुनाफ़े की इस व्यवस्था को कौन-सी सभ्यता माना जाये?

इस सभ्यता का मुख्य आकर्षण तो हर तरह से वैभव और सम्पत्ति अर्जित करना है। आज साफ़ तौर पर देखा जा सकता है कि कैसे 'पैदा' करने की शक्ति ने मानव को वैभव दिया और फिर किस हद तक मानवता को प्रभावित किया। आज ज़मीन-जायदाद को सत्ता की शक्ति के रूप में देखा जाता है। आधुनिक मानी गयी इसी सोच के कारण मानव पर इसका प्रभाव तीन तरह से पड़ा। मानव प्रकृति से तो दूर हुआ ही है, सही तौर पर ख़ुद को जानने-समझने से भी वंचित है और समाज के अपने भाई-बन्धुओं से भी दूर होता गया है। जो प्रकृति मानवता का भरण-पोषण और शरण देती आयी है उसी को मानव आज ना-कुछ समझने लगा है। प्रकृति की प्रभुसत्ता पर मोह की मानव सत्ता हावी है। मानव की लालसा ने मानवीय ज़रूरतों को ढाँक दिया है। अपने लिए बनावटी जीवन बुनने को ही मानव अपना विकास मानने लगा है। कोविड संक्रमण से बचने के लिए हुई महाबन्दी ने पर्यावरण को सहेजने का महत्त्व दुनिया को समझाया। संक्रमण से बचने के लिए लोगों को घरों में रहना पड़ा। एक-दूसरे से दूरी बनानी पड़ी। मुँह ढकना पड़ा। लेकिन जहाँ दुनिया आर्थिक महामन्दी से ग्रस्त हुई वहीं प्रकृति को महाबन्दी से लाभ हुआ। हवा साफ़ हुई, नदियाँ साफ़ हुई और जीव-जन्तुओं को भी दुनिया अपनी लगने लगी।

अपनी ख़ुदग़र्ज़ी में हमने अपनी ही आत्मा से नाता तोड़ लिया है। अगर हम पृथ्वी पर ऐसे जीते हैं कि हमारे जीने से उस पर असर पड़ता है तो कोई फ़िक्र की बात नहीं है। लेकिन अगर हम ऐसे जीते हैं कि हमारे जीने से पृथ्वी पर कोई असर नहीं पड़ता तो बहुत फ़िक्र की बात है। क्योंकि भोगवादी सभ्यता के कारण पृथ्वी आज जिस संकट से गुज़र रही है वह मानवता के जीवन के लिए भयंकर हो सकता है। हमें अगर असल आत्म-विकास करना है तो ईश्वर तुल्य प्रकृति से नाता फिर से जोड़ना ही होगा।

पहले अन्य देशों को सत्ताएँ उपनिवेशी बना कर ग़ुलाम बनाती थीं। आज लोग अपने ही देशों में पूँजीपतियों द्वारा ग़ुलाम बनाये जा रहे हैं। पहले लोग खुली हवा में ख़ुद को जितना ठीक लगे उतना काम स्वतन्त्रता से करते थे। आज हज़ारों आदमी बेरोज़गारी में गुज़र-बसर करते हैं। लगातार बढ़ती आबादी के कारण दुनिया में लोगों को गिने-चुने रईसों की ग़ुलामी करनी पड़ रही है। इन्हीं ग़रीब लोगों की आशाओं से बाज़ार खिलवाड़ करता है। रईसों को और रईस बनाता है। पहले लोगों को मार-पीट कर मज़दूरी के लिए ग़ुलाम बनाया जाता था आज लोगों को पैसे और भोग का लालच देकर ग़ुलाम बनाया जाता है। कोरोना महामारी के काल में जहाँ ग़रीब का जीवन दुर्भर हुआ वहीं कुछ बेहद अमीर और अमीर हुए। क्या इसी व्यवस्था को सभ्यता कहेंगे?

आज जिस देश के पास परमाणु ऊर्जा है, तकनीकी शस्त्र हैं और मिसाईल गोला-बारूद है या इनको ख़रीदने की आर्थिकी है, उसी का दुनिया में बोल-बाला है। इसको हैवानियत की राक्षसी प्रवृत्ति नहीं कहें तो फिर क्या कहा जाये? आज देशों के पास एक देश में बैठ कर दूसरे देश को तबाह करने वाले रॉकेट हैं। आज जैविक युद्ध की बातें भी होती हैं। कोरोना विषाणु की महामारी के फैलने पर भी यही बातें उठीं। दुनिया में बेशक युद्ध विराम दिख रहा हो लेकिन आर्थिक एकाधिकार से लगातार आम आदमी तबाह हो रहा है। क्या इसी सभ्यता को आप आदर्श मानेंगे?

आज आयेदिन रोज़मर्रा के कामकाजों में आपसी मानवीय व्यवहार देखकर अचरज होता है। एक-दूसरे की जगह, या एक-दूसरे के जीवन में अतिक्रमण आज बिना समाज को ध्यान में रखे होता रहता है। आज की आधुनिकता और उससे उपजी नासमझी पर हैरानी होती है। सभी सृष्टि पर स्वार्थ और एकाधिकार जताने की कोशिश में देखे जा सकते हैं। आज दुनिया के सारे देश या तो एक-दूसरे की नक़ल करते दिखेंगे या फिर एक-दूसरे को नीचा दिखाने में लगते हैं। कहा जाता है कि आज की आधुनिक सभ्यता में क़ानून के राज की कसमें खायी जाती हैं। मगर संचेतना की अदालत में समाज ख़ुद को ही कमज़ोर पाता है। जबकि इसी अदालत को सर्वोपरि होनी चाहिए। आज क़ानून के ही कारण, सत्ता की हवस ने मानवता को हड़प लिया है। जैसे सत्ता इतिहास गढ़ने में लगती है वैसे ही क़ानून भी सत्ता बनाने में ही लगा दिखता है।

आज तेज़ी, गति, स्पीड या रफ़्तार ही जीवन का एकमात्र उद्देश्य रह गया है। समय की क़ीमत धन से आँकी जाती है। धन को भगवान मान लिया गया है। क्या इसी मानसिकता को अपनी सभ्यता मानना चाहेंगे?

कोविड की महामारी ने ज़रूर दुनिया के जीवन की रफ़्तार को ठेस पहुँचाई। दुनिया को ठहरकर सोचने-समझने पर मजबूर किया। रफ़्तार की इन्हीं मशीनों के लिए देशों की व्यवस्था रची और बनायी जाती रही है। लम्बी-चौड़ी सड़कें, तेज़म-तेज़ रेलगाड़ी, हवाई फ़्लायीओवर और ऐसी अन्य व्यवस्थाएँ रची गयीं जो प्रकृति पर मानव की सत्ता दर्शाती हैं। इसे सभ्यता की चोटी मान लिया गया। सारी आधुनिक सुविधाएँ लोगों को हाथ-पैर न हिलाने के लिए बनायी जा रही हैं। कसरत-मेहनत और शारीरिक श्रम का महत्त्व भी कोविड महामारी के दौरान ही दुनिया को समझ आया।

समाज का एक वर्ग धर्म पर चलना चाहता है तो दूसरा सत्ता और धन के कारण धर्म को ढोंग बताता है। नीति के नाम पर अनीति चलायी जाती है। धर्म के नाम पर अधर्म का प्रचार होता है। आज सारी व्यापारिक व्यवस्था

शरीर का सुख कैसे मिले यही ढूँढ़ती है। इसी को देने व पाने की कोशिश में लगी भी दिखती है। इस सभ्यता ने भोगवाद को इतना व्यापक किया है कि लोग इसके नशे की लत में पड़ गये। जो एक के पास है वही दूसरे को भी हर क़ीमत पर चाहिए। इस सबके कारण लोग एकान्त में बैठ ही नहीं सकते।

आपको याद दिलाता हूँ। दुनिया जब पूरी तरह औद्योगीकरण में रमी हुई थी तो अमेरिका में सन् १९३० की आर्थिक महामन्दी आयी। वह महामन्दी एक दशक तक चली। नतीजा हुआ लोगों की रोज़ी-रोटी छिनी, घर चलाने के लाले पड़ गये। तब औद्योगीकरण के आकाओं को नया तरीक़ा सूझा। महामन्दी के कारण मज़दूरों की मज़दूरी तो बढ़ाई नहीं जा सकती थी इसलिए उनकी पत्नियों को भी मज़दूरी करने की सलाह दी गयी। तभी जीवन चलाने के लिए ज़रूरी आमदनी घर लायी जा सकती थी। इसने दुनिया की आर्थिकी को नया आयाम दिया। स्त्रियाँ पुरुषों के साथ आर्थिक समानता में आयीं और मज़दूरी के काम का बँटवारा होने लगा। स्त्री-पुरुष दोनों में आत्मा तो एक ही है। प्रकृति ने स्त्री-पुरुष को समान अधिकार देते हुए, कर्तव्य अलग-अलग दिए। दोनों एक-दूसरे के सामने कमज़ोर नहीं हैं। लेकिन दोनों के कर्तव्य एक-दूसरे से अलग हैं। इस महामन्दी से पहले स्त्री-पुरुष के बीच सम्मान था, अधिकार थे और कर्तव्यों का कोई भेद नहीं था। हिन्दुस्तान में स्त्रियाँ खेत हो या घर, पुरुषों के साथ काम के लिए बराबरी में ज़िम्मेदार रहती थी। पश्चिम के असर में जिन स्त्रियों को घर की मालकिन और संस्कारों की प्रेरणास्त्रोत होना चाहिए वे झूठी समानता में पड़कर नाहक की नौकरियों के कारण घर से दूर जाने पर मजबूर हैं। क्या इसी को आधुनिक सभ्यता माना जायेगा?

एक अँग्रेज़ दार्शनिक ने कहा कि आधुनिक पश्चिम सभ्यता के तीन ख़ास आयाम हैं। पहला—सत्ता की अहं शक्ति, दूसरा—इतिहास और शिक्षण का दम्भ, और तीसरा—भक्ति या इबादत के कट्टर पन्थ-

मज़हब। इन तीनों स्थितियों ने दुनिया और मानवता का अच्छे से ज़्यादा बुरा किया है। इस सभ्यता का हूबहू चित्र खींच पाना इसमें रचे-बसे अपने जैसों के लिए मुश्किल है। हम जो इस आधुनिक सभ्यता में फँसे हुए हैं, तकनीकी सुविधाओं का फ़ायदा तभी तक उठा सकते हैं जब तक हम इसमें फँसे हैं। इन सुविधाओं का उपयोग ज्ञान और विवेक से कर पाते हैं तो हम इन पर बावले नहीं होंगे। इन सुविधाओं पर हम लट्टू नहीं होंगे। इनकी चिन्ता में नहीं पड़ेंगे और सुविधाओं की लालसा नहीं बढ़ेगी। क्योंकि जैसे ही हमारा रुझान भौतिक वस्तुओं में बढ़ता है, उसको बनाये रखने के लिए हम अपने आसपास आड़ और बाड़ लगाने लग जाते हैं। और जिस प्रकृति ने हमें बनाया उससे ही दूर होते जाते हैं। प्रकृति के साथ किये जा रहे अन्याय को कोविड महामारी ने दुनिया के सामने ख़ूब दर्शाया। ख़ुद का संसार बनाने की ज़िद में मानव बने-बनाये प्रकृति के संसार से खिलवाड़ करता रहा है।

आज विज्ञान ईश्वर तत्त्व या गॉड पार्टिकल को तो खोजने की बात करता है मगर ईश्वर की बनायी अपार प्रकृति उसको दिखायी नहीं देती है। भौतिक विज्ञान में नोबेल सम्मान जीतने वाले स्टिवन वीनबर्ग ने तो कहा था कि बेहिसाब ख़र्च करने के बाद अगर 'हिग्सबॉसन' ढूँढ़ भी लिया गया है तो इसका लाभ जीव की बीमारी दूर करने, या बेहतर तकनीक के काम नहीं आने वाला है। यह केवल सभ्यता का ढोल पीटने जैसा है। विज्ञान का लाभ तो तभी है जब इसके प्रयोगों से मानव का जीवन आसान हो पाये। उसके दुख-दर्द दूर हो पायें। क्या आपको लगता है कि ऐसा हो पाया है? कोविड महामारी में तो दुनिया का चिकित्सा विज्ञान लगभग अँधेरे में लठ चलाता हुआ-सा दिखा।

यह सभ्यता ऐसी है कि अगर हम धीरज धरकर बैठे रहेंगे, तो सभ्यता की चपेट में आये हुए लोग ख़ुद की जलायी हुई आग में जल मरेंगे। हिन्दू पन्थ ने इसे निरा 'कलजुग' माना। इस्लामी मान्यता के मुताबिक इसे शैतानी सभ्यता कहा गया। ईसा मसीह तो आम लोगों की सेवा

करने और उनके लिए बलिदान देने की बात करते थे। ईसा मसीह की शिक्षा 'नेक नीयत की नीतिकथा' में पूरे विश्व के लिए धर्म और नीति का उपदेश है। आज के पश्चिम की भोगवादी सभ्यता ईसा मसीह के उपदेश से ठीक उल्टी चल रही है। किसी ने ठीक ही कहा कि आधुनिक पश्चिम की सभ्यता रंगरेलियाँ मनाने के जोश से उपजी है, जिसका अन्त अक्सर खुमारी में होता है।

फिर भी जिस समाज में उसके लोगों के आचार, विचार और व्यवहार सभ्य हों, संस्कारी हों एवं सुसंस्कृत हों उस समाज की गतिविधियों को सभ्यता कहते हैं। क्या आज की सभ्यता के बारे में हम ऐसा मान सकते हैं? इस सब के बावजूद मैं यह भी मानता हूँ कि जब सुख-सुविधाओं की सीमा या समझ आ जायेगी, तब मानव नींद से जागेगा। तब विवेक से आत्मीयता की सभ्यता रचने में लगेगा। मानवता में इतनी तो विवेकशीलता है कि वो इस स्थिति से भी उबरने की क्षमता रखता है। इसके लिए हमको तकनीकी 'बनावटी-बुद्धि' के प्रकोप से बचना होगा। विवेक-बुद्धि से आने वाले समाज और सभ्यता की रचना करने में लगना होगा।

बेशक, ईश्वर ने मानव को इसके काबिल बनाया है। सही है कि जिस पश्चिमी सभ्यता को दुनिया के लिए एक रोग माना गया वह कोई अमिट रोग नहीं है जिसका इलाज हम खोज नहीं सकते। मुझे विश्वास है कि मानवता का विवेक ज़रूर जागेगा।

आज हिन्दुस्तान का क्या?

आज हिन्दुस्तान का क्या?

पाठक : आपने सभ्यता के बारे में बहुत कुछ कहा और मुझे विचार में डाल दिया। अब तो मैं इस संकट में आ पड़ा हूँ कि आज यूरोप और अमेरिका की प्रजा से मैं क्या लूँ। और क्या न लूँ। लेकिन एक सवाल मेरे मन में तुरन्त उठता है। अगर यह पश्चिम की वैश्विक सभ्यता बिगाड़ करने वाली है, एक रोग है तो ऐसी सभ्यता में हम फँसते क्यों जा रहे हैं?

सम्पादक : पहले तो अपन यह समझ लें। अगर मुझे नशे की लत हो तो कुसूर नशा बेचने वाले का निकालना चाहिए या ख़ुद का? बेचने वाले का कुसूर निकालने से मेरी लत थोड़े ही मिटनेवाली है। एक बेचने वाले को भगा देंगे तो क्या दूसरा मुझे नशा नहीं बेचेगा? फिर ऐसे ही ज़्यादा खाने से मुझे अजीर्ण हो जाये तो मैं पानी का दोष निकालकर अजीर्ण दूर नहीं कर सकूँगा। सच्चा डॉक्टर तो वह है जो रोग की जड़ खोजे। आप अगर हिन्दुस्तान के रोग के डॉक्टर होना चाहते हैं तो आपको इसके रोग की जड़ खोजनी ही पड़ेगी।

शहरों में रहने वाले मानते हैं कि हिन्दुस्तान आज हर तरह से सम्पन्न है। इसके बावजूद आधी से ज़्यादा आबादी रोज़मर्रा की ज़रूरत के लिए तरसती है। हमें यहीं की परिस्थितियों से इसके कारण भी खोजने

होंगे। समाज के तौर पर हिन्दुस्तान को 'स्वेच्छिक मज़दूरी और स्वेच्छिक ग़रीबी' की स्थिति को समझना होगा। इस व्यवहार को अपने समाज की व्यवस्था में शामिल करने की ज़रूरत है। परोपकार में मज़दूरी करना, और आत्मसंयम से ग़रीबी में रहना हमें सीखना होगा। स्वस्थ जीवन के लिए शारीरिक मेहनत या कसरत क्यों ज़रूरी है यह कोविड संक्रमण के दौरान दुनिया को समझ आया। घरों में रहने से समझ यह भी आया कि सुरक्षित जीवन जीने के लिए बहुत धन की भी ज़रूरत नहीं रहती। ग़रीबी में भी जीवन सुकून और शान्ति से जीया जा सकता है। स्वास्थ्य विशेषज्ञों के अनुसार शरीर से मेहनत करना और घर का ही बना गर्म खाना रोग प्रतिरोधक क्षमता बढ़ाता है। विषाणु के संक्रमण से बचने के लिए मन और शरीर को तैयार करता है। समाज में अगर ऐसी समझ बढ़ती है, तभी एक देश के तौर पर हिन्दुस्तान पर, और मानवता के तौर पर हम अपनी जनता पर गर्व कर सकते हैं। सभ्यता का असल विकास भी यही है।

आज दुनिया के ज़्यादातर देश आज़ाद हैं। यूरोप में मैग्नाकार्टा और फ्रांसीसी क्रान्ति से उभरा लोकतन्त्र ज़्यादातर उन देशों ने अपनाया जो इंग्लैण्ड के और अन्य यूरोपीय देशों के उपनिवेश बने। दुनिया द्वारा बावलेपन में अपनाए जा रहे औद्योगिकीकरण और मशीनीकरण को ही हिन्दुस्तान के विकास के लिए ज़रूरी माना गया। पश्चिम से निकली इसी औद्योगिकता ने दुनिया के कुछ मनुष्यों को तो सम्पन्न बनाया मगर ज़्यादातर मानवता हताहत ही हुई है। मानव को प्रकृति से दूर ले जाने का सर्वनाशी काम इस सभ्यता ने किया। पूरी दुनिया आज इससे निकले दुष्परिणाम देख और भुगत रही है।

> यह आप सही कहते हैं। अब मुझे समझाने के लिए आपको दलील देने की ज़रूरत नहीं रहेगी। मैं आपके विचार जानने के लिए अधीर हो गया हूँ। हम दिलचस्प विषय पर आ गये हैं, इसलिए मुझे अपने विचार बतायें। जब मुझमें शंका पैदा होगी तब ही मैं आपको रोकूँगा।

बहुत अच्छा। पर मुझे डर है कि आगे चलने पर हमारे बीच फिर से मतभेद ज़रूर होंगे। फिर भी मेरी कोशिश रहेगी कि बहस में समय न बर्बाद हो। अँग्रेज़ों के आने से कई शताब्धियों पहले हिन्दुस्तान में ही 'अर्थशास्त्र' लिख दिया गया था। संस्कृत लिपि में लिखे गये 'अर्थशास्त्र' में राजनीति, शासन, अर्थनीति, समाज कल्याण, राष्ट्र सुरक्षा और ऐसे कई मुद्दों पर विस्तार से लिखा गया था। विदेश-कूटनीति और युद्ध की तैयारी कैसी होनी चाहिए यह भी उसमें विस्तार से आया है। संस्कृत से नाता तोड़कर आज हम ख़ुद ही 'अर्थशास्त्र' के सिद्धान्तों से दूर चले आये हैं।

हिन्दुस्तान में अँग्रेज़ व्यापार करने ही आये थे, मगर राज करने लगे। वे अपना व्यापार बढ़ा सके और अपने राज के पैर फैला सके तो इसको हिन्दुस्तान के लोगों की ही कमज़ोरी मानना होगा। अँग्रेज़ी साम्राज्य की लालसा और आर्थिक लालच के व्यवहार ने हिन्दुस्तान में अपने पैर जमाए। आज हिन्दुस्तान में हर व्यापारी राज करना चाहता है, और हर राजनेता व्यापारी हो जाना चाहता है। इस सभ्यता की राजनीति, अर्थनीति और समाजनीति से निकले ज्ञान-विज्ञान ने कुछ का तो भौतिक विकास किया, मगर ज़्यादातर लोगों का आध्यात्मिक विकास अन्धकार में ही रहा। आज किसी भी काम में नीति-अनीति की कोई अड़चन ही नहीं रह गयी है। जहाँ-जहाँ अँग्रेज़ों ने राज किया वहाँ-वहाँ इस सभ्यता ने अपनी जड़ें मज़बूत कीं। यही व्यापार का व्यवहार और ऐसी ही सत्ता का खेल आज भी चल रहा है। हर तरह का व्यापार करना, उसे अन्धाधुन्ध बढ़ाना, और हर तरह से धन कमाना ही इस सभ्यता की असली निशानी है। इसे हिन्दुस्तान क्या, पूरी दुनिया ने ख़ूब जोश में अपनाया। कोविड महामारी के दौर में ज़रूर यह ग़लती दुनिया को समझ आयी। इसलिए अँग्रेज़ों का राज सहना और उसी राज से निकली सभ्यता को अपनाना, हिन्दुस्तान को अपने संस्कारों से दूर ले गया। एक तरह से आज अपन न घर के रह गये हैं, न घाट के।

> आज तो अँग्रेज़ों का राज नहीं है। फिर भी क्यों हर बात पर हम उन्हीं की ओर देखने लगते हैं?

जैसे हमने अँग्रेज़ों को हिन्दुस्तान दिया, और उससे भी पहले बाहर से आये बादशाहों के आक्रमण सहे, राजा-महाराजाओं के व्यभिचारी राज सहे वैसे ही अपनी संस्कृति को भी हम सहेज नहीं पाये हैं। तब के राजा-महाराजाओं व लोगों की कमज़ोरी ने ही आक्रमणकारियों को आने और राज करने दिया। फिर अँग्रेज़ों को भी व्यापार और राज चलाने दिया। अँग्रेज़ों के पार्लियामेण्ट स्वराज को बिना सनातनी-विवेक के अपनाया गया। उनका ही स्वयंभू, स्वार्थी और सेवाविहीन व्यापार का व्यवहार अपनाया। पश्चिम के पिछलग्गू हो कर भोगवादी सभ्यता में फँसे हैं। इसलिए आज़ादी के सत्तर साल बाद भी हमें उन्हीं की ओर देखने की आदत, या लत-सी हो गयी है। विदेश में देख कर आये अपने नेता हिन्दुस्तान को यूरोप और अमरीका जैसा ही बनाने की नीतियाँ बनाते हैं। अपने समाज और सामाजिकता को समझे बिना हमने विदेश के विकास की राह पकड़ी। इसी व्यवहार की वजह से आज अपने नेताओं की नैतिकता भी दाँव पर है। समाज में चारित्रिक गिरावट के कारण अपने नेताओं की नैतिकता भी गिरी। ऐसे ही चुनाव के लिए आप वोट देने वाले समाज को दोषी मानते हैं या राजनीतिक दलों को? जाहिर है समाज की विवेकीय गिरावट के ही कारण नेताओं की नैतिकता आज गिरी हुई नज़र आती है।

पश्चिम सभ्यता की सम्पूर्ण आर्थिक प्रभुसत्ता से हिन्दुस्तानी प्रभावित हुए। भोगवाद अपना कर अध्यात्मवाद भूल गये। आज वैश्विकता के झण्डे के तहत पश्चिम के सत्तापरस्त लोग आये दिन दूसरे देशों से आर्थिक क़रार करते हैं। दुनिया में जब अँग्रेज़ी उपनिवेश फैल रहा था तो दक्षिण अफ़्रीका के एक राष्ट्रपति से पूछा गया कि 'चाँद में सोना है या नहीं'? तब उनने जवाब दिया था कि 'अगर चाँद में सोना होता तो अँग्रेज़ उसको भी अपने राज के साथ जोड़ देते'। पैसा ही उनका ख़ुदा

है, यह जानने पर सब बातें साफ़ हो जायेंगी। आज अँग्रेज़, अमेरिकी और चीनी सभी आर्थिक साम्राज्य स्थापित करने में लगे हुए दिखते हैं। इस सभ्यता ने हिन्दुस्तान की अर्थव्यवस्था, आध्यात्मिकता और सामाजिकता को बुरी तरह प्रभावित किया। यह सभ्यता सारी दुनिया को एक बाज़ार में बदलने में लगी है।

हमारी एक बड़ी कमज़ोरी भी रही है। हमनें शास्त्रों को बिना समझे, उनका कोरा गुणगान किया। हिन्दुस्तान के शास्त्रों के ज्ञान को हम विवेक से अपनी कार्य-प्रणाली में समाहित नहीं कर पाये। शास्त्र निर्गुण हैं, मगर कला सगुण होती है। दोनों के रास्ते बेशक अलग हों, लेकिन मंज़िल एक ही है। जैसे धर्म बिना कर्म मृत्य माना गया वैसे ही कर्म बिना धर्म को भी समझिए। अपने कर्तव्य से प्रेम करना भी धर्म पर चलना ही है।

कबीर ने तो इसको बड़े सुन्दर तरीक़े से सभी के सामने रखा था।

> ‘पोथी पढ़ि-पढ़ि जग मुआ, पण्डित भया न कोय,
> ढाई आखर प्रेम का, पढ़े सो पण्डित होय।’

उपनिषद् में एक सुन्दर कथा है। एक बार देव, दानव और मानव तीनों प्रजापति के पास उपदेश के लिए पहुँचे। प्रजापति ने सबको एक ही अक्षर बताया—‘द’। देवों ने कहा—“हम देवता लोग कामी हैं, हमें विषय-भोगों की चाट लग गयी है। अत: हमें प्रजापति ने ‘द’ अक्षर के द्वारा ‘दमन’ करने की सीख दी है।” दानवों ने कहा—“हम दानव बड़े क्रोधी और दयाहीन हो गये हैं। हमें ‘द’ अक्षर के द्वारा प्रजापति ने यह शिक्षा दी है कि ‘दया’ करो।” मानवों ने कहा—“हम मानव बड़े लोभी और धन-संचय के पीछे पड़े हैं, हमें ‘द’ अक्षर के द्वारा ‘दान’ करने का उपदेश प्रजापति ने दिया है।” प्रजापति ने सभी के अर्थों को ठीक माना, क्योंकि सबने उनको अपने अनुभवों से प्राप्त किया था। इसीलिए तुलसीदास भी कह गये है “जाकी रही भावना जैसी, प्रभु मूरत देखी तिन तैसी।” हम अपने पूर्वग्रह से ही अपने संसार को देखने के आदी हो गये हैं।

आज़ादी के बाद हिन्दुस्तान जिस वैश्विकता के रास्ते पर निकल आया है उससे यू-टर्न लेना आज लगभग नामुमकिन है। कोविड संक्रमण ने कैसे अलग-अलग राष्ट्रों को अलग-अलग तरह से प्रभावित किया यह दुनिया ने बेशर्मी से देखा। महामारी से सभी को अपने समाज, परिस्थिति और वातावरण के हिसाब से ही निपटना पड़ा। विकास भी ज़मीनी सच्चाई और असल स्थिति को विवेक से देख-समझ कर ही सफलता से किया जा सकता है। हमें अपने विकास के लिए विवेक की अपनी विरासती समझ को फिर जगाना होगा।

यहाँ मुझे बृहदारण्यक उपनिषद् में बताये पवमान मन्त्र की याद आती है। सभी को यह प्रार्थना सीखनी और करनी चाहिए। इसका अर्थ है :

हे ईश्वर ....
असत्य से मुझे सत्य की ओर ले चलो,
अन्धकार से मुझे प्रकाश की ओर ले चलो,
मृत्यु से मुझे मोक्ष की ओर ले चलो,
ओम शान्ति, शान्ति, शान्ति।

हिन्दुस्तान की हालत : एक

हिन्दुस्तान की हालत : एक

पाठक : हिन्दुस्तान का अँग्रेज़ों ने अपने व्यापार के लिए इस्तेमाल किया। यहाँ की प्राकृतिक सम्पदा को रौंद कर लूटा गया। वैसे ही आज भी लोकतन्त्र के नाम पर हमें रौंदा और लूटा जाता है। आप आज हिन्दुस्तान की हालत के बारे में क्या सोचते हैं? मैं तो इसका मुख्य कारण हिन्दुस्तान की स्वार्थी सरकारें, भ्रष्ट नेता और लगातार बढ़ती आबादी मानता हूँ। आपके क्या विचार हैं?

सम्पादक : आपसे यह कहते हुए आँखें भर आती हैं। और गला सूख जाता है। मैं आपको पूरी तरह समझा सकूँगा या नहीं, इस बारे में भी मुझे शक है। मगर मेरी पक्की राय है कि हिन्दुस्तान आज भी उसी अँग्रेज़ियत द्वारा चलायी, स्थापित की गयी व्यवस्था से चलाया जा रहा है। आज अँग्रेज़ों से ज़्यादा अँग्रेज़ियत से देश प्रताड़ित है। उसी सभ्यता से कुचला भी जा रहा है। गोरे अँग्रेज़ चले गये लेकिन साँवले अँग्रेज़ अभी भी अपना राज ही चला रहे हैं। इसलिए इस राजनीतिक रंगभेद ने हिन्दुस्तान के समाज को जातिवाद में, सम्प्रदायवाद में और पन्थवाद में रंग दिया है। अमीर-ग़रीब के बीच की खाई ने इसे एक स्वार्थसेवी लोकतन्त्र बना कर छोड़ दिया है।

मित्र नरेश कुमार 'सैलाब' की उद्घोष नाम की ग़ज़ल का एक शे'र है :

'बहुत सह लिया ताण्डव घोर तिमिर का,
अब लेकिन ज़ुल्मतों का बनवास होना चाहिए।'

अब ज़रा प्रकृति की विराटता देखते हैं। लगातार आधुनिक होती मानवता आज भी जीवनयापन के लिए प्रकृति पर निर्भर है। देहरादून से ऊपर मसूरी के पहाड़ों से निकलता एक प्राकृतिक झरना है। इसका नाम 'कैम्प्टी फॅाल' रखा गया था। आज भी कैम्प्टी फॅाल पर्वत सैलानियों के लिए सबसे लोकप्रिय स्थान है। साल-दर-साल यह झरना बहता आ रहा है। झरने के आसपास होटल, दुकानें और सैलानियों की ज़रूरत की चीज़ें प्रदान करने के लिए एक भरा-पूरा क़स्बा बस गया है। सभी को प्रकृति के कैम्प्टी फॅाल ने पाल रखा है। वह भी बग़ैर नेताओं की ग़रीब योजनाओं या घोषणाओं के चलता आ रहा है। रोज़ क़रीबन एक लाख लोगों का जीवन और घर चलाने वाला यह झरना आख़िर उन लोगों से क्या लेता या माँगता होगा? मानवता प्रकृति का ऋण कभी नहीं चुका पायेगी। दुनिया भर में कैम्प्टी फॅाल जैसे अनेक प्राकृतिक स्थान हैं जो सदियों से लोगों का जीवन चलाते आ रहे हैं। लेकिन इसके बावजूद हम विज्ञान और विकास के नाम पर प्रकृति पर अत्याचार करते आ रहे हैं। इसको क्या आप आदर्श सभ्यता मानेंगे?

मशहूर अँग्रेज़ रेडियो, टीवी प्रसारक और प्रकृति इतिहासकार डेविड एटनबरो ने कोरोना काल में अपने अनुभवों पर एक डाक्यूमेंट्री फ़िल्म बनायी–'अ लाइफ ऑन अवर प्लानेट'। जिसमें उन्होंने पृथ्वी के पर्यावरण संकट पर बात करते हुए इस बात पर ज़ोर दिया कि पृथ्वी को पुन: वन्यजीव का प्रकृतिकरण करना ही होगा। क्योंकि प्रकृति ही हमारे सहजीवन की सबसे महत्त्वपूर्ण साथी और हमारी महानतम प्रेरणा है।

मुझे तो धर्म प्यारा है। इसलिए ज़्यादा दुख तो हिन्दुस्तान के लगातार धर्मभ्रष्ट होने से है। धर्म का अर्थ मैं यहाँ हिन्दू, मुस्लिम, सिख या ईसाई पन्थ से नहीं करता। लेकिन इन सब पन्थ-मज़हब के अन्दर जो धर्म है वह हिन्दुस्तान से जा रहा है। हम ईश्वर से विमुख होते जा रहे हैं। हमारे पन्थ-मज़हबी बाबाओं ने हमें धर्म से दूर किया। धर्म के नाम पर

अपना धन्धा चलाया। आज हमारा धर्म तो राजनीति चला रही है और राजनीति में धर्म नदारद है।

आबादी तो सिर्फ़ हिन्दुस्तान की ही नहीं पूरी दुनिया की तेज़ी से बढ़ी है। इसका कारण खान-पान की सम्पन्नता और स्वास्थ्य सुविधा रही। कोविड महामारी के दौर में यह सब भी बदला है। इस दौरान दुनिया दिशाहीन दिखी। हमारी अविवेकीय वैज्ञानिक उपलब्धियों के कारण ही हमने सहज संसाधनों के विकास के बजाय तकनीकी और रासायनिक संसाधनों के विकास पर ज़्यादा भरोसा दिखाया। इसके कारण स्वयंभू सम्पन्नता के वैभव का फैलाव हुआ। जबकि यह सभी जानते-समझते हैं कि प्राकृतिक सम्पदा किसी एक की नहीं, पूरे जीव-जगत् की है। आज अमीर-ग़रीब की खाई जितनी गहरी हो गयी है वैसी पहले कभी नहीं रही। इसलिए मेरा मानना है कि 'सर्वाईवल ऑफ़ द फिटेस्ट' के सिद्धान्त ने आज के सीमेंटी जंगल राज को ही बढ़ावा दिया। कुछ के पास ज़रूरत से ज़्यादा है, तो ज़्यादातर ज़रूरत के लिए भी तरसते हैं।

यह आप कैसे कहते हैं? क्या आज हिन्दुस्तान के आर्थिक हालात अच्छे नहीं हैं?

हिन्दुस्तान एक देश के तौर पर तो हर तरह से सम्पन्न है। लेकिन इसकी आधी से भी ज़्यादा जनता आज भी ज़रूरत की चीज़ों के लिए तरसती है। हिन्दुस्तान को तो थोपे गये राजनीतिक तन्त्र ने और इसकी भ्रष्ट सरकारी व्यवस्था ने कंगाल किया। आज़ादी मिलते ही राजनेताओं ने अँग्रेज़ों द्वारा चलाये गये स्वार्थतन्त्र पर देश को चलाना ही स्वाधीन सरकार चलाना मान लिया। लोकतन्त्र में आज वही तन्त्र चल रहा है। अँग्रेज़ों के राज में सेवा की बजाय मेवा मुख्य था। सेवा की सरकार के बजाय मेवे का व्यापार ज़रूरी था। उसी व्यवहार को सीखने और चलाने में अपने नेताओं ने कोई कसर नहीं छोड़ी। आज भी अपनी राजनीति सेवा के लिए नहीं बल्कि मेवे के लिए चलायी जाती है। और

तो और, हिन्दुस्तान की भोली जनता के मन में भी यही विकार पनप गया है। अगर नेता धनी या सौदागर नहीं हो तो जनता मानने लगती है कि फिर वो सेवा के भी काबिल नहीं है। इसलिए एक ग़रीब देश की भोली जनता अपनी सेवा के लिए अमीर को ही नेता चुनती है। राजनीति ने हिन्दुस्तान के आर्थिक हालात को इस तरह हिला-मिला दिया है कि उसके आम चुनाव भी इससे प्रभावित हो गये हैं। ग़रीब जनता के अमीर देश में चुनाव सेवा के मन से नहीं, धन के मेवे से लड़े और जीते जाते हैं। जनता ख़ुद की व्यवस्था को भी सरकारों के भरोसे छोड़ती है और इनके भटकावे में जैसे-तैसे अपना जीवन काटने पर मजबूर है।

जॉन रस्किन ने १९०३ में एक किताब लिखी थी 'अन टु दिस लास्ट'। उसमें उनने दुनिया के तब के आर्थिक हालातों का व्यवस्थित, व्यावहारिक वर्णन किया था। उनका मानना था :

> दुनिया के अर्थशास्त्री अर्थनीति बनाते समय न मानवीय आचरण को हिसाब में लेते हैं और न ही मानवीय व्यवहार को महत्त्व देते हैं। इसके बावजूद मान लेते हैं कि धन-सम्पत्ति का संचयन करना ही अर्थनीति की सफलता है। यह भी कि राष्ट्र की ख़ुशहाली का पता उसकी पूँजी और धन-सम्पत्ति से ही हो सकता है। यानी जितने कारख़ाने, उतना अच्छा। फिर मनुष्य अपने खेत-खलिहान और बसन्ती हवा-मौसम छोड़कर शहरों में आते हैं और बदतर जीवन जीने के लिए मजबूर हो जाते हैं। वहाँ उनको शोर-गुल, घना अँधेरा और ज़हरीली हवा मिलती है। राष्ट्र की सेहत बदतर बनाने, धनलोलुपता बढ़ाने और अनैतिक आचरण फैलाने के यही कारण रहे हैं। अगर कोई इन अवगुण या बुरी आदतों को मिटाने की बात करता है तो ऊँचे पदों पर बैठे सत्ता के प्रशासनिक लोग कहते हैं कि ग़रीब को शिक्षा देना या शिक्षित करना बेकार है। इसलिए यथास्थिति बनाये रखने में ही उनका सत्ता स्वार्थ निहित रहता है। वे यह भूल जाते हैं कि अमीर ही ग़रीब के अनैतिक आचरण का मुख्य कारण रहे हैं। ग़रीब ही ग़ुलाम की तरह काम करता है ताकि अमीर को उसकी विलासिता के सुख मिल सकें। ग़रीब को अपने सपने या अच्छे-बुरे को समझने के लिए समय ही नहीं बचता। ऐसे में ग़रीब की अमीर से ईर्ष्या स्वाभाविक है।

> अब ग़रीब को भी अमीर बनना है। जब नहीं बन पाता तो उसको ग़ुस्सा आता है। ग़रीब अपना सन्तुलन खो बैठता है। बल या छल और चोरी या धोखे से धन अर्जित करने में लगता है। इसी कारण कैसी भी धन-सम्पत्ति और मज़दूरी हो, दोनों या तो फलहीन हो जाती है या फिर छल-कपट के काम की ही रह जाती है।

हिन्दुस्तान ने कोविड महामारी के दौरान यह साफ़ देखा। कैसे शहरों और उनकी आर्थिकी बनाने वाले मज़दूर ख़ुद की रोज़ी-रोटी और छत के लिए दर-दर भटकते रहे? पूरे हिन्दुस्तान ने यह शर्मसार होकर देखा। जितने मज़दूर महामारी से नहीं मरे उससे कहीं ज़्यादा रोटी और छत के लिए अपने घर लौटते हुए मारे गये। नीति बनाने वालों ने ही नैतिकता नहीं दिखायी।

फिर ऐसे ही सवालों के हल निकालने के बारे में जॉन रस्किन लिखते हैं :

> कुछ सत्तावान लोग मानते और कहते हैं कि जनसमूह की हालत ज्ञान और जानकारी दे देने भर से सुधरने वाली नहीं। इसलिए जैसा जीवन उन्हें ठीक लगता है, जीयें और ख़ूब धन संग्रह करें। यह अनैतिक आचरण समाज को ही नज़रअन्दाज़ करता है। मगर जो नीति पर चलने वाला नैतिकता में अच्छा आदमी होगा, जिसने अपनी इच्छा और लालच पर लगाम लगायी होगी, सही पर ही अडिग रहता होगा, वही अपने कामों से सभी को प्रभावित कर पायेगा। राष्ट्र को गठित करने वाले आदमी अगर अनैतिक हैं तो उनका राष्ट्र भी वैसा ही होगा। अगर हम अपना आचरण मनमर्ज़ी का रखते हैं, और पड़ोसी को उसकी ग़लती के लिए कोसते हैं तो परिणाम निराशाजनक ही रहेंगे।

क्या सौ से ज़्यादा साल पहले लिखी गयी जॉन रस्किन की यह बात आप आज के माहौल में देख पाते हैं या नहीं? आज की मुम्बई, कोलकाता, दिल्ली, चेन्नई और ऐसे कई शहर, गाँव छोड़कर कारख़ानों और मिलों में मज़दूरी करने पहुँचे लोगों से ही बसे शहर हैं। क्या इन शहरी मज़दूरों की बदहाली आप नहीं देख पाते हैं? यही शहर आज की आर्थिकी और जीवन स्तर का पैमाना भी हैं। रोज़ी-रोटी तो यहीं है लेकिन

जीवन की बदहाली भी यहाँ है। आख़िर इन्हीं शहरों में विकास का यह बूलट-ट्रेनी मॉडल क्यों बनाया गया? क्योंकि इस मॉडल से कमाने, लाभ लेने वाले भी इन्हीं शहरों में रहते हैं। मगर कोविड महामारी ने चले आ रहे इसी गोरखधन्धे को सबके सामने उजागर किया। बड़े शहरों में रोज़गार, और गाँवों का तिरस्कार हमारी नीतियों का मुख्य पहलू रहा है। क्या आप ऐसा नहीं मानते?

अब आज के माहौल को देखते हैं। दुनिया के उदारवाद या उधारवाद की उसी वैश्विकता ने हिन्दुस्तान में भी आर्थिक एकाधिपत्य को बढ़ावा दिया। २०१८ के ही आँकड़े बताते हैं कि हिन्दुस्तान के १ प्रतिशत रईस पिछले साल ३९ प्रतिशत और रईस हुए। वहीं सबसे निचले पायदान पर खड़े ग़रीब केवल ३ प्रतिशत सम्पन्न हुए। आर्थिक आँकड़े यह भी बताते हैं कि अगर पिछले साल ४४ रईस लोग दुनिया की आधी आबादी जितना धन रखते थे तो इस साल वे कुल २६ रईस लोग रह गये हैं। यह हैरान करने वाली बात है कि दुनिया की आधी से ज़्यादा सम्पत्ति दुनिया के मात्र १ प्रतिशत रईसों के पास है। यानी आर्थिक एकाधिपत्य भयंकर तेज़ी से दुनिया और हिन्दुस्तान में फैल रहा है। विशेषज्ञ मानते हैं, अगर ऐसे ही चलता रहा तो दुनिया और हिन्दुस्तान की सामाजिक समरसता और लोकतान्त्रिक, राजनीतिक ढाँचा इससे बुरी तरह प्रभावित होगा। कोविड महामारी से निकली महाबन्दी ने दुनिया की अर्थव्यवस्था को भयावह स्थिति में ला खड़ा किया। आज दुनिया की बेहद ज़रूरत है कि उसकी राजनीतिक अर्थव्यवस्था सामाजिक अर्थव्यवस्था में बदले। लेकिन क्या दुनिया के १ प्रतिशत सबसे धनी इसके लिए तैयार होंगे? महामारी के दौर में ही देखने को मिला कि कैसे दुनिया की राजनैतिक संस्थाओं ने ही दुनिया की सामाजिक अर्थव्यवस्था को स्वार्थ केन्द्रित कर रखा था। हिन्दुस्तान में ही देखें तो हर पाँच साल में जब राजनेता अपनी सम्पत्ति के आँकड़े देते हैं तो कई सौ गुणा वृद्धि बेशर्मी से दिखा देते हैं। देश की जनता भी मान लेती है कि केवल सम्पन्न और समृद्ध ही सेवा भी कर सकता है।

इस सब के अलावा आज भी हिन्दुस्तान पर यह तोहमत है कि हम आलसी और निकम्मे हैं। चीन और अन्य एशियाई देशों के आर्थिक विकास को देखकर हम उनसे बराबरी की बातें करते और बताते हैं। यह मान्यता घर भी कर गयी है कि चीनी या गोरे लोग हमसे ज़्यादा मेहनती, परिश्रमी और आधुनिकता में उत्साही हैं। इसको हमने मान भी लिया है। उन्हीं की तरह बनने की होड़ में ही हिन्दुस्तान भी लगा है। इसलिए हम अपनी हालत पर शर्मिन्दा होते हैं और उसे बदलना चाहते हैं। अध्यात्म को नज़रअन्दाज़ कर केवल अपनी आर्थिकी सुधारने की आस लगाने में लगते हैं।

धर्मप्रधान हिन्दुस्तान में आज धर्म की दुर्गति हुई है। असल में सभी पन्थ-मज़हब हिन्दू, मुस्लिम, सिख, ईसाई सिखाते हैं कि हम सांसारिक बातों के बारे में सजग तो रहें, लेकिन धर्म के प्रति हम आध्यात्मिक सचेतन से काम लें। दुनियावी लोभ की हदें बाँधने की अपनी सांस्कृतिक सीख हमने भुला दी है। हमारे लोभ ने हमारी रचनात्मकता को खा लिया। पन्थ-मज़हब, जात-पात के दुष्प्रभावों से हट कर हमारा झुकाव स्वधर्म में टिकना चाहिए। हमें धर्म पर चलना सीखना होगा। उसी से हमारा समाज सुचारु रूप से चल सकता है। लेकिन क्या आज ऐसा हमें देखने को मिलता है?

> इससे तो लगता है कि आप पाखण्डी या नास्तिक बनने की तालीम दे रहे हैं। धर्म के बारे में ऐसी ही बातें करके ठग लोग हिन्दुस्तान को ठगते आये हैं। आख़िर पन्थ-मज़हब के नाम पर हम कब तक ठगे जाते रहेंगे?

यह आप धर्म पर ग़लत आरोप लगा रहे हैं। पाखण्ड तो सभी पन्थ-मज़हब में होता व चलता आ रहा है। इसको प्रकाश और परछाईं का मूलभूत सिद्धान्त मानना ही सही होगा। प्रकाश होगा तो परछाईं भी ज़रूर होगी। लेकिन हम ज़रा पन्थ-मज़हब को धर्म से अलग कर के देखें।

हिन्दू, इस्लाम या ईसाई पन्थ-मज़हब अँग्रेज़ियत का 'रिलिज़न' तो हो सकते हैं लेकिन धर्म नहीं। आज इसका ख़ूब घालमेल चल निकला है। धर्म तो—व्यक्तिगत और विशाल है, वहीं रिलिज़न—सार्वजनिक, कुण्ठा और ग़ैर-बराबरी का प्रतीक है। एक बात पर ग़ौर करें—धर्म से जीना तो सभी पन्थ-मज़हब सिखाते हैं मगर आज पन्थ-मज़हब में धर्म कितना रह गया है यह विवेक से विचार करने लायक है। आज अधर्म के पन्थ-मज़हब चलाये जाते हैं : और क्योंकि हम धर्म को जानते ही नहीं इसीलिए पन्थ-मज़हब के पचड़े में पड़े हैं। यही कारण है कि हम पन्थ-मज़हब के ठेकेदारों से ठगे जाते आ रहे हैं।

विज्ञान भी यह मानता है कि हर इनसान अपनी जैविक बनावट के बावजूद विरला और अनूठा ही है। फिर उन इनसानों का एक धर्म कैसे हो सकता है? सभी इनसानों को अपनी प्रज्ञा से परिवार के पन्थ-मज़हब चुनने की आज़ादी रही है। लेकिन धर्म तो उनको जन्म से ही मिल जाता है। आज की सभ्यता ने धर्म को जिस पाखण्ड से दर्शाया है उसे मैं धर्म ही नहीं मानता। अगर समाज में धर्म और रिलिज़न के फ़र्क़ की सही समझ आ जाय तो पाखण्ड के टिकने का कोई कारण ही नहीं रहेगा।

> यह कैसे कह सकते हैं? इसी पन्थ-मज़हब या रिलिज़न के नाम पर हिन्दू-मुस्लिम अलगाववाद को बढ़ावा मिलता रहा है। आज भी सरकारें इसी जोड़-तोड़ से बनती-बिगड़ती हैं। रिलिज़न के नाम पर यूरोप में ईसाइयों के बीच बड़े-बड़े युद्ध हुए। आये दिन पन्थ-मज़हबी, सवर्ण-दलित और ऊँच-नीच के बीच दंगे-फसाद होते हैं। हज़ारों बेगुनाह लोग हताहत होते हैं, मार दिये या जला दिये जाते हैं। उन पर बड़ी-बड़ी मुसीबतें आती रही हैं। नफ़रत का माहौल हर कहीं पैदा हो जाता है। इसको तो आप बदतर सभ्यता ही कहेंगे?

फिर अगर हिन्दुस्तान ऐसे ही पाखण्ड में जी रहा है तो मैं इसको सभ्यता

के दुख से ज़्यादा अच्छे से बरदाश्त करने की स्थिति में हूँ। आज जो कुछ चल रहा है वह पाखण्ड है ऐसा सभी मानते हैं। धर्म को हम समझ लें तो इस पाखण्ड से मुक्ति पायी जा सकती है। पाखण्ड में फँसानेवाले अधर्मी और फँसनेवाले भोले लोग होते हैं। इसलिए उससे पार पाया जा सकता है। लेकिन आज की सभ्यता की होली में जो लोग फँसे हैं उनका जलना निश्चित है। उन पर तो मुझे सिर्फ़ दया ही आती है। वे न तो दीन के रह गये हैं न ही दुनिया के। जैसे चूहा फूँक-फूँक कर काटता है वैसे ही आधुनिक सभ्यता मानवता को काट-खा रही है। इस सभ्यता के सामने तो धर्म का पाखण्ड फिर भी सहनीय है। इस सभ्यता के ज़हर को जब हम जानेंगे तब हमें पुराने वहम भी मीठे लगने लगेंगे। वहम भी लगातार हटाते ही रहने होंगे। उनसे हमें लगातार लड़ते रहना होगा। लेकिन यह लड़ाई भी तो हम धर्म को समझ कर, उसका सहारा लेकर ही लड़ सकते हैं। मगर क्योंकि दुनिया एक ही रास्ते पर चल निकली है, इसीलिए पामाल करने वाली इसी सभ्यता द्वारा आज समाज चलने पर मजबूर है। आज की राजनीति भी इसी पन्थ-मज़हब के पाखण्ड को फैलाकर सत्ता पाने की कोशिश में लगी दिखती है। अलगाववाद के बीज से सत्ता का बबूल बोने में लगती है।

> तब तो आप यह भी नहीं मानेंगे कि अँग्रेज़ों के कारण दुनिया सभ्य हुई, हमें एक राष्ट्र की शान्ति का सुख मिला। या इसको भी आप बेकार ही मानेंगे? पहले तो कई विश्व युद्ध हुए लेकिन आज दुनिया युद्ध विराम में शान्त है। और क्यों हम हिन्दू राष्ट्र नहीं हो सकते हैं?

मानवता तो अनन्तकाल से सभ्य रही है। इसीलिए दुनिया के कितने ही सिरफिरों के कारण, कितने ही युद्धों, विश्व युद्धों के बावजूद मानवता संघर्षशील, मगर जीवन्त है। हाँ, मानव ने भौतिक विकास की अन्धाधुन्ध दौड़ में ज़रूर ऐसी सभ्यता रची जिसको आज सभ्य कहना मुश्किल हो गया है। आप बेशक आज की सभ्यता को समृद्ध देखते हों। सुख-

सुविधाओं की शान्ति महसूस करते हों लेकिन मैं मानवता को आज न तो सुखी देखता हूँ न ही शान्त देख पाता हूँ। आज युद्ध की जगह अर्थ विस्तार ने ले ली है। युद्ध तो मानव को जीवनविहीन ही करता है, लेकिन आर्थिक एकाधिकार तो मानवता को जीते जी ही पंगु बना देता है। महामारी की महाबन्दी ने भी दुनिया के दो भागों को ख़ूब दर्शाया। मानव को आज की आर्थिकी न जीने देती है और न ही मरने।

आप हिन्दुस्तान को अगर हज़ारों साल पुरानी सभ्यता से देखते हैं तो हर हिन्दुस्तानी को अपने पर गर्व होगा। लेकिन अगर आप हिन्दुस्तान को हिन्दुओं के राष्ट्र के रूप में देखते हैं तो यह बड़ी भूल होगी। हिन्दुस्तान के लोग अगर ख़ुद के पन्थ-मज़हब को दूसरों पर रिलिज़न के नाम पर थोपते हैं तो वह धर्म कैसे हो सकता है? हिन्दू होना और दूसरों पर हिन्दुत्त्व थोपना दो बिलकुल विपरीत बातें हैं।

आज के हिन्दुस्तान में जो माहौल है उसने हिन्दू होने का धर्म ही बदल दिया है :

> आज के हिदुत्त्व का अर्थ हो गया है कि दूसरे जान लें मैं कौन हूँ, लेकिन हिन्दू धर्म का असल अर्थ तो है मैं जान लूँ कि मैं कौन हूँ।

यही वैश्विक धर्म भी हो सकता है। हिन्दुस्तान में ही हिन्दू बहुलता में हैं, इसलिए हर हिन्दुस्तानी विभिन्नता में एकता बनाये रखते हुए एक राष्ट्र का बाशिन्दा तो हो ही सकता है। लेकिन सनातन धर्म के अनुसार हिन्दुस्तान, केवल हिन्दुओं के लिए होने पर ज़ोर नहीं देता। वेद तो 'वसुधैव कुटुम्बकम्' पर ज़ोर देते है। भौतिक तौर पर हिन्दू वह सभ्यता है जो सिन्धु नदी के ओर-छोर बसी और पनपी। आज़ादी के समय भी हिन्दुस्तान की आबादी ३९ करोड़ थी जिसमें ३३ करोड़ हिन्दू ही थे। आज अपनी आबादी १३५ करोड़ है तो भी हिन्दू १०० करोड़ के आसपास ही हैं। यानी आज़ादी के बाद से आज तक हिन्दुस्तान में हिन्दू लोगों की आबादी ८० प्रतिशत के आसपास लगातार रही है। हिन्दुओं के राष्ट्र और हिन्दुत्त्व की माँग करने वाले हिन्दुस्तान को सत्ता पाने और

सत्ता की ही लालसा से देखते हैं। और स्वयंभू सत्ता के लिए हिन्दुस्तान की भोली जनता की भावना को हिन्दुओं के राष्ट्र के लिए बहलाते और बहकाते हैं।

हिन्दू धर्म को इसके ही एक अंग सिख समाज के विकास से समझने में आसानी होगी। 'खालसा एड' नाम की एक सामाजिक सिख संस्था है जो दुनिया भर में युद्ध, आतंकवाद या प्राकृतिक आपदा में फँसे लोगों को शुद्ध पानी और ताज़ा भोजन बनाकर खिलाने को ही अपना धर्म मानती है। सिखों के तीन सिद्धान्त भी धर्म हैं। नाम जपो—परमात्मा को याद करो, किरत करो—मेहनत से कर्म करो और वण्ड छको—बाँट कर पाओ। उनके एक साथी के कथन से भी धर्म परिभाषित होता है :

> सिख रहें न रहें, लेकिन सिखी रहनी चाहिए।

इसी को सनातन धर्म भी कह सकते हैं। यानी...

> हिन्दू रहे न रहे, मगर हिन्दूनीयत रहनी चाहिए।

> यानी आप कहना चाहते हैं कि पहले के हिन्दुस्तान में कोई बुराई नहीं थी। फिर क्या आज के ठग उद्योगपति, भ्रष्ट नेता या धोखेबाज़ सूट-बूट अफ़सरों में भी आप कोई बुराई नहीं देखते?

ऐसा नहीं है। लेकिन अगर गम्भीरता से सोचेंगे तो आपको दो ज़मानों का अन्तर साफ़ हो जायेगा। तब पिछले ज़माने का त्रास थोड़ा कम लगने लगेगा। लेकिन अगर हम सभी सताये हुए होते तो जड़-मूल से हिन्दुस्तान का नाश हो गया होता, मगर ऐसा हुआ नहीं। मानवता की सहृदय सज्जनता और विराट सामाजिकता के कारण आज हम बेहतर स्थिति में ही हैं। दुख तो धोखे, और छुपे हुए लोगों से लुटने का है। सत्ता क़ानून की आड़ में हमें ठग-लुटेरों से तो बचाती है लेकिन उद्योपतियों, नेताओं और अफ़सरों के हाथों में धोखा खाने के लिए छोड़ देती है। इससे मानवता के मानस पर बुरा असर पड़ा है। लुटने की मानसिकता में

फ़र्क़ आया है। मानवता का आत्म-विकास रुक गया है। हम सुविधाओं की इच्छा में कमज़ोर, और आत्मनिर्भरता में डरपोक बने हैं।

हिन्दुस्तान जितनी विविधताओं का देश है उसमें प्रकृति से समरसता उसकी स्वाभाविक विरासत रही है। जन, जल, जंगल, ज़मीन और जानवर की समरसता के संस्कारों पर जीनेवाला हिन्दुस्तान खेती प्रधान देश है। भय और निर्भय से अलग यहाँ अभय रहने के संस्कार रहे। अभय होना यानी दुश्मन को भी जीतने की कोशिश करना। अहिंसक होकर ही अभय रहा जा सकता है। हिन्दुस्तान के यही पौराणिक संस्कार माने गये।

हिन्दुस्तान की हालत : दो

हिन्दुस्तान की हालत : दो

पाठक : हिन्दुस्तान की शान्ति और समृद्धि के बारे में मेरा जो मोह था उसको आपने हर लिया। आर्थिक, सामाजिक और व्यावहारिक निराशा के अलावा हम हिन्दुस्तानियों के पास कुछ नहीं बचा। आप भी क्या इतने निराशावादी हैं?

सम्पादक : निराशा का कारण तो अति आशावाद में पड़ना है। जीवन चक्र में जीना-मरना, सुख-दुख, लाभ-हानि और आशा-निराशा सभी साथ-साथ चलते हैं। संसार में मानवता अगर निराश होती तो उसका टिके रहना नामुमकिन हो जाता। कोविहिन्दुस्तान की हालत : दोड महामारी से बाहर निकलने में भी दुनिया निराशा में डूब नहीं गयी। मानवता को प्रकृति के बदलते नियमों से आत्मसात् करना ही पड़ता है। मैं भी कतई निराशावादी नहीं हूँ।

मेरी कोशिश हिन्दुस्तान की महान् धार्मिक विरासत को सभी के सामने लाने भर की रही है। आज हिन्दुस्तान की हालत बदतर क्यों है? जनता ग़रीब क्यों है? जब इस पर अपने विचार आपको बताऊँगा तो शायद आप मुझसे नफ़रत ही करेंगे। क्योंकि आज तक आपने और हमने जिन चीज़ों को लाभकारी माना, असल में तो वे ही नुक़सानदेह रही हैं। लेकिन आज की इस वस्तुपरक निराशा में भी मुझे तो अध्यात्म से ही सुधार की आशा दिखती है।

वे क्या हैं?

हमें अपनी ज़मीनी निराशा को अध्यात्म की आशा से देखना होगा। जिस विदेशी व्यवस्था पर हम नाज़ करते आये हैं उसको भी नये नज़रिये से समझना, देखना होगा। आज चली आ रही व्यवस्थाओं पर बावले होने से बचना भी विवेक से गढ़ी गयी असल सभ्यता हो सकती है। गाँधी जी ने माना था कि हिन्दुस्तान को रेलों ने, वकीलों ने और डॉक्टरों ने कंगाल बनाया। इन सभी भौतिक सुविधाओं के बिना आज के समाज को हम नहीं देख सकते हैं। लेकिन अगर हम इन सभी को विवेकीय आशा में नये सिरे से देखें, समझें तो इससे होने वाले नुक़सान को कम कर सकते हैं। इन पर निर्भर होकर बावले होने से बच सकेंगे। वर्ना हमारे ही बावलेपन में हमारा बर्बाद होना निश्चित है। जो तीर कमान से निकल चुका है उससे कम से कम नुक़सान हो, यह हमारे आध्यात्मिक विवेक पर निर्भर रहेगा।

> मुझे डर है कि हमारे विचार कभी मिलेंगे या नहीं। मैं वास्तविकता देखता हूँ, आप कोरा आदर्शवाद झाड़ रहे हैं। आपने तो जो कुछ अच्छा देखने में आया, और अच्छा माना गया उसी पर धावा बोल दिया। अब बाक़ी क्या रहा?

धीरज धरना मानव का स्वधर्म है। आज की सभ्यता नुक़सान करने वाली कैसे है यह आज के माहौल में समझना ज़रा मुश्किल है। लेकिन कोशिश तो की ही जा सकती है। डॉक्टर हमें बताते हैं कि कैंसर का मरीज़ मौत के दिन तक भी जीने की आशा रख सकता है। क्योंकि अकसर कैंसर का रोग बाहर दिखायी देने वाली हानि नहीं पहुँचाता, इसलिए दूसरों को भान होता है कि शरीर में सब ठीक है। यह सभ्यता एक अदृश्य रोग की तरह है जो अन्ततः जीवन के लिए घातक है। इस सभ्यता को समझना और इससे सजग रहना ज़रूरी है।

अच्छा, तो अब आप भी अपना रेल-पुराण राग सुनाइये।

देश में अँग्रेज़ रेलगाड़ी सन् १८५३ में लाए। रेलगाड़ी लाने का मुख्य कारण तो हिन्दुस्तान पर अँग्रेज़ी वर्चस्व और राज को बनाये रखना था। राजशाही को सुचारु रूप से चलाने, जनता से कर वसूली करने और जगह-जगह फ़ौज-हथियार ले जाने का जरिया रेल ही थी। इसके अलावा रेलगाड़ी के ही कारण खेतों की पैदावार को और वनों से क़ीमती लकड़ी, हरा सोना, सागौन, खनिज लूटने और व्यापार बढ़ाने व चलाने में अँग्रेज़ों को मदद मिलती थी।

गाँधी जी का मानना था कि 'अच्छाई धीरे बढ़ती है जबकि बुराई जल्दी फैलती है।' हिन्दुस्तान में रेलगाड़ी के ही कारण धीमी अर्थपूर्ण यात्रा, तेज़-तर्रार और ख़ुदग़र्ज़ बनी। गाँधी जी ने जब रेलगाड़ी का विरोध किया था तब हिन्दुस्तान में जगह-जगह महामारी, अकाल या बाढ़ और भुखमरी फैलती थी। स्थानीय समस्याओं को नज़रअन्दाज़ कर अँग्रेज़ हमारा ही पैसा रेलगाड़ी को फैलाने में लगा रहे थे। जो उस समय के हालात को देखते हुए घोर अन्याय था। हिन्दुस्तान की सामाजिक और आर्थिक स्थितियों की अनदेखी थी। हालाँकि रेल अनाज तो जगह-जगह पहुँचाती थी लेकिन अनाज पैदा नहीं करती थी। कर दे देकर किसान की हालत दयनीय हो गयी थी। लेकिन अँग्रेज़ सरकार को हिन्दुस्तान के किसान, उनकी खेती और उसकी सिंचाई की कोई परवाह नहीं थी। पहले विश्व युद्ध के बाद दुनिया भर में महामारी फैली जिसको स्पेनिश फ़्लू नाम दिया गया था। हिन्दुस्तान में इसको बॉम्बे फ़्लू से भी जाना गया। पानी के जहाज़ से आया महामारी का संक्रमण रेल यात्राओं के द्वारा देश भर में फैल गया था। महामारी ने क़रीबन ५ प्रतिशत आबादी को लील लिया था। भुखमरी फैली क्योंकि किसान अपनी पैदावार को रेल से महँगे बाज़ार में बेचने पर मजबूर हो रहे थे।

हिन्दुस्तान की खेती बारिश पर निर्भर रहती है। कहीं तो खेती कम बारिश से ख़राब होती है तो कहीं बाढ़ की स्थिति में बरबाद होती है।

महानगरों की बढ़ती आबादी के कारण हर गर्मी में जल-समस्या पैदा होती है। दूसरे इलाकों के नदी, तालाब और बावड़ियों से जल महानगरों में ख़र्चीली रेलगाड़ियों से पहुँचाया जाता है। फिर किसान खेती बर्बाद होने पर रोज़ी-रोटी के लिए मज़दूरी करने रेल से महानगर आते हैं। महानगरों में ऊँची इमारतें और 'प्राईवेट स्वीमिंग पूल' बनाने में लगते हैं। आज भुखमरी तो कम हुई है मगर खेतमारी बढ़ी है। गाँव में पैदा हो रहे अनाज, फल और सब्ज़ी रेल से शहरों के महँगे बाज़ार ले जाये जा रहे हैं। किसान अपनी पैदावार का ही सुख भोगने के लिए तरसता है। देश का पेट भरने वाले किसान, अपने ख़ुद का पेट भरने लायक नहीं रह गये हैं। गाँव का सुकून और सम्मान की खेती छोड़कर, अपने घर उजाड़कर वे महानगर की किसी मलीन सोसाइटी में रहने लगते हैं। महानगरों में मज़दूरी करने पर मजबूर हो जाते हैं। आज गाँव तो सूने हो गये हैं और शहर आबादी से फटने को हो रहे हैं। रेल के ही कारण ऐसी मजबूरी में ग़लत विस्थापन, आसान हुए।

रेलगाड़ी के कारण हिन्दुस्तान एक राष्ट्र हुआ—ऐसे विचार कुछ पढ़े-लिखे लोगों में डालना भी अँग्रेज़ों की चाल थी। हाल में फैली कोविड महामारी को रोकने के लिए जो महाबन्दी लगायी गयी थी उसमें रेलों को भी रोक दिया गया था। ताकि महामारी का संक्रमण तेज़ी से न फैले। आज रेलगाड़ी हिन्दुस्तान का अभिन्न अंग और उसकी जीवन रेखा है। इसके न होने का भाव भी मन में नहीं आ सकता। हिन्दुस्तान की रेल व्यवस्था आज दुनिया की सबसे बड़ी और विशाल रेल व्यवस्था है। इतनी विशाल कि कई बार लगता है कि उसे कोई सरकार नहीं, रेलमन्त्रालय या रेलमन्त्री नहीं, बल्कि भगवान भरोसे ही चलाया जा रहा है। इससे पार पाना, या इसके बिना जीवन सोचना आज नामुमकिन है।

रेलगाड़ी आज भी सरकारी फ़ौज-हथियार जगह-जगह ले जाने के काम आती है। आज भी जंगल, ख़ानों और खुले इलाक़ों से कच्चे खनिज, लौह अयस्क खोद कर कारख़ानों और मालिकों की तिजोरियों का पेट

रेल ही भर रही है। रेल के ही कारण खनन का घिनौना व्यापार दिन-रात चलता है। खनन की ज़मीन पर जीने वालों से ज़्यादा फ़ायदा गिने-चुने व्यापारिक घरानों को मिलता है। खनन के कारण खेत और वन लगातार नष्ट किये जा रहे हैं। यह शोषण रेल के ही कारण आसान हुआ।

रेलगाड़ी के ही कारण देश भर के तीर्थस्थान बिना परिश्रम के घूमने के भुलावे बने। तीर्थस्थानों के हालात लगातार बिगड़ते रहे हैं। बढ़ते बाज़ारीकरण से तीर्थस्थान अव्यवस्था और गन्दगी के गढ़ हो गये हैं। यह दुख भरी दास्तान आज सब के सामने है। पहले परिश्रम और मुसीबत से लोग सच्ची श्रद्धा में तीर्थ जाते थे। देश की प्रमुख नदियों के किनारे बसे तीर्थस्थान आज भीड़-भाड़ वाले, गन्दे और बदबूदार बाज़ारों में बदल गये हैं। गंगा, यमुना, ब्रह्मपुत्र, गोदावरी, कृष्णा या अन्य नदियों की स्वच्छता आज अपनी सभ्यता पर सबसे बड़ा सवालिया निशान है। नदियों की साफ़-सफ़ाई और स्वच्छता के नाम पर कितने ही करोड़ों रुपए बेकार, बर्बाद या हड़प लिये गये। आज इन तीर्थस्थानों पर लूटने के बाज़ार हैं, और ठगने वाले ठग पहले ही पहुँच जाते हैं। रेल यात्राओं के कारण तीर्थस्थान और नदियों का जो बुरा हाल हो रहा था वह कोविड महामारी के दौरान हिन्दुस्तान ने साफ़ देखा। यह प्रकृति के परिवर्तन का अचम्भा ही था। सत्तर-अस्सी दिन की महाबन्दी से तीर्थ और नदियाँ ख़ुद ही साफ़ हो गये। आज रेल की उपयोगिता, उसकी ज़रूरत और उससे होने वाले नुक़सान को नयी सोच से समझना, जानना ज़रूरी है। नयी सोच और नयी तकनीक का सहारा लेकर रेलगाड़ी से होने वाले नुक़सान को ज़रूर कम किया जा सकता है।

आज की रफ़्तार तो रेलगाड़ी से भी तेज़ मोटरगाड़ी ने ली है। सार्वजनिक रेलगाड़ी की जगह निजी मोटरकार ने ले ली है। मोटरकार भी अगर समुद्र पार करने में अक्षम है तो उसके ऊपर से उड़कर आज हवाई जहाज़ की यात्रा उससे भी ज़्यादा रोमांच भरी और तेज़ है। इन सबके

कारण दुनिया में दूरियाँ तो कम हुईं लेकिन देशों के दिल छोटे होते गये हैं। अगर गाँधी जी के समय में रेल को अँग्रेज़ों ने हिन्दुस्तान का विकास बताया था तो पिछली कुछ सरकारें तेज़ी से बनती सड़कों को एकमात्र विकास मान रही हैं। सरकारें दावा करती हैं कि एक घण्टे में एक किलोमीटर सड़क बनायी जा रही है। अनाप-शनाप धन तो लग ही रहा है, लेकिन हर घण्टे एक किलोमीटर सड़क बनाने के लिए कितने पेड़ कटते हैं इसका अन्दाज़ा भी आसानी से लगाया जा सकता है। फिर पेड़ कटने से पहाड़ों में भूस्खलन बढ़ते जा रहे हैं। पर्यावरण के जानकार इसके परिणाम अच्छे से जानते हैं।

> यह तो आपने एकतरफ़ा बात कही। जैसे ख़राब लोग रेल, मोटर या हवाई जहाज़ से आ-जा सकते हैं वैसे ही अच्छे भी तो आ-जा सकते हैं। क्या वे इन माध्यमों का पूरा लाभ नहीं लेते? और फिर आज सबसे तेज़ हवाई यात्रा पर आप क्या कहेंगे?

एक लाल रंग का ख़ूबसूरत मखमली कीड़ा होता है जो बहुत धीरे चलता है। आम बोली में जिसको 'बूढ़ी माई' भी कहते हैं। कहीं-कहीं इसका एक नाम बीरबहुटी भी है। बेहद धीरे चलने वाली बूढ़ी माई किसी को भी कोई हानि या नुक़सान नहीं पहुँचाती। अच्छा करने वाले के मन में क्योंकि स्वार्थ नहीं रहता, इसलिए वह जल्दबाज़ी में नहीं पड़ता। आज सभी समझते हैं कि कैसे अच्छी बात का असर धीरे, मगर बुरी बात का असर तेज़ी से फैलता है। इसे आज के टेलीविज़न चैनलों की टीआरपी दौड़ से समझा जा सकता है। लेकिन जैसे हमें अपनी हर अच्छी-बुरी आदत के अच्छे-बुरे परिणाम जानना-समझना ज़रूरी है वैसे ही हमें चली आ रही अपनी व्यवस्थाओं और नीतियों के अच्छे-बुरे परिणाम भी जानने-समझने की कोशिश ज़रूर करनी चाहिए। कोई भी नयी चीज़ को अपनाना मुश्किल होता है लेकिन उसे सहेजना, चलाते रखना और भी मुश्किल होता है। सही है कि आज रेलगाड़ी, मोटरगाड़ी

और हवाईगाड़ी के उपयोग को ख़त्म करना नामुमकिन है। मगर उससे होने वाले हानि-लाभ को समझना तो ज़रूरी हो ही सकता है। इन सभी गाड़ियों की रफ़्तार आज लगातार और तेज़ होती जा रही है। आज बुलेट ट्रेन की भी बातें हो रही हैं। आज तेज़ से तेज़ चलती गाड़ियों के लिए चिकनी-चौड़ी सड़कें बनायी जाती हैं। शान्ति और सुकून के गाँवों से तेज़-तर्रार एक्सप्रेस-वे, हाई-वे और सुपर हाई-वे निकाले जा रहे हैं। विकास का यह बेहद ख़र्चीला मॉडल गाँवों को लगभग ठेंगा दिखाता हुआ उनके ही सामने तेज़ी से गुज़र रहा है। गाँव वालों के लिए विकास परदे पर चलने, दिखने वाली सपनों की फ़िल्म होकर रह गयी है। गाड़ी, रेलगाड़ी या हवाईगाड़ी के प्रकोप से, या उसके उपयोग से आज किसी को छुटकारा नहीं है। और किसी को आज छुटकारा चाहिए भी नहीं। आज गुनहगार का भी गाड़ी, रेल या हवाई यात्रा कर के भाग जाना आसान हुआ है।

जैसे सन् १९१८ में दुनिया भर में फैला स्वाईन फ़्लू देश में रेलगाड़ी से फैला, वैसे ही सन् २०२० की कोविड महामारी दुनिया भर में हवाई जहाज़ से फैली। जब तक दुनिया भर के देशों को इस महामारी का पता चलता तब तक देर हो गयी थी। अलग-अलग देशों में कई करोड़ लोग इस महामारी के शिकार हुए। फिर दुनिया के देशों को दो-तीन महीने तक सभी हवाई यात्राएँ बन्द करनी पड़ीं। महाबन्दी के कारण ज़्यादातर हवाई कम्पनियाँ दिवालिया हुईं। लोगों को अपने उड़ने की रफ़्तार बन्द करनी पड़ी। हवाई यात्रा करने वालों को कई साल तक डर बना ही रहने वाला है। जिस तेज़ी से हवाई यात्राएँ हो रही हैं, बहुत जल्दी आसमान में भी जाम लगने की आशंका लगायी जा रही है। यह तो मानना ही होगा कि रेल, सड़क या हवाई यात्रा कोई मानव के साँस लेने जैसी प्राकृतिक घटना भी नहीं है जिसके होने न होने से मानवता के जीवन पर कोई असर पड़ता हो। हाँ, अर्थव्यवस्था ज़रूर बदहाल होती है। लगातार तेज़ गति होती इन सुविधाओं की उपयोगिता पर कितना ही लम्बा शास्त्रार्थ किया जा सकता है लेकिन मूल में इस गतिशीलता ने

मानव का कोई आत्म-विकास किया हो, ऐसा नहीं कह सकते। ऐसा पक्के तौर पर मानता हूँ। बाज़ार के विश्वास का मानव के सात्विक विकास से कोई लेना-देना नहीं होता है।

> लेकिन गाड़ी, रेलगाड़ी या हवाई जहाज़ या फिर सड़कों का बड़ा लाभ दूसरे सब नुक़सानों को भुला देता है। आज हिन्दुस्तान में एक राष्ट्र न होने का ख़याल भी नहीं आता। तेज़ रफ़्तार सड़कों से आने-जाने की आज़ादी का जोश देखते ही बनता है। इसलिए मैं तो कहूँगा कि गाड़ी, रेलगाड़ी और हवाई जहाज़ के होने से कोई नुक़सान नहीं है।

इसे आप अपनी भूल ही मानें। लगातार तेज़ होती रफ़्तार ने जितना यात्राओं का नुक़सान किया है उतना तो धीमी गति ने कभी नहीं किया था। आज रास्ते के आनन्द की जगह यात्रा की मंज़िल ने ले ली है। समय की सुई तो उसकी गति से ही चल रही है लेकिन हम जीवन की रफ़्तार को लगातार तेज़ करने में ही लगे दिखते हैं। हमारी हर मनोकामना आज जल्दी से पूर्ण होनी चाहिए। फिर तरक़्क़ी हो, धन हो, प्रतिष्ठा हो या मंज़िल हो हमें सब जल्दी या तेज़ी में ही चाहिए। आज की तेज़ रफ़्तार शैली ने जीवन में विषाद या डिप्रेशन को भी बढ़ाया। अगर शान्ति से ठहरकर विचार करें तो आज सिर्फ़ जीवन जीने की रफ़्तार ही तेज़ हुई है। क्या आप आज मानते हैं कि तेज़ रफ़्तार से हमारे जीवन की गुणात्मकता में फ़र्क़ आया है?

यह मानना कि इनके सहारे हमारा आत्म-विकास, आध्यात्मिक या सामाजिक विकास हुआ हो बड़ी भूल होगी। आज बड़े शहरों की सड़कों पर हर रोज़ गाड़ियों का जाम लगता है। जाम हटाने के लिए सड़कें और चौड़ी बनायी जाती हैं। फिर दूसरी नयी जगह जाम लगने लगते हैं। सड़क पर बड़ी गाड़ी और उसको चलाता अकेला ड्राईवर केवल शान-ओ-शौकत भर दर्शाता है। सड़क पर चार-पाँच लोगों की

जगह भी घेरता है। हिन्दुस्तान की सड़कों पर पैदल और साइकिल रिक्शा से लेकर बस-ट्रक तक चलते हैं। लेकिन अगर गाड़ी के सामने साइकिल रिक्शा आ जाये तो गाड़ी की तेज़ी में खलल पड़ता है। जैसे सड़कों पर चलने का अधिकार केवल गाड़ियों को ही है। पैदल चलने या साइकिल चलाने वालों के लिए तो जैसे सड़कें बनी ही नहीं हैं। सरकारें भी जनता को जताने में विफल रही हैं कि बनायी गयी सड़कें सिर्फ़ गाड़ी चालकों के लिए नहीं बनी हैं। सब को पहले, और तेज़ी से निकलना है। बड़े शहरों में तो आधा दिन सड़क पर ही बीतता है। जाम लगने से एक तरफ़ ईंधन तेल का नुक़सान, तो दूसरी तरफ़ पर्यावरण दूषित होता है। रेलगाड़ी, मोटरगाड़ी या हवाई जहाज़ के कारण दुनिया में आना-जाना ज़रूर आसान हुआ होगा, लेकिन क्या दुनिया के लोगों का जीवन आसान हो पाया है?

आज हिन्दुस्तान भर में चौड़ी सड़कें, एक्सप्रेस-वे, हाई-वे और सुपर हाई-वे सिर्फ़ मोटरगाड़ियों को ध्यान में रखकर ही बनाये जा रहे हैं। सड़कें इन्हीं तेज़ मोटरगाड़ियों को और तेज़ बनाने में लगी हैं। पैदल चलना, साइकिल पर या साइकिल रिक्शा पर चलना आज जैसे गुनाह हो गया है। सरकारों से पूछना चाहिए कि जब केवल ५ प्रतिशत हिन्दुस्तान की जनता के पास मोटरगाड़ी है तो विकास की सड़कों के नाम पर ९५ प्रतिशत जनता को क्यों नज़रअन्दाज़ किया जाता है? सिर्फ़ इसलिए कि नेता और नीति बनाने वाले जब विदेश जाते हैं तो वहाँ ऐसी ही सड़कें देखकर आते हैं?

आज हर १००० लोगों पर सिर्फ़ २२ गाड़ियाँ हैं। इस अनुपात पर हिन्दुस्तान दुनिया में १५७ वें नम्बर पर है। इस सबके बावजूद उन पाँच प्रतिशत के लिए अरबों-खरबों ख़र्च कर दिये जाते हैं। कर के रूप में तो सभी अपनी हिस्सेदारी देते हैं। फिर सिर्फ़ ५ प्रतिशत के लिए ९५ प्रतिशत ख़र्च करने की नीति सरकारें क्यों बनाती हैं? और भोले हिन्दुस्तानियों को बताया जाता है कि यह सब ख़र्च उनके विकास के लिए है। सन् १९९१ में तो आबादी को ध्यान में रखते हुए हिन्दुस्तान

में ३ प्रतिशत भी गाड़ियाँ नहीं थीं, लेकिन बलिया शहर के बीचों-बीच विकास के नाम पर एक फ़्लायी-ओवर बना दिया गया था। तब बलिया शहर में ८० से ९० प्रतिशत लोग साइकिल पर चलते थे। ऐसे ही विकास का मॉडल आज भी अपनाया जा रहा है।

आपने एक राष्ट्र की बात की। हमारे ऋषियों और सन्तों ने हिन्दुस्तान को एक राष्ट्र, एक सभ्यता बनाये रखने के लिए चारों कोनों में प्रमुख तीर्थ बनाये थे। देश को ऊपर से नीचे नापते हुए बारह ज्योतिर्लिंग निर्धारित किये। इनका विस्तार इसलिए किया गया था कि लोग तीर्थ जाने के लिए मेहनत, परिश्रम करें और अध्यात्म व शान्ति खोजें। अँग्रेज़ों के आने से पहले, यहाँ बेशक अनेक बोलियाँ या भाषाएँ बोली जाती हों लेकिन विचारों से, रहन-सहन से, सामाजिक संस्कारों से और आस्था की आत्मीयता से हिन्दुस्तान एक राष्ट्र ही था। असीमित भाषाओं के राष्ट्र को सीमाओं के बन्धन में बाँधने को ही एक राष्ट्र कहा जाने लगा। अँग्रेज़ों ने ऐसी ही अनेकता को अलगाव में दिखाकर ढोल पीटा। एक-राष्ट्र कायम करने का बनावटी खेल खेला। भेद तो उन्होंने ही हममें पैदा किये। हिन्दुस्तान तो आज भी अनेक बोलियों, भाषाओं के बावजूद एक राष्ट्र ही है। नहीं तो अलग-अलग भाषा के यूरोप की तरह इसका भी विघटन हो गया होता।

जब गाँधी जी ने रेल पुराण कहा था तब हिन्दुस्तान में रेल से ज़्यादा ज़रूरी किसान के लिए सिंचाई योजनाएँ थीं। लेकिन अँग्रेज़ों को तब रेल से मिलने वाला धन चाहिए था। उनके लिए यहाँ की प्राकृतिक सम्पदा का दोहन करना खेती की सिंचाई से ज़्यादा महत्त्वपूर्ण था। भोली जनता और देश के धन को अपनी मनमर्ज़ी से ख़र्च करने की सत्ता भी ग़ज़ब का विकास दर्शाती है। आज भी हमारी सरकारें विदेश से देखकर आयी ऐसी ही नीतियों पर अमल करने को विकास का पैमाना मानने लगती हैं।

आपकी ग़ैरमामूली सोच पचाने के लिए मुझे फिर से संक्षेप में समझाइये।

जो कह रहा हूँ वह बिना सोचे-समझे नहीं कह रहा। ऊपर दर्शायी सभी सुविधाएँ आज के जीवन का ज़रूरी अंग हैं, इससे कोई इनकार नहीं कर सकता। इन्हें बेशक ख़त्म न किया जा सकता हो लेकिन इन सुविधाओं पर फिर से सुविचार तो किया ही जा सकता है। एक राष्ट्र होने का भी यह अर्थ नहीं कि हमारे बीच कोई मतभेद ही न हों। वे तो होंगे ही। लेकिन अपने मतभेदों को सत्य और अहिंसा से सुलझाना भी हमारे ही विवेक पर निर्भर रहेगा। समझना यह भी होगा कि कैसे हमारे प्रबुद्ध जन आराम, फ़ुरसत से हिन्दुस्तान में यात्रा करते थे। एक-दूसरे की भाषा-बोली, खान-पान और रहन-सहन सीखते थे। इससे उनके बीच के अन्तर ख़त्म हो जाते थे। जिन दूरदर्शी सन्तपुरुषों ने हिन्दुस्तान के चारों कोनों में बद्रीनाथ, द्वारकापुरी, जगन्नाथपुरी और रामेश्वरम् की यात्रा ठहराई थी उनके बारे में आपका क्या ख़याल है? क्या वे हिन्दुस्तान को एक राष्ट्र नहीं देखते थे, या वे मूर्ख थे?

सभी जानते हैं कि ईश्वर भजन घर बैठे भी हो सकता है। ऋषि मुनियों और साधु-सन्तों ने ही हमें सिखाया कि मन चंगा हो तो कठौती में भी गंगा हो सकती है। हिन्दुस्तान के विभिन्न इलाक़ों की बोली-भाषा के अलावा वेश-भूषा, आचार-विचार, रहन-सहन और खान-पान लगभग एक जैसे ही रहे हैं। इसलिए प्राकृतिक तौर पर उसे एक सभ्यता का राष्ट्र ही कहा जायेगा। सन्तपुरुषों ने अलग-अलग जगह तीर्थस्थान तय किये ताकि लोगों में आचार-विचार का आदान-प्रदान हो सके। एकता पक्की हो सके। एक-दूसरे की भाषा और बोली सीखें। ऐसा दुनिया में और कहीं देखने में नहीं आया है।

इसको इस तरह से भी समझा जा सकता है। जो अफ़ीम बेचकर रईस हुआ, वह कह सकता है कि इसके नुक़सान का पता उसको अफ़ीम के असर से ही चला। इसलिए अफ़ीम उसके लिए अच्छी चीज़ है।

पर क्या यह सचाई होगी? आप ख़ुद भी शान्ति और विवेक से विचार करेंगे तो इसकी और समझ बढ़ेगी। मन में शंका उठेगी तो उसके हल के लिए आप ख़ुद भी कोशिश करेंगे। हिन्दुस्तान की नीतियाँ तो, यहीं से उठे सवालों के जवाब यहीं खोजने पर बननी चाहिए। जबकि असल में होता इसका ठीक उल्टा है। हम अपनी समस्याओं का हल विदेश को देखकर खोजने में लगते हैं। क्या आप इसको सही मानते हैं?

आपने जो कुछ कहा उस पर तो मैं सोचने पर मजबूर हूँ। एक सवाल मेरे मन में इस समय ही उठ रहा है। इस्लाम के यहाँ आने से पहले के हिन्दुस्तान की बात आपने की, लेकिन आज तो मुसलमान के बाद सबसे बड़ी जनसंख्या दलित, आदिवासी और अन्य जनजातियों की हो गयी है। क्या इन सबको समाहित कर हिन्दुस्तान एक राष्ट्र नहीं हो सकता? हर कहीं हिन्दू-मुस्लिम के कट्टर बैर सामने उभर आते हैं। करीम और करतार के मसले का मतभेद आज भी कायम है। हिन्दू और मुस्लिम के रीति-रिवाज़ एक दूसरे के विपरीत और विरोध में हैं। हिन्दू गाय को पूजने का मन दर्शाता है तो मुसलमान गाय को मारने का प्रयोजन करते हैं। अब तो लगता है दोनों ने ही हिंसा का रास्ता अपना लिया है। इनमें जो पग-पग पर विरोध है वह कैसे मिटे? और कैसे सब मिलकर सुख-शान्ति से रहें?

हिन्दुस्तान की दशा : तीन

हिन्दुस्तान की दशा : तीन

सम्पादक : आपका पिछला सवाल गम्भीर है। मगर मानवता को ध्यान में रखकर सोचेंगे तो जवाब मुश्किल नहीं लगेगा। आपके इस सवाल का कारण भी हिन्दुस्तान का राजनीतिक व्यवहार और उसकी आर्थिक व्यवस्था ही है। प्रकृति ने मनुष्य को अगर सोचने-समझने की असीमित शक्ति दी है तो उसके हाथ-पाँव से करने-धरने की सीमा भी तय की है। लेकिन मनुष्य प्राकृतिक बनावट की सभी हदें लाँघने में ही अपने होने का अस्तित्त्व ढूँढ़ता है। एक तरफ़ मनुष्य अपनी अक़्ल का स्वार्थ के लिए दुरुपयोग करता है तो दूसरी तरफ़ शरीर से मेहनत न करने का आदी होता जा रहा है। बुद्धि से हो या फिर शरीर से, अपने आसपास के समाज की ही सेवा की जा सकती है। मगर मनुष्य अपनी मग़रूरी में मानने लगा है कि उसे सारी दुनिया में अपनी बात पहुँचानी, अपनी सत्ता जतानी और अपने पन्थ-मज़हब को फैलाना है। जबकि मनुष्य का सच्चा धर्म तो उसके आसपास का स्वधर्म पालन ही हो सकता है। मनुष्य ने अपनी तकनीकी तरक़्क़ी से जो सुविधाओं का संसार रचा वही उसके अहंकार का कारण भी बना। अहंकार में डूबा मानव, प्रकृति को नगण्य समझने लगा। अगर हम संसार को अपने जैसा बनाने का बीड़ा न उठायें, फालतू की सांसारिक दौड़-धूप न करें तो बहुत से रोज़मर्रा के पेचीदा सवाल हमारे सामने उठेंगे ही नहीं। हम ख़ुद ही दुख को न्योतते हैं। आज मनुष्य अपनी उपलब्धियों से बौरा गया है। प्रकृति तुल्य ईश्वर

को भी भूल गया है।

> लेकिन मैं तो, जो सवाल मैंने किया, उसका जवाब सुनने के लिए अधीर हूँ। आपने कहा आक्रमणकारी और अँग्रेज़ों के आने से भी बहुत पहले से हिन्दुस्तान अपनी सामाजिक व्यवस्था और सहिष्णु व्यवहार के लिए जाना गया। तो इनके आने से हिन्दुस्तान एक राष्ट्र रहा या मिटा?

जिस भी पन्थ-मज़हब, रंग या नस्ल के लोग हों हिन्दुस्तान में मिल-जुलकर रह सकते हैं। इससे एक राष्ट्र का आधार क्यों मिटना चाहिए? हिन्दुस्तान की अनेकता में भी एकता जड़ पकड़ सके, तभी वह एक राष्ट्र रह सकता है। हिन्दुस्तान में अलग-अलग गुणों का समावेश करते हुए सहिष्णुता बनाये रखना सनातनी समय से चला आ रहा है। संसार में जितने मनुष्य हैं उतने ही उनके धर्म हो सकते हैं। एक राष्ट्र होकर रहने वाले लोग, एक-दूसरे के पन्थ-मज़हब में दख़ल नहीं देते। आज भी हिन्दुस्तान पन्थनिरपेक्ष नहीं बल्कि सर्वपन्थसमभाव का ही देश है। लेकिन हिन्दुस्तान के संविधान में सन् १९७६ में फेर-बदल किया गया। 'सेक्यूलर' या 'पन्थनिरपेक्ष' शब्द संविधान के प्रीएम्बलम् में जोड़ दिया गया। पन्थनिरपेक्ष जब संविधान के पुरोवाक् में जोड़ा गया तब इस अँग्रेज़ी शब्द के मूल स्वरूप पर ध्यान क्यों नहीं दिया गया? इसको पश्चिम में प्रचलित मान्यता से सीधा उठाया गया था। पश्चिम में पहली बार 'सेक्यूलर' शब्द के इस्तेमाल का मुख्य कारण तो इसाई धर्म को वहाँ की राजशाही से अलग करना था। राजा चाहता था कि पादरी और उनकी धार्मिक आस्था राजकाज में दख़ल न दें। धर्म की नीति और नैतिकता की कोई बात न हो सके। राजा द्वारा राज्य को 'सेक्यूलर' घोषित किया गया। धर्म या धार्मिक नीति को राज्य की गतिविधियों से अलग कर दिया गया। यह सब इसलिए कि राजा की सम्प्रभुता बनी रहे। राज्य जब 'सेक्यूलर' हुआ तो उसकी सम्प्रभुता केवल राजा का

अधिकार हो गयी। राज्य की प्रजा से उनके धर्म अनुसार चलने का अधिकार छीन लिया गया।

पश्चिम से उठाए गये 'सेक्यूलर' शब्द का हिन्दुस्तान की सांस्कृतिक सभ्यता और सनातनी धर्म से कोई लेना-देना नहीं रहा है। यह सब जानते हुए सरकार ने सेक्यूलर शब्द को संविधान में जोड़ा। इतिहास में रुचि रखने वाले सभी जानते हैं कि हिन्दुस्तान के राजा-महाराजा और बादशाहों तक के ऊपर भी, जो नीति के अंकुश रहते थे उनका कारण जनता के धार्मिक, नैतिक अधिकार ही थे। ऐसा हम अनन्त कथा-क़िस्से-कहानियों में सुनते आये हैं। इन्हीं कथा-क़िस्से-कहानियों से समझ आता है कि हिन्दुस्तान 'सेक्यूलर' या पन्थनिरपेक्ष नहीं बल्कि सर्वपन्थसमभाव का समाज रहा है। हिन्दुस्तान में अनेक राजा-महाराजा और बादशाहों पर धर्म निर्धारित राज चलाने का ज़ोर रहता था। धर्म की नैतिकता निभाने का उत्तरदायित्त्व राजा और प्रजा दोनों पर बराबर रहता था। यहाँ भी धर्म को पन्थ-मज़हब के समीकरण या अनुवाद से देखना ग़लत होगा।

सही है कि संविधान में जोड़े गये 'सेक्यूलर' शब्द के राजनीतिक मायने आज वैसे नहीं रह गये हैं जैसा पश्चिम के राजा चाहते थे। लेकिन क़ानून का ग़लत इस्तेमाल करने वाले आज भी सेक्यूलर शब्द के उसी अर्थ की गवाही देते, या मनवाना चाहते हैं। हिन्दुस्तान में पन्थ-मज़हब तो पूर्ण तौर पर सरकारों के अधीन हैं मगर धर्म राजकीय व्यवस्था में नदारद है। समाज के संस्कार आज भी सर्वधर्मसमभाव के ही हैं। सत्ता की राजनीति को नैतिकता के धर्म से ख़तरा लगता रहा है। सम्राट अशोक के समय से ही लिखित तौर पर हिन्दुस्तानी जन-मानस में सभी पन्थ-मज़हब को समानता में देखने पर ज़ोर दिया गया। धर्म को नैतिकता से धारण करने की स्वतन्त्रता हर एक को रही। सभी पन्थ-मज़हब में एक-दूसरे के प्रति आदर, सम्मान और समभाव का टिकना ही धर्म पर चलना माना गया।

हिन्दुस्तान में सभी को अपने स्वधर्म अनुसार अपने पन्थ-मज़हबी रीति-रिवाज़ निभाने की स्वतन्त्रता रही है। हिन्दू-मुस्लिम के बीच मतभेद तो अँग्रेज़ों के आने के बाद आये। सत्ता राजनीति के कारण चलते आ रहे हैं। सही है कि हिन्दू और मुस्लिम लोगों के रीति-रिवाज़ और पद्धतियों में समानता तलाशना मुश्किल है। मगर सभी पन्थ-मज़हब अहिंसा धर्म की ही बात करते और बताते हैं। मिली-जुली संस्कृति में ही दोनों के त्यौहार और उत्सव मनते रहे हैं। यह सभी जानते हैं कि सन् १८५७ के विद्रोह में हिन्दू-मुस्लिम ने मिलकर अँग्रेज़ों के ख़िलाफ़ जंग छेड़ी थी। इसी के बाद अँग्रेज़ों ने हिन्दू-मुस्लिम अलगाव की नींव डाली। उसी अलगाववाद नीति को आज़ादी के बाद भी अपने नेताओं ने जारी रखा। नेताओं की सत्ता लालसा के कारण हर कहीं मतभेद खड़े कर दिये जाते हैं। अगर दोनों एक दूसरे के पन्थ-मज़हब में दख़ल देते हैं तो समझ लेना चाहिए कि वे एक राष्ट्र होने लायक ही नहीं हैं। संकट अगर एक पर आता है, तो समझ लेना होगा कि दूसरा भी संकट से दूर नहीं। आज की परिस्थिति देखते हुए अगर हिन्दू मानें कि सारा हिन्दुस्तान सिर्फ़ हिन्दुओं से भरा होना चाहिए तो यह निरा सपना ही होगा। ऐसे ही अगर मुसलमान मानें कि इसमें सिर्फ़ इस्लाम मानने वाले ही रहें तो उसे भी सपना ही समझिये। जिस भी पन्थ-मज़हब के लोग हिन्दुस्तान को अपनी मातृभूमि या वतन मानते हैं उन सभी का यह राष्ट्र है। समाज में सुख-शान्ति के लिए सभी को अपने स्वार्थ हटाकर एक-मानवता समझकर रहना सीखना होगा। दुनिया के किसी भी हिस्से में—एक राष्ट्र, एक पन्थ-मज़हब—को सफलता से नहीं चलाया जा सका है। तानाशाही में ज़रूर यह कोशिश होती रही है। मगर मौक़ा मिलते ही समाज द्वारा इसको नकारा गया। हिन्दुस्तान में तो ऐसा कभी रहा ही नहीं।

अँग्रेज़ ही हिन्दुस्तान में–बाँटने और राज करने–की नीति छोड़कर गये। आज भी एक दल मुसलमानों को केवल वोट देने वाली प्रजा

> मानता है तो दूसरा सत्ता के लिए हिन्दू भावना को उकसाता है। हिन्दू-मुस्लिम कट्टरता और बैर के लिए आप किसे ज़िम्मेवार मानेंगे?

जैसे अँग्रेज़ 'बाँटकर राज करना' सिखा गये वैसे ही अपनी राजनीति भी चलती आयी है। समाज में बैर को बढ़ावा तो सत्ता लालसा के कारण मिलता रहा। सत्ता के लिए जनता को भिड़ाकर बाँटना और वोट के लिए उनको भावना में एकत्र करना अपने राजनेता आज भी कर रहे हैं। अँग्रेज़ों ने पन्थ-मज़हब के बँटवारे में पाकिस्तान ही बनवा दिया। गाँधी जी मानते थे कि हिन्दू-मुस्लिम मुद्दे का निपटारा हिन्दुस्तान की जनता ख़ुद हल करने के क़ाबिल है। वे चाहते थे कि हिन्दुस्तान जैसा भी है अँग्रेज़ उसे वैसा ही छोड़कर चले जायें। लेकिन अँग्रेज़ी हुकूमत ने काँग्रेस और मुस्लिम लीग को विभाजन के लिए आमने-सामने से लड़वाया। शुद्ध धार्मिक समझ की कमी का इसमें योगदान रहा। समाज ने भी स्वार्थ के लिए स्वधर्म को छोड़ा। अँग्रेज़ी हुकूमत ने हिन्दुस्तान-पाकिस्तान को पन्थ-मज़हब के अलग राष्ट्र बनाकर सनातनी सर्वपन्थसमभाव की सभी आशाओं पर पानी फेर दिया। अब तो कभी सत्ता के आकाओं की बुद्धि सँवरे तो जैसे पूर्वी और पश्चिमी जर्मनी का विलय हुआ वैसा यहाँ भी हो सके, तभी ग़लती सुधारी जा सकती है।

> आजकल हिन्दुस्तान में गाय भक्ति की सनक सी छायी है। गाय हमारी माता है इसका ताज़ा भान नये भक्तों को ख़ूब हो रहा है। गौरक्षा के नाम पर इनसान ही इनसान को मार रहा है। इस हिंसक गौ-प्रेम को आप कैसे देखते हैं?

हिन्दुस्तान में गाय को माता के रूप में पूजे जाने का सांस्कृतिक व रचनात्मक योग रहा है। समाज में गाय की उपयोगिता से तो मुसलमान भी इनकार नहीं कर सकते। ग्रामीण और किसानी जीवन में रहने वाले हिन्दू हों या मुसलमान, दोनों के जीवन को परिपूर्ण करने वाली तो गाय

ही है। गाय को लेकर अनन्त काल से चले आ रहे इन मतभेदों को अहिंसा से सुलझाया जाता रहा। लेकिन जब ये मतभेद मनभेद में बदले और हिंसा का सहारा लिया जाने लगा तो इनका सुलझना भी मुश्किल होता गया। बैर तो रहा है, लेकिन आग में घी डालने का काम तो सत्ता के लालची नेताओं ने किया। गौरक्षा के नाम पर आपसी वैमनस्य तो ख़ुद हिन्दुओं और मुसलमानों ने अपने दुराग्रहों को एक-दूसरे पर थोपने के लिए पैदा किये। आज भी दोनों उसी ग़लती को भुगत रहे हैं।

करीम और करतार की बनती नहीं—ये और ऐसी कहावतें लम्बे समय से चली आ रही हैं। नुक़सान ही करती आ रही है। अलग-अलग रास्तों से भी एक जगह पहुँचना, सच्चा धर्म हो सकता है। फिर अलग-अलग रास्ता लेने वाले एक-दूसरे के दुश्मन हो जायें, तो ये तो कोई धर्म नहीं। समाज में आध्यात्मिकता का अवसान भी एक कारण रहा। आज अपने पन्थ-मज़हब तो राजनीति से चलाये जा रहे हैं और राजनीति में धर्म नदारद है। अगर दोनों अपने-अपने रास्ते से धर्म पर चलते हैं तो इसमें लड़ाई और हिंसा का क्या काम? हिन्दुओं में भी शैव और वैष्णवों के मतभेद रहे हैं तो क्या वे एक पन्थ नहीं हैं? यह ग़ुलाम मानसिकता है कि हम अपने झगड़े किसी तीसरे के पास ले जाने के आदी हो गये हैं। हमें अपने झगड़ों का निपटारा किसी और से कराने की आदत हो गयी है। इसमें सच्ची धार्मिक शिक्षा की कमी रही है। जैसे मुसलमान मूर्तिपूजा का खण्डन करते हैं वैसे ही हिन्दुओं में भी बहुत से लोग मूर्तिपूजा का खण्डन करने वाले हैं। लेकिन किसी को दूसरे की मान्यताओं के विरोध में हिंसा अपनाने का अधिकार नहीं दिया जा सकता। सभ्य समाज में तो झगड़े बातचीत से ही हल होने चाहिए, वर्ना वह समाज सभ्य कहलाने लायक ही नहीं रहता।

मैं ख़ुद गाय को पूजता हूँ। मान देता हूँ क्योंकि खेतीप्रधान हिन्दुस्तान में गाय ही सबसे उपयोगी है। लेकिन जैसे मैं गाय को पूजता हूँ, वैसे ही मैं मानवता को भी पूजता हूँ। तब क्या मैं गाय को बचाने के लिए मुसलमान को मारूँगा? गाँधी जी ने तो एक अहिंसक तरीक़ा सुझाया

ही था। "गौरक्षा के लिए हमें मुसलमान भाई से हाथ जोड़कर प्रार्थना करनी चाहिए। हिन्दुस्तान की खातिर गाय की उपयोगिता को उन्हें समझाना चाहिए। अगर प्रार्थना भी वे न समझें तो गाय को मर जाने देना चाहिए। अगर मुझे गाय पर अत्यन्त दया आती हो तो अपनी जान दे देनी चाहिए, लेकिन मुसलमान की जान नहीं लेनी चाहिए।" गाँधी जी के अनुसार यही उत्तम धार्मिक क़ानून है। वाद-विवाद का अन्त तो एक की सहिष्णुता या बलिदान से ही सही ठहरता है। उन्होंने आगे कहा कि "अगर मैं झगड़े में पड़ूँगा तो वह भी झगड़े पर उतारू होगा। अगर मैं बालिश्त भर नमूँगा, तो वह हाथ भर नमेगा। वह अगर नहीं भी नमे, तो मेरा नमना ग़लत नहीं माना जायेगा। जब हिन्दुओं ने ज़िद की तभी मुसलमानों की गोकशी बढ़ी।"

अगर आज हिन्दुस्तान में गाय की स्थिति देखें तो हमें शर्मिन्दा ही होना पड़ेगा। गोकशी पर ध्यान देने से ज़्यादा आज गाय की देख-रेख और रख-रखाव ज़रूरी है। क्या हिन्दू होने के नाते गाय के प्रति हमारा यह कर्तव्य नहीं बनता? हम भी क्या आज गाय का केवल दोहन ही नहीं कर रहे? आज सभी गोचर ख़त्म कर दिये गये हैं। गाय कचरे और पॉलिथीन से अपना पेट भरने के लिए छोड़ दी जाती है। कई किसानों को तो रात खेतों पर ही बितानी पड़ती है क्योंकि बिना देख-रेख की गायें खेत उजाड़ देती हैं। ऐसे कई इलाक़े हैं जहाँ गौवध से बचायी गयी गायें इतनी अधिक हो गयी कि किसानों को उनसे खेत पर ख़तरा पैदा हो गया। फिर गौशालाओं की कमी है। ऐसे समय में भी गाय को लेकर हिन्दू-मुस्लिम हिंसा पर उतारू होते हैं तो इसको असभ्यता ही कहेंगे। आज गौरक्षा के नाम पर ख़ूब धन लगाया और उगाहा जा रहा है। लेकिन गाय की बदहाली सभी के सामने है। गौरक्षा का नाम लेने वाले ज़्यादा हैं मगर इस पर श्रद्धा से काम करने वाले कम। सरकारें बस धन की योजनाएँ बनाती हैं। आज गाय की देख-रेख और रख-रखाव अमानवीय हुआ है। लोग यह ज़िम्मेदारी भी सरकारों पर ही छोड़ देते हैं।

मानव की बदहवासी किस हद तक जा सकती है, यह आपको याद दिलाता हूँ। सन् १९९० के दशक में ब्रिटेन में यह सोच पैदा हुई कि गाय, और उसके दूध में पौष्टिकता या प्रोटीन की मात्रा बढ़ाने के लिए उनके चारे में माँस के टुकड़े मिलाये जायें। घास और पत्ते खाने वाली गाय को माँस के टुकड़े खिलाये जाने लगे। बेचारी गायें इससे बीमार होने लगीं। इंग्लैण्ड के सभ्य लोगों की हिमाक़त देखिये कि उनने इस बीमारी को नाम दिया–'मैड काउ डिसीस'। बाद में अपने बचाव में कहने लगे कि जिन बकरियों व बछड़ों का माँस गाय को खिलाया जा रहा था वे ही बीमार थीं। इसलिए वह बीमारी पहले गाय को हुई फिर गाय खाने वाले मनुष्यों को होने लगी। अगर इसे प्रकृति को अहंकार से चलाने की मानवीय भूल नहीं माना जाये तो क्या कहा जाये?

फिर गाँधी जी पूछते हैं कि अगर हिन्दू अहिंसक और मुसलमान हिंसक है तो एक अहिंसक का धर्म क्या होना चाहिए? फिर जो हिन्दू माँस खाते हैं वे अहिंसक कैसे हुए? अगर सारी प्रजा हिंसक हो जाये तो फिर बचा कौन रह सकता है? क्या इसी को मानवीय सभ्यता कहेंगे?

यह मान लेना कि मुसलमान हिंसक और हिन्दू अहिंसक है इसलिए दोनों की नहीं बनती तो ऐसी सोच ही ग़लत होगी। अँग्रेज़ों के जाने के बाद भी हम उनके दुराग्रह को समझ नहीं पाये। ऐसे विचार हममें पन्थ-मज़हब के ठेकेदार बाबाओं ने और मुल्लाओं ने भी डाले। आज कभी पूजे जाने वाले अनेक बाबा अपराध आरोपी होकर जेल में जीवन काट रहे हैं। भोली जनता इनके बहकावे में लगातार फँसती रही है। यह भी देखने को मिला कि कैसे इन बाबाओं से साठ-गाँठ कर नेता वोट की राजनीति खेलते रहे। एक-दूसरे के पन्थ-मज़हब, रीति-रिवाज़ व मान्यतायें सही-ग़लत तो ठहरायी जा सकती हैं लेकिन एक-दूसरे से नफ़रती हिंसा का तो यह कोई कारण नहीं होना चाहिए। सभ्य समाज को यह नये सिरे से सोचना होगा।

> हिन्दू-मुस्लिम में बैर अँग्रेज़ों की चाल थी जिसको आज़ाद हिन्दुस्तान, पाकिस्तान के नेताओं ने अपने-अपने स्वार्थ के लिए बढ़ाया। यह तो समझ आता है। लेकिन क्या आज ये सत्ता की लालसा रखने वाले कभी सभी कौमों को मेल से रहने देंगे?

यह सवाल ही डरपोक आदमी का है। यह सवाल हमारी सामाजिक एवं मानवीय कमज़ोरी ही दर्शाता है। पहले हमने अँग्रेज़ों को हमारे बीच फूट डालने दी और अब सत्ता को भी यही करने दे रहे हैं। अगर दो भाई चाहें कि उनका आपस में मेल बना रहे, तो उनके बीच में कौन आ सकता है? अगर तीसरा आदमी दोनों के बीच झगड़ा पैदा कर सके, तो उन भाइयों को कमज़ोर, कच्चे दिल का ही कहना होगा। उसी तरह अगर हिन्दू और मुसलमान कच्चे दिल के होंगे तो फिर नेताओं का कसूर निकालना भी बेकार है। कमज़ोर मन एक बार उकसाने पर नहीं तो बार-बार उकसाने पर तो भड़क ही जायेगा। मन को इससे बचाने का रास्ता तो स्वधर्म में लगने से ही मिलेगा। धर्म की सच्ची समझ ही पक्का मन बनायेगी। फिर मानव का मानव से भय टिकेगा ही नहीं। अगर दो में से एक भी पक्के मन का हो जाये, तो तीसरे की कोई ज़रूरत ही नहीं रहेगी। यह काम हिन्दू आसानी से कर सकते हैं। उनकी संख्या क्योंकि ज़्यादा है और वे अपने को ज़्यादा पढ़ा-लिखा भी मानते हैं।

दोनों के बीच अविश्वास रहा, इसलिए सरकारों से मुसलमान कुछ हक़ माँगते हैं। हिन्दुओं को इसका विरोध क्यों करना चाहिए? अगर हिन्दू विरोध न करें तो नेताओं को लड़ाने का मौक़ा भी नहीं मिलेगा। भाईचारा भी बढ़ेगा। बड़ा तो वही होता है, जो आगे आकर बड़प्पन दिखाये। आज भी अगर देखें तो हिन्दुस्तान में ही मुसलमान स्वतन्त्रता और सम्मान से अपने मज़हब के मुताबिक जी पा रहे हैं। इस्लामिक राष्ट्रों से भी ज़्यादा मुसलमान हिन्दुस्तान में ही सुख-शान्ति से हैं। सारी दुनिया में हिंसा और आतंक को लेकर मुसलमानों की हालत ख़राब और सन्देह में रही है। हिन्दुस्तान से अलग हुए पाकिस्तान में तो मुसलमान ही मुसलमान को

मार रहा है। हिंसा और आतंक का खेल जो दुनिया के आतंकवादी संगठन खेल रहे हैं, उसी में पूरी दुनिया के साथ-साथ इस्लामिक देश भी कट-मर रहे हैं।

इसके बावजूद अपन सब जानते हैं कि बर्तन होंगे तो टकरायेंगे भी। इसलिए छोटे-मोटे झगड़े तो होते ही हैं, और होते भी रहेंगे। दो भाई साथ रहते हैं तो उनमें भी तो अनबन होती है। झगड़े होंगे तो सिर भी फूटेंगे। हालाँकि यह ज़रूरी नहीं है, फिर भी कुछ लोग ऐसी मानसिकता या दुर्बुद्धि रखते हैं। जोश या ग़ुस्से में आने पर ग़लत काम होते ही हैं। हमें इन्हें सहने की अहिंसक आदत बनानी होगी। हर हालत में सहिष्णुता दिखानी होगी। लेकिन हम अदालतों में एक-दूसरे को घसीटते हैं और न्याय का नाटक झेलते हैं।

हिन्दुस्तान की दशा : चार

हिन्दुस्तान की दशा : चार

पाठक : गाँधी जी तो ख़ुद वकील होकर भी वकालत के ख़िलाफ़ थे। तो क्या न्यायालय होना ही नहीं चाहिए? झगड़े दो भाई के हों या संस्थाओं के हों उनको न्यायपूर्वक सुलझाने के लिए कोई तो निरपेक्ष संस्था होनी चाहिए या नहीं? यह तो आपने अजीब बात कह दी।

सम्पादक : इसे अजीब कहिये या दूसरा कोई विशेषण लगाइये। लेकिन शान्ति और विवेक से सोचेंगे तो बात समझ में आयेगी। आप ने अदालत को जैसा समझा, असल में वकालत वैसी चली नहीं। वकील-डॉक्टरों के ही कारण हिन्दुस्तान पहले ग़ुलाम, और अब ग़रीब बना है। इंग्लैण्ड से बैरिस्टरी पढ़ने वाले गाँधी जी ने कभी वकालत के पेशे को समाज के लिए उपयोगी नहीं माना। वकीलों ने आम लोगों में अलगाव बनाये रखा, जिससे पहले अँग्रेज़ी हुकूमत के और आज भी सत्ता के पाँव ही मज़बूत हुए हैं। वकालत वृत्ति से अनैतिकता ही फैली है। आज भी वकील सच उजागर करने के बजाय मुक़दमें जीतने में ही विश्वास रखते हैं। जब दो लोग या संस्थायें झगड़ती हैं तो वकील पक्ष लेते हैं और मुक़दमा लटकाते हैं। झगड़े ख़त्म करने के बजाय उनको घसीटते हैं। लगातार बढ़ते कचहरी के ख़र्चे, ग़रीब को और ग़रीब बनाते हैं। वकालत वृत्ति लोगों को अभाव से निकालने के बजाय, अपनी पूँजी

बढ़ाती नज़र आती है। क्योंकि वकालत धन वृद्धि का साधन बना, इसलिए वकील मनमुटाव ही बढ़ाते नज़र आते हैं। वकील ही ऐसे क़ानून बनाते हैं जिससे उनकी ही प्रतिष्ठा बढ़े। समाज में वकील का योगदान एक साधारण व्यक्ति से ज़्यादा नहीं होता, पर वे कई गुणा अधिक कमाते हैं। गाँधी जी मानते थे कि अगर दो भाई लड़ते हैं तो एक वकील कोई रचनात्मक सहायता नहीं कर सकता। सिर्फ़ विवाद को लम्बा खींच सकता है। सत्ता को भी बनाये रखने, और उन्हीं की मनमर्ज़ी चलाने में कचहरी का ही डर दिखाया जाता रहा है। आपसी झगड़े सुलझाने में तीसरे की दख़ल से मनुष्य की मानसिकता कमज़ोर हुई। अपने भाई-बन्धुओं पर से भरोसा उठकर कचहरी पर बढ़ा। जनता न्यायालय में मिलने वाले न्याय के चक्कर में पड़ती है और तन, मन और धन से लुटती है। इन सब बातों को ध्यान में लाने के बाद क्या आपको आज का परिदृश्य सामने नहीं दिखता?

हमारे समय के सम्माननीय और वरिष्ठ वकील दुष्यन्त दवे ने हाल में जो कहा वह भी सभी के लिए जानना, समझना ज़रूरी है। एक अख़बार में उन्होंने लिखा, 'सर्वोच्च न्यायालय आज न सिर्फ़ बुनियादी और संवैधानिक अधिकार के पालक के तौर पर नाकाम दिखी है, बल्कि क़ानून के संरक्षक के तौर पर भी असफल रही है।'

> गाँधी जी की तरह आपने जो इल्ज़ाम आसानी से लगा दिये उन्हें साबित करने में आपको भी मुश्किल होगी। क्या दक्षिण अफ़्रीका में वे आन्दोलन कर पाते? वकीलों के सिवा दूसरा कौन हमें पहले आज़ादी और फिर आज न्याय का मार्ग बताता? संस्थागत स्वतन्त्रता की कमी के बावजूद आज सर्वोच्च न्यायालय जो कर रही है उसे आप सही नहीं मानते क्या? स्वतन्त्रता आन्दोलन के समय और आज भी ज़्यादातर वकील ही हिन्दुस्तान चला रहे हैं। लेकिन गाँधी जी की तरह आप क्यों वकीलों के ख़िलाफ़ हैं? आज तो अख़बार भी समाज के बजाय बाज़ार के मुद्दे उठाते हैं, तो

वकील को आप समाज से अलग कैसे देखते हैं?

आपके सवाल में ही जवाब है। जैसे अच्छे-बुरे इनसान होते हैं वैसे ही अच्छे-बुरे वकील भी होते हैं। इसलिए यहाँ अपनायी गयी वकालत वृत्ति पर बहस है। यह तो सभी को ख़ुद पक्के तौर पर पता रहता है कि दो झगड़ा करने वालों में से एक सच्चा और एक झूठा है। तब अकसर झूठे को ही क्यों कचहरी का सहारा मिलता है? जितना बड़ा वकील, उतनी ज़्यादा उसकी फीस और उतना ही बड़ा झूठ सामने आता है। गाँधी जी मानते थे कि जो भी अच्छे काम वकीलों ने किये वे सब उनके पेशे से ज़्यादा उनके मानवीय सरोकारों के कारण हुए। इसलिए ऐसा भी नहीं है कि सभी वकील झूठ का ही सहारा लेते हों। लेकिन सत्य के सामने अगर झूठ को टिकाना है तो वकीलों का ही सहारा लिया जाता है। क्या ऐसे ही सत्य की बजाय झूठ उजागर करने वाली अदालतों को हम न्यायालय मान सकते हैं?

ज़रा इन विचारों को हिन्दुस्तान के हाल के क़ानूनी माहौल में देखते हैं। ऊँची प्रतिष्ठा, ऊँचे पद व धनी लोग जब अपराध करते हैं तो या तो उन्हें सज़ा नहीं मिलती, या इसमें बरसों लग जाते हैं। चालाक, ख़ुदग़र्ज़ वकीलों के कारण मुक़दमें टलते हैं और प्रतिष्ठावान व धनी लोग सज़ा से बचाये जाते हैं। आज हिन्दुस्तान की अलग-अलग अदालतों में ३ करोड़ से भी ज़्यादा मुक़दमें लटके पड़े हैं। ये सिर्फ़ न्यायाधीशों की कमी के कारण ही नहीं हैं बल्कि फ़ैसले सुनाये ही न जायें, इसलिए लटके हैं। बरसों चले मुक़दमों में प्रियदर्शनी मटटू, जैसिका लाल, बीएमडब्लू केस, रूचिका आत्महत्या मामला और ऐसे कई अन्य मामलों के कारण वकीलों व कचहरी का मज़ाक़ ही तो उड़ा है। इसको न्यायालय की नाकामी और वकीलों की मनमानी ही माना गया।

कहा जाता है कि क़ानून के हाथ लम्बे होते हैं। इसके बावजूद दोषी को सज़ा दिलाने और निर्दोष को न्याय दिलवाने में इतना समय क्यों लगता है? शायद न्याय दिलवाने का काम 'अन्तिम दिन' के लिए छोड़ दिया

जाता है। हिन्दुस्तान की क़ानून व्यवस्था भी अँग्रेज़ी राज के समय से ही चली आ रही है। अँग्रेज़ी राज क़ानून के ही मानदण्ड हिन्दुस्तान पर भी थोप दिये गये। आज यहाँ परिस्थिति भयावह हो गयी है। सरकारों की दख़लन्दाजी ने भी इसका भले से ज़्यादा बुरा ही किया। इस क़ानून व्यवस्था का प्रतिष्ठित और धनी लोग अपने स्वार्थ के लिए मनमाना फ़ायदा उठाते और उपयोग करते आये हैं। वकीलों के चक्कर में पड़ा ग़रीब, केवल और ग़रीब होने के लिए छोड़ दिया जाता है।

हाल में ही सर्वोच्च न्यायालय के पाँच न्यायाधीशों ने जनता के सामने आकर सरकारों की न्यायिक व्यवस्था पर सवाल उठाकर हिन्दुस्तान को झकझोर दिया था। सरकार पर भी आरोप था कि वे कुछ ख़ास लोगों के मामलों में ऐसे न्यायाधीश नियुक्त करती है जो ख़ास लोगों को बचाने का निर्णय दें। अब जब यह सर्वोच्च न्यायालय का हाल है तो राज्य सरकारें या निचली अदालतों में क्या होता होगा? यह समझने में किसी को विज्ञान जानने की ज़रूरत नहीं। आज़ादी के आन्दोलन में जहाँ वकालत पढ़े सभी नेता राजनीतिक आज़ादी चाह रहे थे, वहीं गाँधी जी हिन्दुस्तान में सामाजिक, रचनात्मक और सांस्कृतिक आज़ादी की चाह रखते थे। आज इस का अन्तर साफ़ देखने को मिलता है। हिन्दुस्तान में न्याय की भाषा ने भी बहुत नुक़सान किया। आज कचहरी में होने वाले संवाद की भाषा आम हिन्दुस्तानी की समझ से बाहर है। कचहरी जाकर आम हिन्दुस्तानी पूरी तौर पर वकील के शिकंजे में फँसता है क्योंकि वकालत की भाषा उसकी समझ से परे है। आज सरकार चलाने में भी स्वार्थी वकील ही सब निर्णय करते देखे जा सकते हैं।

सही है कि यह क़ानूनी व्यवस्था आज हिन्दुस्तान के जीवन-चक्र का अहम हिस्सा है। इस क़ानूनी व्यवस्था से निजात मिलना तो आज नामुमकिन है। इसको एकदम बदला या ख़त्म तो नहीं किया जा सकता। सरकारें क़ानून अपने हिसाब से ही बनाती और चलाती हैं। इसलिए जनता का सरकारों पर क़ानून सुधार के लिए दबाव बनाना ज़रूरी है।

सरकार चलाने और न्याय चलाने की भाषा क्योंकि एक ही है इसलिए वकालत पढ़े नेता ही राजनीति भी चला रहे हैं। गाँधी जी को इसकी अच्छे से समझ थी। इसीलिए अँग्रेज़ी राज से अपनायी गयी वकालती कार्यवाही के सख़्त ख़िलाफ़ थे। जो व्यवस्था जनता की भलायी के लिए हो, मगर उनकी ही समझ से परे हो तो वह कैसे उनकी भलायी कर सकती है? यह सभी के लिए विवेक से विचार करने का विषय है।

हिन्दुस्तान की दशा : पाँच

हिन्दुस्तान की दशा : पाँच

पाठक : वकीलों के प्रति गाँधी जी के रवैए को आज समझना ज़रा मुश्किल है। सही है, कुछ वकीलों को छोड़कर बाक़ी तो धन्धेबाज़ी ही करते हैं। आपके कहने के बाद तो वकालत छोटा काम ही लगता है। लेकिन आप तो डॉक्टरों को भी उनके साथ घसीटते हैं। ऐसा क्यों?

सम्पादक : ऐसा मत मान लीजिए कि यह केवल मेरी सोच है। आज बहुत से लोग आपको मिल जायेंगे जो ऐसी ही सोच रखते हैं। आज लोग इस स्थिति को बदलने की बात और बहस भी करने लगे हैं। पश्चिम के सुधारक ख़ुद सख़्त शब्दों में वकील और डॉक्टर के धन्धों की निन्दा करते रहे हैं। इन्हें समाज को नीति-धर्म से काटने वाला बताया गया। बस उनके विचार और अपना अनुभव आपके सामने रख रहा हूँ। महान् दार्शनिक और लेखक वॉल्तेयर ने तो कहा ही था "चिकित्सा पद्धति भी युद्ध की तरह निर्दयी, हिंसक और अनुमान आधारित रहती है।"

डॉक्टरी का पेशा तो समाज में बीमार की सेवा करना, और बीमारी के दुख को कम करना होना चाहिए। डॉक्टर का जीवनयापन भी इससे चलना चाहिए। लेकिन डॉक्टर भी वकील की तरह धन और नाम

कमाने में ही लगते हैं। फिर गाँधी जी का मानना था कि डॉक्टर सिर्फ़ बीमार के शरीर के इलाज में लगते हैं, और बीमार के मन की अनदेखी होती है। बहुत-सी बीमारियों का असर और लेना-देना मन से भी होता है जो कमज़ोर होता जाता है। बहुत से लोग शायद ही जानते हैं कि अच्छी से अच्छी चिकित्सा भी अपूर्ण विज्ञान ही है। जिस बीमारी के बारे में पता ही नहीं उसको साधने की कोशिश में केवल अनुभव प्राप्त किया जा सकता है। फिर मनुष्य के इलाज और दवा के अनुसन्धान में जानवर और पक्षियों को मारना भी ग़लत है। इसे अनैतिक ही माना गया। मानव की दवा के लिए जानवरों की त्वचा और वसा आदि का उपयोग भी ग़लत ही होता आ रहा है। कोरोना काल में दुनिया ने यह अच्छे से समझा।

आज हमारे जीवन में डॉक्टरों की भूमिका अहम व प्रभावशाली हो गयी है। डॉक्टरों ने अपने को इस तरह व्यवस्थित और स्थापित किया कि उनका औहदा और धन बढ़ता ही रहा है। आज वे ग़रीब, लाचार की सेवा या इलाज नहीं करते, बल्कि धन कमाने के लिए धनी का ही ध्यान रखते हैं। आज के ज़्यादातर अच्छे अस्पताल, फाइव स्टार होटलों की तरह हो गये हैं। उनमें ग़रीब का इलाज लगभग नामुमकिन है। वहीं सरकारी अस्पतालों का हाल इतना बदतर हुआ है कि बीमारों की भीड़ का इलाज असम्भव हो गया है। सरकारों ने ही अपने अस्पतालों का बुरा हाल होने दिया।

डॉक्टर दवाई बनाने वाली कम्पनियों से साठ-गाँठ कर दवाएँ लिखते हैं। आज फॉर्मा कम्पनियाँ ही दवाई का धन्धा चलाती हैं। इसको एक नाम भी दिया गया है—फॉर्मागेड्डॉन—यानी वह स्थिति जब दुनिया में चिकित्सा ने स्वास्थ्य के बजाय अस्वस्थता, और इसके विकास ने लाभ से ज़्यादा हानि फैलायी हो। दवाएँ इतनी महँगी हो गयी हैं कि ग़रीब की पहुँच से बाहर हुई हैं। आज की स्वास्थ्य व्यवस्था के कारण उम्र तो बढ़ी, मगर जीवन की गुणात्मकता घटी है। विश्व स्वास्थ्य संगठन के

अनुसार आज भी हिन्दुस्तान में जनसंख्या को ध्यान में रखते हुए पाँच लाख डॉक्टरों की कमी है। आज डॉक्टरी पढ़ाई इतनी महँगी हो गयी है कि डॉक्टर बनने के बाद सेवा भाव के पनपने की कोई गुंजाइश ही नहीं रह गयी। जिनके पास अधिक धन होता है वो अपने बच्चों को विदेश में पढ़ाते हैं। विदेश में पढ़े डॉक्टर फिर स्वदेश नहीं लौटते। डॉक्टरी संस्था का इतना बुरा हाल हो गया है कि स्वास्थ्य व्यवस्था हर कहीं चरमरायी लगती है। अच्छे डॉक्टर सिर्फ़ अमीर रोगी के ही काम आते हैं।

ज़रा राजधानी दिल्ली के ऐम्स यानी अखिल भारतीय चिकित्सा विज्ञान के अनुसन्धान केन्द्र में जाकर ग़रीब बीमार का हाल देख आइये। बीमार और ग़रीब का हाल देखकर आपको भी चिकित्सा पद्धति से नफ़रत होने लगेगी। ऐम्स के डॉक्टर इसलिए अच्छे माने जाते हैं क्योंकि एक दिन में दर्जनों बीमार देखने का अनुभव अन्य अस्पतालों से ज़्यादा यहीं मिलता है। सरकारी होने के कारण ऐम्स में ही अनुसन्धान के आधुनिक यन्त्र भी हैं। इसलिए ग़रीब रोगी, अच्छे होने की आशा में ऐम्स में बुरी हालत में पड़े रहते हैं।

हाल ही में हरियाणा के बिरेन्द्र सांगवान ने सरकारों को अपनी बात पर झुकाया। दो केन्द्र सरकारों से मुक़दमे जीते। निजी अस्पतालों द्वारा दिल के मरीज़ों को स्टेंट लगाने के मनमाने पैसे लेने के ख़िलाफ़ सांगवान ने मुक़दमा किया था। निजी अस्पतालों ने तो कह दिया, क्योंकि स्टेंट को सरकार ने प्रसाधन सामग्री में रखा है इसलिए उन्हें मनमाने पैसे लेने की आज़ादी है। सांगवान ने फिर सरकार के ख़िलाफ़ ही मुक़दमा चलाया। पाँच साल चले मुक़दमे में सरकार को मानना पड़ा कि स्टेंट एक स्वास्थ्य यन्त्र है जिसके वाजिब पैसे लिये जायें। वर्ना निजी अस्पतालों ने तो दिल के मामले को ज़ेब का मर्ज़ बना दिया था और धड़ल्ले से स्टेंट लगा रहे थे। स्टेंट लगाने के मनमाने पैसे लिए जा रहे थे। दिल के धन्धे की यह दादागिरी बेख़ौफ़ चल रही थी। कई बार तो अजीर्ण से बनी गैस दिखाने गये व्यक्ति को भी दिल का मरीज़ मानकर स्टेंट लगा

दिये गये। हर तरह से आधुनिक हुए आज के वातावरण में यह सबकी आँखों के सामने हो रहा था। सांगवान ने भी यह बीड़ा तभी उठाया था जब उनके पिता को अस्पताल वालों ने ज़बरदस्ती स्टेंट लगाया और उसके मनमाने पैसे लिए। क्या यही डॉक्टर बनने का सेवा भाव या डॉक्टरी पेशे की नैतिकता है?

आये दिन अख़बारों में पढ़ने को मिलता है कि छोटे शहर के किसी अस्पताल में डॉक्टर या दवा न होने के कारण कई बच्चे बेहद बीमार हो गये। बच्चों को होने वाली इन बीमारियों का कारण भी समाज और हमारे आसपास फैलती गन्दगी और खान-पान की अशुद्ध व्यवस्था ही है। लेकिन इसी खिन्न समन्दर से ही नूर भी निकलता है। महाराष्ट्र के आदिवासी, ग़रीब इलाके में एक गढ़चिरौली ज़िला है। ३५ साल पहले डॉक्टर दम्पत्ति अभय और रानी बंग ने निश्चय किया वहीं रहकर स्वास्थ्य सेवा करेंगे। उनके ही शोधपत्र और कर्मठ कार्य-योजना के कारण भारत और दुनिया के कई देश नवजात शिशु की मृत्यु दर को कम कर पाये हैं। डॉ. अभय बंग ने निसर्ग उपचार से आरोग्य स्वराज का सपना देखा है। स्वस्थ होने की परिभाषा भी यही है—'जो स्व में स्थित है वही स्वस्थ है।' जो दूसरों पर निर्भर हैं वे अस्वस्थ हैं। यानी हमारी जीवन शैली ऐसी हो कि मेरा स्वास्थ्य भी मेरी ही पहुँच या हाथों में रहे।

हिन्दुस्तान के ऐसे कई इलाक़े हैं जहाँ डॉक्टरों और अस्पतालों की हालत भयंकर तौर पर दयनीय है। आज ऐसे भी कई क़िस्से सुनने को मिलते हैं जब ग़रीब को फँसा कर, बेहोश कर उसकी किडनी ही निकाल ली जाती है। फिर उस किडनी को किसी ज़रूरतमन्द रईस को बेच दिया जाता है। यह सब ख़ूब धन कमाने के लिए डॉक्टर ही करते हैं। अगर आज़ादी के सत्तर साल बाद भी हमें डॉक्टरी को लेकर ऐसे ही हालात देखने-सुनने को मिलते हैं तो इस पेशे को सेवा या इसकी वृत्ति को नैतिकता के रूप में कैसे देखा जाये?

सभी जानते हैं हिन्दुस्तान की अधिकतर आबादी गाँवों या छोटे क़स्बों में बसती है। लेकिन डॉक्टरी की महँगी पढ़ाई पढ़कर कोई गाँव या क़स्बे में जाकर बीमारों की देखभाल या सेवा नहीं करना चाहता। सरकारें भी इसमें कोई ख़ास क़दम नहीं उठा पायी हैं। अगर विदेशों को देखकर ही हमारे समाज की भी नीतियाँ बनती हैं तो क्यों हर डॉक्टर का पढ़ाई पूरी होने पर गाँव में दो साल सेवा करने को अनिवार्य नहीं बनाया जा सकता? आज हालात इसलिए भी दयनीय हो गये हैं क्योंकि डॉक्टरों के ऊपर हम ज़रूरत से ज़्यादा निर्भर हुए हैं। हम अपने शरीर से मेहनत तो लेते नहीं जिसके कारण शरीर दुर्बल होता गया है। ग़लत आदतों से शरीर के साथ दुर्व्यवहार करते हैं और आशा लगाते हैं कि डॉक्टर हमें ठीक करे। डॉक्टर पर अत्यधिक भरोसा कर मन को भी कमज़ोर बना लेते हैं।

कोविड महामारी के दौर में दुनिया के डॉक्टर और चिकित्सा पद्धति कितनी अयोग्य दिखी, यह सभी ने देखा। नये-नये विषाणुओं के उभरने पर चिकित्सा विज्ञान अयुक्त और हारा हुआ नज़र आता रहा है। इन सब विरोधी बातों के ठीक विपरीत, हिन्दुस्तानी डॉक्टर विदेशों में अच्छे काम के लिए ख़ूब सराहे जाते हैं। इसका कारण तो हिन्दुस्तान की विरासती सभ्यता को ही मानना होगा। हिन्दुस्तानियों के ख़ून में सेवा भाव रहा। इसलिए इन डॉक्टरों ने अच्छी स्थितियों में अच्छा काम ही कर के दिखाया। हिन्दुस्तान में सुचारू व्यवस्था न बना पाने की ज़िम्मेदारी सरकारों पर आती है। आज हिन्दुस्तान क्या दुनिया को भी फार्मागेड्डॉन स्थिति से निजात मिलना मुश्किल है। लेकिन डॉक्टर को अगर भगवान के बजाये इनसान के रूप में ही देखा जाय तो उनमें सेवाभाव का विस्तार हो सकता है। यह पेशे के लिए भी अच्छा होगा अगर डॉक्टरी पढ़ाई में सेवाभाव की सीख दी जा सके। नये डॉक्टर बनने पर ज़रूरतमन्द की देखभाल के लिए गाँव में दो साल सेवा करने का प्रावधान हो। इसी समाज से आये डॉक्टर अभय और रानी बंग ने दुनिया को दिखाया कि कैसे डॉक्टरी पेशे की गरिमा और सम्मान को

सहेजा जा सकता है। ऐसे ही समाज के नेताओं से समाज सम्पन्न और समृद्ध होता है। आज जब डॉक्टर लोग समाज में पूरी तौर पर प्रतिष्ठित हैं तो इस पेशे में सुधार की कोशिशें ज़रूर होनी चाहिए। डॉक्टरी पेशे में सुधार के लिए जनता की निष्ठा और सरकार की नैतिकता ज़रूरी है। क्या आप आगे ऐसा होते हुए देखते हैं?

सच्ची सभ्यता कैसी हो?

सच्ची सभ्यता कैसी हो?

पाठक : गाँधी जी की तरह आपने भी रेल को रद्द कर दिया, वकीलों के प्रति वहम दूर किया और डॉक्टरों को दुष्ट तक कह दिया। आप तो नयी तकनीक को भी नुक़सानदेह ही मानेंगे। फिर अब यह बताइये आख़िर सच्ची सभ्यता किसको कहेंगे?

सम्पादक : इस सवाल का जवाब मुश्किल नहीं है। जो सभ्यता हिन्दुस्तान में हज़ारों वर्ष से चली आयी है उसका दुनिया में कोई सानी नहीं। हमारे पुरखों ने जैसे संस्कार, संस्कृति और समाज के बीज बोए, उसकी बराबरी करने वाले सरोकार देखने में नहीं आये। रोम मिट्टी में मिल गया, ग्रीस का नाम लेने वाला नहीं, मिस्त्र भी मिटा, जापान निशस्त्र हुआ और इंग्लैण्ड का सूर्यनुमा साम्राज्य डूबा। आज अमेरिका और चीन बेशक अपनी प्राकृतिक सम्पदा और सामाजिक ढाँचे के कारण आर्थिक वर्चस्व दिखाने में लगे हैं। हिन्दुस्तान आर्थिक तौर पर आज जैसा भी हो, उसके समाज की बुनियाद मज़बूत ही है। हिन्दुस्तान आज भी अचल, अडिग है। आरोप भी ऐसे लगते हैं कि हिन्दुस्तानी लोग अपने जीवन में कोई फेरबदल नहीं करना चाहते। रूढ़िवाद, अन्धविश्वास और अशिक्षा में ही रहते हैं। मगर जो अनुभव हमें हमारे संस्कार, सभ्यता और समाज से मिले, उनके सहारे ही हमें अपना विकास करना होगा। अपनी सम्पन्न सभ्यता हम क्यों छोड़ें?

सभ्यता वह आचरण है जिसके सहारे इनसान समाज के प्रति अपना फ़र्ज़ निभाता है। फ़र्ज़ निभाने के मानी हैं हर इनसान नैतिकता पर चले। नीति का पालन करे। मन और इन्द्रियों को बस में रखना सीखे। तभी हम अपनी असलियत जान सकते हैं। हिन्दुस्तान के सनातनी ज्ञान की आस्था कर्मयोग और स्वधर्म में रही है। आत्मा को परमात्मा का अंश माना गया। हर मनुष्य अपने जीवन में स्वधर्म को जानकर उस पर चलना सीखे। स्वभावत: मनुष्य की वृत्ति क्योंकि चंचल है इसलिए उसका मन बेकार की दौड़-धूप किया करता है। सुख के लिए उसे जितना ज़्यादा दिया जाये, उसका भोग उतना ही बढ़ता है। इसलिए वैदिक काल से पुरखों ने हमारे भोग की हद बाँधने का भी ज्ञान दिया। समझाया कि हमारे जीवन के सुख-दुख तो हमारे चंचल मन के कारण हैं। आज जैसे अमीर केवल अपनी अमीरी के कारण सुखी नहीं दिखता, वैसे ही ग़रीब केवल अपनी ग़रीबी के कारण दुखी नहीं दिखता। धन के कम या ज़्यादा होने से सुख या दुख का कोई ख़ास लेना-देना नहीं होता है। क्योंकि वासना का अन्त नहीं, इसलिए वासना से छुटकारे का ज्ञान बताया गया। समाज ने समझ लिया था कि राजाओं, और उनकी तलवार से ज़्यादा बलवान तो इनसान का नैतिक बल होता है। इसलिए राजाओं को नीतिवान पुरुषों, ऋषियों और फ़कीरों से कम दर्जे का माना गया। जिस राष्ट्र का ऐसा गठन हो, वह राष्ट्र दूसरों को सिखाने लायक ही है।

जहाँ यह स्वार्थी आधुनिक सभ्यता नहीं पहुँची है वहाँ दुनिया और हिन्दुस्तान आज भी वैसा ही है। आज भी हिन्दुस्तान में हल से खेती होती है। आज भी खपरैल के घरों में लोग ख़ुशी से रहते हैं। इसको आधुनिक विकास की शैली में हीनता नहीं मानना चाहिए। बल्कि यह अनुभव की धरोहर है। यह हमारे पुरखों और महापुरुषों की स्थानीय समझ थी। अपने पर्यावरण से सामंजस्य बैठाने की सार्थक जुगत रही है। हमारे पूर्वजों को समझ थी कि अगर हम यन्त्र के चक्कर में पड़ेंगे तो हम मानव की नैतिकता को कमज़ोर करेंगे। यन्त्र के ग़ुलाम हो

जायेंगे। सोच-समझकर ही उन्होंने कहा हमें अपने हाथ-पैरों से जितना काम हो सके, उतना करना चाहिए। हाथ-पैरों का इस्तेमाल करने में ही सच्चा सुख है। तन्दुरुस्ती भी उसी में है। उन पुरखों ने ही अपने समाज को आत्मनिर्भरता के छोटे-छोटे गाँवों में सँजोने का साकार रूप देखा था।

आज़ादी के बाद जब आगे जाने का रास्ता तय हो रहा था तो गाँवों को हिन्दुस्तान का मुख्य केन्द्र बनाने की बात गाँधी जी ने कही थी। जयप्रकाश नारायण अपने कुछ समाजवादी साथियों के साथ गाँधी जी के पास मिलने गये। देश की दिशा पर बात करने और आगे का रास्ता सोचने-समझने आये थे। गाँधी जी ने सलाह दी "जाओ और गाँवों में रहो। जिस ग़रीबी में लोग वहाँ रहते हैं, तुम भी रहो। जैसा जीवन वे बिताते हैं वैसे ही जीयो। आठ घण्टे काम करो। अपने लिए उन्हीं उत्पादनों का इस्तेमाल करो जो गाँव के आसपास आसानी से मिल जायें। वहाँ रहकर अशिक्षा दूर करो, अस्पृश्यता दूर करो और महिलाओं को स्वावलम्बी बनाओ।" आज ठीक इससे उलटा हुआ है। आज गाँव सूने और वीरान हो गये, वहीं शहर भीड़भाड़ वाली गन्दी बस्ती हुए हैं।

हमारे नेताओं ने मान लिया था कि गाँव तो गन्दगी, अन्धकार और अशिक्षा के केन्द्र हैं। यही कारण रहे कि गाँव आज भी विकास के लिए तरस रहे हैं। आज दो हिन्दुस्तान हो गये हैं। एक जो गाँवों को नकारे जाने की लाचारी में जी रहा है, और दूसरा जो शहरों के वैभव के कचरे में जी रहा है। आधुनिक सभ्यता से प्रभावित नेताओं ने अपने पुरखों की समझ नकार कर गिने-चुने शहरों के विकास को ही आज़ादी का परिणाम माना। थोड़े से सम्पन्न शहरों की रिसन से बहुत सारे गाँवों के विकास की आशा लगायी गयी। आज विपरीत दिशा में चलते दो हिन्दुस्तान साफ़ देखे जा सकते हैं।

आज भी हिन्दुस्तान में ऐसी कई जगहें हैं जहाँ रेल या हवाई यात्रा नहीं

पहुँची है। वहाँ जाकर ज़रा देख आइये। वहाँ जीवन आज भी आपाधापी या बेवजह की रफ़्तार से कोसों दूर है। अँग्रेज़ों के आने बाद ही हम पश्चिम की आधुनिकता के प्रभाव में पड़े हैं। बेशक आज हिन्दुस्तान को अपने संस्कारों का गर्व फिर याद आया है। हिन्दुस्तान को नयी सोच और नयी तकनीक के सहारे अपने पौराणिक रास्ते पर चलने का विवेक फिर जगाना होगा। इसको दकियानूसी नहीं मगर वर्षों का अनुभव मानना चाहिए। सभ्य समाज न भोगी, न स्वार्थी और न ही अनैतिक बना रह सकता है।

हिन्दुस्तान में भी नगर पालिका थी, पंचायत थी, न्याय करने वाले थे और वैद्य-हकीम भी थे। लेकिन उन पर नीति और नैतिकता से चलने के लिए समाज के नियम भी थे। समाज को समझ थी कि ये सेवा के पेशे मेवे के धन्धे बनकर न रह जायें। कथा-कहानी-क़िस्सों से हमें सुनने में आता है कैसे न्याय, या नीति हिन्दुस्तान में चलायी गयी थी। स्वार्थ तो तब भी रहा होगा, लेकिन समाज में निस्वार्थ जीवन जीने की प्रेरणा देनेवाले भी थे। राजा और प्रजा का सम्बन्ध सेवक और सेवा का था। सभी नीति और नैतिकता से चलने के लिए स्वतन्त्र थे। मगर स्वतन्त्रता के उत्तरदायित्त्व भी थे। इसी को सच्चा स्वराज भी माना गया। इसी विवेकीय समझ को सच्ची सभ्यता मान सकते हैं। मानवता को सँवारने और धरती को सहेजने में ऐसी सच्ची सभ्यता ही सार्थक हो सकती है।

पुरानी कहानी याद आती है। अकबर और बीरबल के समय की। बीरबल ने लोगों से कहा कि ये जो सफ़ेद चादर से ढँका हौज़ है इसमें सब आकर एक-एक लोटा दूध डालेंगे। लोगों को लगा कि दूसरा तो दूध डालने ही वाला है तो अपना दूध क्यों बर्बाद किया जाये। ऐसा सोचकर अन्ततः सब लोग पानी डाल आये। लेकिन उनमें एक सज्जन था जिसने फिर भी एक लोटा दूध ही डाला। लोगों ने पूछा और कहा कि ये बेवकूफ़ी तुमने क्यों की भाई। उसने जवाब दिया कि वो जानता था

कि मेरे एक लोटा दूध डालने से सारा पानी दूध नहीं हो जायेगा लेकिन इससे पानी का रंग दूधिया ज़रूर हो जायेगा। इसलिए अगर आप भी चाहते हैं कि हिन्दुस्तान के पानी का रंग दूधिया हो जाये तो आपको जो नैतिक लगता है, वही कीजिए।

> आपने जैसा बताया वैसा ही हिन्दुस्तान अगर होता तब तो ठीक था। लेकिन आज सत्तर साल बाद भी पैंसठ प्रतिशत आबादी ग़रीब है। बावजूद इसके दुनिया के सबसे अमीरों में एक दो हिन्दुस्तानियों के नाम अख़बारों में अक्सर आते रहते हैं। सेंसेक्स उछलता है और बाज़ार इसका विज्ञापन करता है। मगर हिन्दुस्तान में ही आये दिन भीड़ गौरक्षा या राष्ट्रवाद के नाम पर हिंसा करती है। कुपोषित बच्चों की संख्या भयावह है। क्यों आज एक रूढ़िवाद में और एक पश्चिमवाद में पड़े दो हिन्दुस्तान दिखते हैं?

आप ठीक कहते हैं। जिन दोषों को आपने दर्शाया वे तो सचमुच भयावह दोष हैं। इन्हें किसी भी तौर पर सभ्यता नहीं मान सकते। हिन्दुस्तानी सभ्यता की समझ के बावजूद ये दोष समाज को प्रताड़ित ही कर रहे हैं। ऐसे दोषों को दूर करने के प्रयत्न हमेशा से होते रहे हैं और आगे भी समाज इनको दूर करने में लगेगा ही। सत्ता की लालसा और लालच की राजनीति के कारण ऐसे माहौल पैदा होते हैं। इस सबके बावजूद आज जो राष्ट्रभक्ति का नया जोश हममें जगा है, उसका उपयोग हम इन दोषों को दूर करने में लगा सकते हैं। सच्ची हिन्दुस्तानी सभ्यता के बारे में सभी जानते हैं। कोशिश तो उस सभ्यता के मूल्यों को मेहनत से अमल में लाने की होनी चाहिए।

हम अपने घर और कारों के अन्दर एयरकण्डीशन की ठण्डी हवा लेते हैं और बाहर आसपास के लोगों के लिए गर्म हवा फेंकते हैं। ये तो एक साधारण-सा उदाहरण है। लेकिन क्या यही आधुनिक सभ्यता का विवेक है? आज धरती लगातार गर्म हो रही है और अपनी ही धरती से

लोग घबराने लगे हैं। लेकिन इसके कारण और ठीक करने की नीति किसी को समझ नहीं आ रही। कोविड महामारी में हुई महाबन्दी के दौरान दुनिया को इसका कुछ हल दिखा। समझ आया कि रफ़्तार की गाड़ियाँ अगर बन्द हो जायें तो पर्यावरण साफ़ हो सकता है। धरती को गर्म होने से रोका जा सकता है। हम केवल भोगी बने हुए थे। ऐसे ही व्यवहार और व्यवसाय से हमने ही धरती को गर्म, और न रहने लायक बनाया। आधुनिकता के भोगवादी समाज ने हमें मानवता के शाश्वत रूप को भूलने पर मजबूर किया। ऐसा ही हाल हम अपने आसपास की साफ़-सफ़ाई और स्वच्छता का कर रहे हैं। अन्धाधुन्ध गन्दगी हम करते हैं, और उसकी सफ़ाई का जिम्मा सफ़ाई कर्मचारी पर छोड़ देते हैं।

आज 'ग्लोबल वॉर्मिंग' पर विश्वस्तर की बैठकें और बहस होती हैं। सभी देश एक-दूसरे पर उँगलियाँ उठाते हैं। बहस करते हैं धरती को बचाने की। मगर उन महान् देश के महान् नेताओं से पूछना चाहिए, 'जिस धरती को मानव ने बनाया नहीं उसको बचाने की बात कौन और कैसे कर सकता हैं?' धरती को सिर्फ़ सहेजने के कर्मठ कार्य ही किये जा सकते हैं। मगर चकाचौंध में रहन-सहन का स्तर कोई देश कम नहीं करता। प्रकृति से सामंजस्य बैठाने के साधारण विवेक पर कोई विचार नहीं करता। सभी अपने भोगवादी स्वभाव के कारण प्रकृति पर अन्धाधुन्ध बोझ बढ़ाने में लगे हैं। हिन्दुस्तान तो फिर भी अपनी जड़ों से जुड़ा समाज रहा है। प्रकृति से सामंजस्य के संस्कार आज भी यहाँ पाये जाते हैं। पश्चिमी सभ्यता की भोगवादी व्यवस्था ने और उसके विकास के कचरे ने ज़रूर हिन्दुस्तान को भटकाया है।

देशों की आदर्श सभ्यता को उसके ही लोग सम्पूर्णता पर नहीं ला पाये हैं। इससे कोई इनकार नहीं करेगा। हिन्दुस्तान की सभ्यता का झुकाव आत्म-बल और नैतिक मूल्यों पर चलने का रहा है। पश्चिमी सभ्यता का झुकाव शस्त्र-बल और भोगवादी मूल्यों पर चलने का रहा। इसलिए

पश्चिम की सभ्यता को हिन्दुस्तान के लिए हानिकारक ही माना जाना चाहिए। पश्चिम की सभ्यता प्रकृति को भोगने, और ईश्वर की अनास्था पर टिकी है। हिन्दुस्तान की सभ्यता प्रकृति से सामंजस्य, और ईश्वर में आस्था पर टिकी है। इस सभ्यता को समझकर, इस पर श्रद्धा रखकर हिन्दुस्तान प्रेमियों को चाहिए कि जैसे छोटा बच्चा माँ से चिपटा रहता है, वैसे ही हम भी हिन्दुस्तान से चिपटे रहें।

हिन्दुस्तान के अच्छे दिन कब आयेंगे?

हिन्दुस्तान के अच्छे दिन कब आयेंगे?

पाठक : सभ्यता के बारे में आपके विचार हैरान करते हैं। आपको समझने के लिए मुझे अधिक ध्यान देना होगा। तुरन्त सब कुछ मंज़ूर कर लूँ, ऐसा तो आप नहीं मानते होंगे। आशा भी नहीं रखेंगे। आज उत्तर और पूर्वी राज्यों में उत्तेजना का माहौल है। आपके अनुसार हिन्दुस्तान के अच्छे दिन के लिए क्या उपाय बतायेंगे?

सम्पादक : मेरे विचार सभी लोग तुरन्त मान लें ऐसी आशा तो मैं नहीं रखता। मेरी कोशिश भी इतनी भर ही है कि अपने विचार मैं आपके जैसे पढ़े-लिखों के सामने रख दूँ। और आप भी उस पर विचार करें। समाज और सरकार को यह समझना होगा कि 'मनुष्य का अच्छा, मानवता की अच्छाई में समाहित रहता है।' 'अन्त्योदय से ही सर्वोदय' सम्भव है। समाज के अन्तिम आदमी के उदय होने से ही समाज के सभी लोगों का उदय हो सकता है। यह बात अपन सब को याद रखने वाली है।

यह मत भूलिये कि ११० साल पहले यही विचार गाँधी जी रख चुके हैं। हम अगर गहरे में जाकर सोचेंगे तो उनकी कही बातें आज भी हमें आईना दिखा रही हैं। हमें मजबूर कर रही हैं। इनसान मन के वहम में तरह-तरह की बीमारियाँ पाल लेता है। वहम की बीमारियों का इलाज किसी के पास नहीं। दूसरे के अच्छे दिन और हमारे नहीं, यह भी हमारा

वहम ही है। हमारे वहम और मन के रोग ही हमें अच्छे दिन नहीं देखने देते। अच्छे दिन कोई ऊपर से नहीं टपकते, बल्कि अच्छे दिन तो अच्छे विचार और अच्छे काम से ही आते हैं।

उत्तर और पूर्वी राज्यों में हालात ख़राब हैं। इसको राज्य एवं केन्द्र सरकारों की नाकामी ही माना जायेगा। सालों के प्रयासों का फ़ायदा क्या हुआ? आज बन्दूक के सहारे शान्ति लाने के प्रयासों को दकियानूसी क्यों नहीं मानना चाहिए? सीमा के फैलाव और ज़मीन की विशालता से ज़्यादा, उसमें रहने वाले लोगों से राष्ट्र बनता है। इसलिए उत्तर और पूर्वी राज्यों के लोगों की आम सहमति बनाकर ही उन राज्यों की नीतियाँ बनानी चाहिए। सेना और उसकी बन्दूक के सहारे बनायी नीति जब तक डर बना रहता है तभी तक टिकती है। कश्मीर और उत्तर-पूर्वी राज्यों को अगर हिन्दुस्तान का हिस्सा बनना है तो वहाँ के लोगों की आम राय या सहमति का भी ध्यान रखना ज़रूरी है। अगर इन राज्यों की आम सहमति सरकारों की नीति से मेल नहीं रखती है, तो ऐसी योजनाएँ बननी चाहिए जिनसे आने वाले समय में आम सहमति बनायी जा सके। अगर यह हिन्दू-मुस्लिम का मुद्दा बनता है तो दोनों को ही अपने धर्म को साफ़गोई से समझना होगा। हिन्दू लोगों को अपनी भावना उदार बनानी होगी। मुस्लिम लोगों को भी समझना होगा कि हिन्दुस्तान में ही वे सुरक्षित और सम्मान से रह रहे हैं। अगर हिन्दुस्तान को बहुसंख्यक और अल्पसंख्यक के तौर पर देखा जाता है तो भी दोनों का मूल धर्म तो सहिष्णु रहने का ही है। लोकतन्त्र बेशक गणित का खेल बनकर रह गया हो, मगर मानवता का प्राकृतिक व्यवहार अहिंसक ही रहा है। पड़ोस के राष्ट्रों के प्रति भी विदेश नीति सम्मान और समन्वय की कूटनीति से ही बननी, चलनी चाहिए।

आज हालात बदतर हैं यह ज़्यादातर मानते हैं। इसीलिए अच्छे दिन का जुमला चलाया जाता है। लेकिन हम एक समाज के तौर पर अपने आसपास के हालात और वातावरण के लिए क्या करते हैं

महत्त्व का वह भी होना चाहिए। महानगर के किसी भी चकाचौंधी चौराहे पर खड़े हो जायें, हमको अपने सभ्य व्यवहार का पता चल जायेगा। गिने-चुने शहरों के चौराहों पर ही 'ज़ेबरा क्रॉसिंग' को मानने वाले मिलेंगे। ज़्यादातर तो उस पर ऐसे चलेंगे जैसे कि उसके कोई मायने ही नहीं हों। इन चौराहों पर ही लोगों की अधीरता के, और स्वयं की अराजकता के विराट दर्शन हो जायेंगे। पता नहीं क्यों अपनी सरकारों ने इसे सीधा विदेश से उठाकर यहाँ लागू कर दिया। हम क्यों ज़ेबरा क्रासिंग की जगह 'लक्ष्मण रेखा' का उपयोग नहीं कर सकते? लक्ष्मण रेखा हिन्दुस्तानियों के मन-मस्तिष्क में ज़्यादा अच्छे से अंकित रहने वाला शब्द है। और ऐसे में अगर बारिश हो जाये, सिग्नल की बत्ती ख़राब हो जाये तो समाज की सभ्यता सबके सामने आ जाती है। ख़ुद निकले बिना, कोई किसी को निकलने ही नहीं देगा। हम क्यों अपने आसपास की स्थितियों का ध्यान रखने की सजगता नहीं दिखा पाते हैं? क्योंकि उन स्थितियों को और उस व्यवस्था को हम पर थोपा गया। अपनी स्थितियों पर हमारा दृष्टिकोण विदेशी ही रहा है। इसलिए हम उन पर उत्तरदायित्त्व और आत्मीयता से नहीं चल पाये।

आज ऐसे ही व्यवहार, ऐसी ही व्यवस्था और ऐसे ही व्यापार ने हमें हर ओर से घेर लिया है। हम सही-ग़लत, नीति-अनीति का अन्तर न आज जानते हैं, न समझ ही पाते हैं। इसी स्वार्थ-सेवा के व्यवहार ने हमारे समाज, राजनीति और अर्थव्यवस्था को बुरे तौर पर प्रभावित किया। आज हर तरफ़ स्वार्थसिद्धि की गलाकाटू दौड़ चल रही है। गाँधी जी का मानना था कि इस गलाकाटू प्रतिस्पर्धा में अर्थनीति तो समाज के प्रति स्नेह रखकर ही बनानी और चलायी जानी चाहिए।

स्नेही समाज तो हमारे और मानवता के व्यवहार, व्यापार और व्यवस्था में अनन्तकाल से रहा है। हिन्दुस्तान पर आक्रमण करने वालों का मक़सद व्यापार नहीं था। फिर मुग़ल काल के समय में भी स्नेही समाज

बना ही रहा। लेकिन जब अँग्रेज़ हिन्दुस्तान आये तो उन्होंने यहाँ के व्यवहार और व्यवस्था को अपने व्यापार के लिए बदल दिया। यही कारण है कि आज हमें अपने में कुछ अच्छा नहीं दिखता। सिर्फ़ 'अच्छे दिन' की आस लगती है। सत्ता भी वही बढ़ाने में लगती है। अच्छे दिन की आस से पहले हमें सोचना होगा कि क्या हम अच्छे विचारों में और अच्छे कामों में मन लगाते हैं?

आज बिना धर्म के जो अर्थ और काम का खेल चल रहा है वह आज की ही इस आधुनिक सभ्यता से निकला है। हिन्दुस्तान के समाज का अर्थ और काम तो नीति और अध्यात्म के धर्म से चलता था। आज भी जहाँ यह आधुनिक व्यवहार नहीं पहुँचा है वहाँ जाकर देख आइये। आपको हिन्दुस्तानी सभ्यता समझ में आ जायेगी।

> अगर आप मानते हैं हिन्दुस्तान की हज़ारों साल पुरानी सभ्यता सबसे अच्छी थी तो पहले आक्रमणकारी, फिर अँग्रेज़ और अब अमेरिकी आर्थिकी के ग़ुलाम क्यों बने हैं? आज भी किसान आयेदिन आत्महत्या करते हैं।

गाँधी विचार से संयोग रखने वाले धर्मपाल जी ने देशज समाज, राजनीति, शिक्षण और अर्थव्यवस्था पर गहन अध्ययन और शोध किया। अँग्रेज़ी में कई किताबें लिखी हैं। अँग्रेज़ों के आने से पहले के हिन्दुस्तान पर उनका शोध ध्यान देने वाला है। एक डच यात्री द्वारा मुग़ल बादशाह जहाँगीर के समय का लिखा वर्णन उन्होंने अपने शोध में बताया। डच यात्री लिखता है कि आगरा का खान-पान तब दयनीय और दोयम दर्जे का था। यात्री को गौमाँस चाहिए था जो तब वर्जित था। इसके बाद ही यात्री लिखता है कि आगरा के साधारण मज़दूर रोज़ खिचड़ी में दो चम्मच घी डालकर खाते थे। डच यात्री ने खान-पान के इस फ़र्क़ को हिन्दुस्तान की दयनीयता से देखा और वही दर्शाया। अपने इतिहासकारों ने भी डच यात्री के दर्शन से ही अपना इतिहास भी लिखा।

हिन्दुस्तानी सभ्यता तो जैसा पीछे दर्शाया गया, वैसी ही है। लेकिन यही देखने में आया है कि हर सभ्यता पर आफ़तें और मुश्किलें आती रही हैं। जो सभ्यता अचल है वे आख़िर अपनी आफ़तें दूर कर ही लेती हैं। हममें कोई न कोई कमी रही जिनके कारण हम आफ़तों में घिरे। लेकिन इस घेरे से निकलने की ताक़त और उसका गौरव भी हिन्दुस्तान में है। इस सब के बावजूद यह तो मैं आपको बार-बार याद दिलाता रहूँगा कि दुनिया की सारी राजनीति एक तरफ़, एक ही तरह और एक ही रास्ते पर चलने पर मजबूर है। आक्रमणकारी तो दुनिया में अपनी बादशाहत बनाने और इस्लाम फैलाने निकले। जबकि यूरोपीय देश आपस में लड़-लड़कर, खस्ता हालत के कारण अपनी आर्थिकी सँवारने निकले थे। यह तो अपन सभी जानते हैं कि जो व्यापार के लिए हिन्दुस्तान खोजने निकला था उसी ने पहले अमेरिका खोजा। यानी व्यापार के लिए हिन्दुस्तान का नाम तब भी ख़ूब चलता था।

बीसवीं सदी के आख़िरी दशक की शुरुआत में हिन्दुस्तान में आर्थिक उदारवाद का बाज़ारवादी तन्त्र चलाया गया। इसको महान् आर्थिक फ़ैसले के तौर पर देखा जाता है। लेकिन अर्थशास्त्री जानते हैं कि यह साफ़ तौर पर विदेश से उठायी गयी व्यवस्था थी। हिन्दुस्तान के पुराने आचार-व्यवहार को इसके कारण नज़रअन्दाज़ कर दिया गया। आज इतने सालों बाद आप इसका आकलन कर लीजिये। इसका प्रभाव देख लीजिये। सिर्फ़ धन का एकाधिकार ही बढ़ा दिखेगा। ग़रीब और ग़रीब हुए, वहीं अमीर और अमीर हुए। इसलिए हमारी सरकारें आज़ादी के सत्तर साल बाद भी हिन्दुस्तान से ग़रीबी दूर नहीं कर पायी है।

किसानों की आत्महत्या की ख़बरें आयेदिन अख़बारों की सुर्ख़ियाँ बनती हैं। और अब तो किसानों को लेकर ख़बरें भी नहीं आतीं। क्या ऐसी आर्थिक व्यवस्था हिन्दुस्तान के लिए ज़रूरी थी? सभी जानते-समझते हैं कि हिन्दुस्तान की आधी से ज़्यादा आबादी खेती-किसानी पर निर्भर है फिर क्यों आर्थिक फ़ैसले लेने के समय उन्हीं को नज़रअन्दाज़ किया जाता है?

आप जानते हैं कि हिन्दुस्तान लौटने पर गाँधी जी का पहला बड़ा सत्याग्रह बिहार के चम्पारण में हुआ था। वहाँ के किसानों की समस्या जानने के लिए गाँधी जी ने तब के बड़े वकीलों को लगाया था। लगभग २५ हज़ार शिकायतें इकट्ठी कर गाँधी जी ने वहाँ के अँग्रेज़ प्रशासकों को भेजी। मानव अधिकार की बात उठाई। अँग्रेज़ प्रशासन घबराकर झुकने पर मजबूर हुआ था। आज तो सब जगह अपनी ही सरकारें हैं फिर क्यों अलग-अलग जगह से किसानों की समस्या को सिलसिलेवार इकट्ठा नहीं किया जा सकता? क्यों किसान अपने ही देश में पराए हो गये? क्यों कोई सरकार उनकी समस्या पर ध्यान नहीं देती? क्योंकि खेती-किसानी व्यापार नहीं है। सरकारों के लिए फ़ायदे का सौदा नहीं है। जब सारी व्यवस्था व्यापार के लिए ही बनायी जा रही हो तो किसान आत्महत्या के लिए ही मजबूर होते हैं। हम जो खेती की पैदावार पर अपना जीवन-यापन करते हैं, हमने भी किसान की समस्या पर ध्यान नहीं दिया। समाज के तौर पर हमने भी सरकारों की तरह खेती को किसानी के भरोसे ही छोड़ दिया। चम्पारण की समस्या पर तब के अन्य नेताओं का ध्यान क्यों नहीं गया था? और क्यों अफ्रीका से मानव अधिकारों की वकालत कर लौटे गाँधी जी को ही किसानों की समस्या का भान आया? आज की राजनीति भी उन्हीं काँग्रेसी नेताओं की तरह चलायी जा रही है। आज भी नेता सेवा की नहीं, सत्ता की राजनीति करते हैं। विशाल हिन्दुस्तान की सरकार चलाना आज काग़ज़ों की भयावह औपचारिकता रह गयी है। जनता अपने नेता की और अपनी राजनीति की ग़ुलाम होकर रह गयी है। इसलिए आज भी अपनायी गयी विदेशी व्यवस्था के कारण हमारी ग़ुलामी कायम है।

क्यों हिन्दुस्तान आज भी अपनी अर्थव्यवस्था के लिए विदेशी निवेश की आस लगाता है? क्या इस आस को आप सही या मुमकिन मानते हैं?

आज का सारा व्यवहार और व्यापार इसी आस पर टिका है। अमेरिका में शुरू की गयी उधारवाद की उदार नीति के कारण ही ऐसा माहौल बना। आज रईस क्या, बड़े से बड़े उद्योगपति भी उधार का ही व्यापार कर रहे हैं। वैसा ही जीवन जी रहे हैं। उन्हीं को सरकार और बैंक आसानी से उधार भी दे देती हैं। हिन्दुस्तान की विशाल आबादी के कारण यहाँ की अर्थव्यवस्था को दुनिया भर में उत्सुकता से देखा जाता है। लेकिन इसी विशाल आबादी को अपनी सरकारें विकास में अड़चन के तौर पर देखती हैं। मानव संसाधन के तौर पर नहीं देखतीं। सरकार की मदद से 'जियो' की तकनीक हमारे घर-घर में पहुँच जाती है और चौतरफ़ा मुनाफ़ा दिखाया जाता है। लोगों को भी लगभग निःशुल्क और सस्ती तकनीक में फ़ायदा दिखता है। सवा-सौ करोड़ की आबादी में से पन्द्रह-बीस करोड़ भी कोई चीज़ ख़रीद ले तो उद्योगपति के वारे-न्यारे होने पक्के हैं। सरकारें क्योंकि उद्योगपतियों की ही सेवा में लगती हैं, इसलिए आम जनता उनके उद्योग के रिसन पर निर्भर रहने के लिए छोड़ दी जाती है। सरकार में बैठे नेताओं को यही व्यवहार और व्यापार सुहाता है। हिन्दुस्तान की अर्थनीति और रोज़गार नीति में धर्म के नैतिक विलोप का यही व्यापार चल रहा है। अपने नेताओं का समाज के प्रति अयोग्य सेवाभाव और नदारद दयाभाव कोविड महामारी से हुई महाबन्दी के दौरान देश भर ने देखा। इसको ग़लत नहीं माना जाये तो और क्या माना जाये?

डाण्डी यात्रा के कुछ साल बाद गाँधी जी ने तय किया उनका आश्रम देश के बीच में होगा। शे-गाँव नागपुर के पास छोटा-सा गाँव था। तय हुआ यहीं सेवाग्राम आश्रम बनेगा। जमनालाल बजाज को वहाँ आश्रम बनवाना था। गाँधी जी ने शर्त रखी कि आश्रम बनाने के लिए जो भी ज़रूरत होगी वह सिर्फ़ पाँच किलोमीटर के दायरे से ही ली जाये। शर्त के तीन कारण थे। आसपास के लोगों को रोज़गार मिलेगा, आत्मनिर्भरता बढ़ेगी और समरसता पैदा होगी। सभ्य समाज की समरस अर्थव्यवस्था भी ऐसे ही बनती है।

अब इतिहास कोई नयी करवट ले और हिन्दुस्तानी सभ्यता वैश्विक हो जाये, तो क्या आप यह सब बदल जाने का विचार रखते हैं?

किसी भी सभ्यता को अपनाना, बनाना और चलाये रखना तो उस समाज के व्यवहार और व्यवस्था पर निर्भर है। अगर हम हिन्दुस्तानी सभ्यता पर सही ढंग से चलते हैं तो ऐसा क्यों नहीं हो सकता? ज़रूर हो सकता है जब हिन्दुस्तान पूर्ण रूप से आत्मनिर्भर और आर्थिक तौर पर ख़ुशहाल हो जाये। आज की वैश्विक सभ्यता में भी हिन्दुस्तान को हर तरह से सत्य और अहिंसा के गुणों को दुनिया के सामने लाना होगा। विश्व के गुरु होने के सपने की शुरुआत भी तभी हो सकती है। हमें अपनी जड़ों से फिर जुड़ना होगा।

मुझे तो ऐसा हो पाना असम्भव लगता है। यह तो सभी देशों ने समझ लिया है कि आपस में लड़कर किसी को कुछ हासिल नहीं होना। लेकिन जब तक वैश्विकता हिन्दुस्तान पर हावी रहती है तब तक हमें चैन नहीं पड़ सकता। क्योंकि 'पराधीन सपनेहुँ सुख नाहीं' ऐसा कहा गया है। राजनीतिक ग़ुलामी के बाद आर्थिक वैश्विकता के कारण हम नैतिकता में कमज़ोर हुए। हमारा पौराणिक तेज़ चला गया है। लोग समृद्धि और कीर्ति की जल्दबाज़ी में भरमाये, घबराये दिखते हैं। आज हमारी महत्त्वाकांक्षाएँ यम जैसी विकराल हो गयी हैं। पहले इस यम को हमें भगाना होगा।

आप ठीक कहते हैं। डूबता आदमी किसी को नहीं तार सकता। सिर्फ़ तैरने वाला ही डूबते को बचा सकता है। हिन्दुस्तान को तैरने वाला जीवन्त देश बनना होगा। हम गर्व तो हिन्दुस्तानी संस्कृति और संस्कार पर करते हैं लेकिन बनना अमेरिका और यूरोप ही चाहते हैं। हमको अपने अनुसार अपने अच्छे विचार और अच्छे कामों से दुनिया में मिसाल बनना होगा। तभी हमारा विश्व को सन्देश देना सम्भव हो सकेगा। आज हम कौवे होकर हंस की चाल चलना चाहते हैं। फिर

विश्व के गुरु बनना कैसे सम्भव है?

जैसे यूरोप और अमेरिका बना। पहले और द्वितीय विश्व युद्ध के बाद जैसा विकास इन देशों ने किया वैसा हम भी कर सकते हैं। क्या आप इससे इनकार करते हैं?

यूरोप, अमेरिका, चीन और हिन्दुस्तान

यूरोप, अमेरिका, चीन और हिन्दुस्तान

सम्पादक : आपने यूरोप और अमेरिका के समाज कल्याण की बात ठीक कही। उन्हीं ने तकनीकी विकास भी ख़ूब किया। चीन ने भी तेज़ी से अपना विकास किया। लेकिन इसके पीछे के उनके मनोभाव और मशक्कत को भी समझना होगा। हर देश की स्थिति, उसका मौसम और उसके लोगों की मानसिकता एक-दूसरे से अलग होती है। उसको भी समझना ज़रूरी है। यूरोप तो उपनिवेशवाद, आधुनिक हथियार और अपनी मुनाफ़ाखोर नीतियों के कारण सम्पन्न होता गया। जब अति हुई तो दुनिया भर में उपनिवेशवाद और राजशाही के ख़िलाफ़ नाराज़गी जताई जाने लगी। फिर अट्ठारहवीं शताब्दी के आख़िर में अमेरिका के लोगों ने इसके ख़िलाफ़ क्रान्ति की। इंग्लैण्ड को अमेरिका छोड़ना पड़ा। अँग्रेज़ साम्राज्य से अलग हुआ अमेरिका प्राकृतिक सम्पदा का धनी और कई लोकतान्त्रिक राज्यों का विशाल देश बना। इसके बाद अमेरिका ने धीरे-धीरे अपना अलग रास्ता चुना। यह मत भूलिये कि अमेरिकी क्रान्ति करने वाले लोग भी यूरोप से ही निकलकर आये थे। चीन ने तो साम्यवाद की लगन से और अपनी भाषा, संस्कृति को सहेजकर विकास का रास्ता तय किया।

अमेरिकी क्रान्ति से प्रभावित हुए यूरोप के लोगों ने फ्रेंच क्रान्ति की। उदार विचार और उग्र सुधार की ललक ने इतिहास को नयी दिशा में मोड़ा। दुनिया भर की राजशाही पर इसका असर सबसे ज़्यादा पड़ा।

कई देशों ने राजशाही को नकारकर आज़ाद ख़याल और उग्र सुधारवाद को अपनाया। फ्रेंच क्रान्ति के बाद ही यूरोप के देशों की सीमाएँ तय हुईं। राष्ट्रवाद का रोग फैला। हालाँकि लोकतन्त्र के लिए हुई क्रान्ति का परिणाम नेपोलियन की तानाशाही में समाप्त हुआ। नेपोलियन ने फ्रांस के तानाशाह के रूप में एक दशक तक यूरोपीय राजनीति को जकड़े रखा। राजशाही के विरोध में राष्ट्रवाद पनपा। उन्हीं राज्यों के अलग-अलग राष्ट्र बने। नेपोलियन के बाद उन्नीसवीं शताब्दी में फ्रांस के दबाव से निकले राज्य छोटे-छोटे राष्ट्र बने। बिस्मार्क ने जर्मनी, मैज़िनी और गैरिबाल्डी ने इटली बनाया। यूरोप के और भी कई छोटे राज्य टर्की और रूस के साम्राज्यों से निकलकर राष्ट्र बने। फिर राज्यों की आर्थिक तंगी, सीमा के टकराव, कूटनीतिक कटुता, सैनिक शासन के कारण बीसवीं शताब्दी की शुरुआत में पहला विश्व-युद्ध हुआ। कोई हारा, कोई जीता। लेकिन युद्ध के परिणाम सभी के लिए भयावह और भयंकर रहे। पहले विश्व-युद्ध ने सभी को हर तरह से कमज़ोर किया। राष्ट्रों में आत्मसम्मान की कमी और आर्थिक बदहाली के कारण बदले की भावना जागी। तानाशाहों की बदले की भावना के कारण दूसरा विश्व-युद्ध भी हुआ।

फिर नौबत यहाँ तक आयी कि अमेरिका ने जापान पर परमाणु बम फेंक दिया। जापान लगभग तबाह हो गया। उसने अपनी सेना ख़त्म की। लगातार हिंसा से तंग आयी दुनिया को अहिंसा का सत्य समझ आने लगा। लेकिन असली आर्थिक उदारवाद और समाज-कल्याण का काम इन देशों में दोनों विश्व-युद्ध के बाद ही शुरू हुआ। तानाशाह आपस में सत्ता के लिए लड़ते और आम यूरोपीय जनता उनकी ग़ुलामी करने पर मजबूर होती। फिर तानाशाही के ख़िलाफ़ दुनिया में माहौल बना। सत्ता को आम लोगों के कल्याण में लगना पड़ा। उपनिवेशी देशों को लूटा गया। उग्र राष्ट्रवाद के कारण आम जनता का सत्ता पर ज़ोर बढ़ने लगा। तब जाकर युद्ध और अस्त्र-शस्त्र को ग़लत मानकर दुनिया के सत्ताशाहों ने आम लोगों की ओर देखना शुरू किया। अमेरिका

और यूरोप की आर्थिकी ने एक-दूसरे की समाज-कल्याण होड़ को बढ़ावा दिया। दुनिया में लोकतन्त्र की बहाली हुई। समाज-कल्याण और आर्थिक उदारवाद का लोकतन्त्र फैलने लगा। सभी की समझ में आया कि तब का राष्ट्रवाद, सच्ची राष्ट्रसेवा नहीं थी।

हिन्दुस्तान पश्चिम की सामाजिकता और मानसिकता से अलग है। इसलिए जो अमेरिका और यूरोप में चला वो यहाँ नहीं चल सकता था। हालाँकि हिन्दुस्तान के राजा-महाराजा भी यूरोप के राजा-महाराजाओं की नक़ल करने में ही लगे थे। हिन्दुस्तान की जनता इसके बावजूद अपने संस्कार और संस्कृति पर अडिग रही। कोई राष्ट्रवादी हिंसात्मक क्रान्ति नहीं हुई। अँग्रेज़ अहिंसक तौर पर मिलनसारी में गये। विभाजन की हिंसा छोड़ दें तो हिन्दुस्तान ने अहिंसा से आज़ादी हासिल कर दुनिया में मिसाल रखी। अब ऐसे अमेरिकी और यूरोपीय माहौल की नक़ल की जाये, तो कितना सही होगा? ऐसा हो पाना भी मुश्किल ही है। चीन ने अपनी विशाल आबादी को बिना स्वतन्त्रता दिये उपभोग की पैदावार बढ़ाने में जुटाया। आज चीन की अर्थव्यवस्था तो समृद्ध है लेकिन उसके समाज की रचनात्मक स्वतन्त्रता आहत है।

आज हिन्दुस्तान में राजा-महाराजाओं की जगह राजनीतिक नेताओं ने और आर्थिक उदारवाद से निकले एकाधिकार पाये उद्योगपतियों ने ले ली है। विकास के नाम पर ये जनता के धन और मन से खिलवाड़ करते आये हैं। ख़ुद की रईसी की आस ने भ्रष्टाचार का ज़हरीला फ़न फैलाया। इनका ख़ुद का जीवन शान और शौक़त में बीतता रहा। मगर आम जनता दरिद्रता में ही निर्वाह करती रही है। क्या ऐसी ही लोकतान्त्रिक राजनीति पर हम नाज़ कर सकते हैं? और क्या यही सामाजिक स्वतन्त्रता और आर्थिक आज़ादी का परिणाम होना चाहिए? क्या ऐसी ही स्वार्थसेवा को हम अपना विकास मानें?

> आप तो बहुत आगे बढ़ गये। इन देशों की तरह हमें सम्पन्न होने के लिए इनकी नक़ल में विकास करना पड़े तो क्या ख़राबी है?

कहावत है न 'नक़ल के लिए भी अक़ल ज़रूरी है।' हिन्दुस्तान को अपने विकास का रास्ता अपने हिसाब से ही चुनना होगा। हिन्दुस्तान का विकास तो यहाँ की स्थितियों, पर्यावरण और मानसिकता को ध्यान में रखकर ही होना चाहिए। मोटरकार के लिए लम्बी-चौड़ी सड़कें बनाना, उन्हीं के लिए हाई-वे और फ़्लायी-ओवर बनाना एकतरफ़ा विकास है। हिन्दुस्तान के ५ प्रतिशत गाड़ीवाले और उद्योग का सामान लाने ले जाने के अलावा इसको आम जनता का विकास नहीं माना जा सकता। सभी के पास गाड़ियाँ हों इसमें कई सौ साल लग सकते हैं। फिर हर गाड़ी के लिए सड़कें बनायी जा सकें तो ऐसा शायद ही मुमकिन होगा। आधुनिक सभ्यता में फँसे लोग भी यह काम पूर्ण रूप से नहीं कर सकते। फिर आज की तेज़-रफ़्तार जीवन शैली में मानव पर दौड़ का दबाव और उसके मन पर तनाव बढ़ता ही जा रहा है। शरीर कमज़ोर और तन्दुरुस्ती छिनती जा रही है। क्या हम इन सुविधाओं के कारण पहले से ज़्यादा ख़ुश हुए हैं?

यूरोप ने जो विकास के नाम पर ग़लतियाँ की उनका आभास उनको जल्दी समझ भी आ गया। उन्हें सुधारने में भी वे लगे। सन् १९७० के दशक में वहाँ धड़ल्ले से मोटर गाड़ियाँ बनायी जा रही थीं। उन गाड़ियों की तेज़ रफ़्तार के लिए तेज़ी से सड़कें बनायी गयी। आँखों देखी, समझी बात बताता हूँ। जब पहली बार क्रिकेट खेलने सन् १९८८ में इंग्लैण्ड गया तो हैस, लन्दन के पास का एक गाँव था। शान्ति, सुकून और सौहार्द से सम्पन्न गाँव। लेकिन जब आख़िरी बार खेलने सन् २००१ में गया तो हैस शोर-शराबे, भीड़-भाड़ और लगातार पुलिस की गाड़ियों के सायरन से त्रस्त हो चुका था। फिर जब सन् २०१५ में गया तो हैस वापस शान्ति, सुकून और सौहार्द का गाँव दिखा। क्योंकि उनको समझ आ गया था कि सड़कें लम्बी-चौड़ी करने से एकमात्र फ़ायदा मोटरकार कम्पनियों का ही हुआ। वहाँ का ग़रीब और मज़दूर भी ख़ुद की गाड़ी होने को ही शान और सम्मान समझने लगा था। फिर जगह-जगह जाम लगने लगे। लोग परेशान रहने लगे। मोटरकार निजी

वैभव भर दर्शाने का साधन बना। निजी वैभव का यह संक्रमण दुनिया भर में फैला। हिन्दुस्तान को भी इंग्लिस्तान बनाने का सपना देखा और दिखाया जाने लगा। यही आधुनिक सभ्यता के नशे में पड़े लोगों की विकास नीति बनी।

> यह तो आपने ठीक कहा। अँग्रेज़ों की ही तरह हमारे सत्ताधीशों ने भी हमें लूटा। विकास के नाम पर गिने-चुने लोगों की सुविधाओं का ही ध्यान रखा गया। आज इनको-डराया धमकाया क्यों नहीं जा सकता? जैसे डर के कारण लार्ड मार्ले को हिन्दुस्तान के भले की नीति बनानी पड़ी थी, वैसे ही आज के नेता भी हमारे डर से सही विकास करेंगे।

डर का लोकतन्त्र स्वराज नहीं हो सकता। स्वराज के लिए नैतिक निर्भीकता ज़रूरी है। निडरता का समाज ज़रूरी है। क्या हम चाहेंगे कि हमारे द्वारा ही चुने गये हमारे प्रिय नेता हमारी सेवा डर से करें? सच्ची सेवा तो नैतिक निडरता से ही हो सकती है। नेता में अगर नैतिकता न हो तो उन्हें सेवा के योग्य भी नहीं माना जायेगा। लोकतन्त्र ऐसे नेता को चुनने, या नहीं चुनने की स्वतन्त्रता भी हमें देता है। जनता अगर नैतिकता पर चले तो उसके नेता उससे भटक नहीं सकते। हिन्दुस्तान की जनता को स्वार्थ से ऊपर उठकर, निडरता से ऐसे नेता चुनने की आदत बना लेनी चाहिए जो नैतिकता में धनी हो। फिर सेवा न तो डर से होगी, न ही नैतिकताविहीन होगी।

हिंसा-अहिंसा; साधन-साध्य

हिंसा-अहिंसा; साधन-साध्य

पाठक : गाँधी जी भी विचित्र बात करते थे। कहा था : 'डर से दिया हुआ जब तक डर रहे तभी तक टिकता है।' आज तो राष्ट्रवाद को भी डर से फैलाने की मुहिम चलायी जा रही है। आप इसके क्या नतीजे देखते हैं?

सम्पादक : यह ग़लत है। ऐसा होना सम्भव भी नहीं है। राष्ट्र-प्रेम तो स्वत: स्फुरित होना चाहिए। हिंसा के डर से फैलाया जा रहा राष्ट्रवाद टिकने वाला नहीं। सौहार्द और अमन-शान्ति का माहौल ही राष्ट्र में सच्ची राष्ट्रभक्ति के उजागर होने का कारण हो सकता है। राष्ट्र तो उसको अपना मानने वाले लोगों से बनता है। उसकी सीमायें और भूमि के आकार-विस्तार से राष्ट्र नहीं बनते। डर से फैलाया जा रहा राष्ट्रवाद भी जब तक डर रहेगा तभी तक टिका रह सकेगा।

यह तो आप भी जानते ही हैं कि सन् १८५७ का पराक्रमी विद्रोह हिंसा के सहारे किया गया था। हिंसा और न फैले इसलिए अँग्रेज़ रानी ने तब अमन-शान्ति बनाये रखने का ऐलान ख़ुद भेजा था। लेकिन थोड़े ही दिनों में जब अपने भोले लोगों ने शान्ति कायम की तो हथियार बल में समृद्ध अँग्रेज़ों ने इस ऐलान की अवमानना शुरू कर दी। अँग्रेज़ों ने विद्रोह के डर से शान्ति प्रस्ताव रखा था। हिंसा के डर से ज़रूर थोड़े

समय के लिए अमन-शान्ति देखने को मिलती है। अहिंसा का महत्त्व भी हिंसा के दौरान ही समझ आता है। उस महान् विद्रोह का जब तक डर रहा, तभी तक अँग्रेज़ शान्त रहे। लेकिन फिर अँग्रेज़ नयी तरह से सक्रिय हुए। हिंसक विद्रोह विफल करने, योजना बनाने में लगे। यही हिंसक विद्रोह और अहिंसक आन्दोलन का अन्तर है।

आख़िर हिंसक विद्रोह का परिणाम क्या हुआ? कुछ महान् राष्ट्रभक्त यों ही अपनी जान गँवाकर शहीद हुए। इसके बावजूद, यह मत भूलिए कि धरती की ज़्यादातर आबादी शान्तिप्रिय और अहिंसक ही रही है। वर्ना कुछ सिरफिरों के कारण धरती कितनी ही बार नष्ट हो चुकी होती। इसलिए मेरा पूरा विश्वास है कि मानवता का मन हिंसा के बजाय अहिंसा में लगता है। सारी हिंसा या तो सत्ता पाने की महत्त्वाकांक्षा से या सत्ता खोने के डर से ही उपजती है। जीवन जीने और उसके विकास के लिए हिंसा कभी नहीं हुई। हर स्थिति में मानव अपने विकास के अहिंसक रास्ते खोजता ही रहा है।

हाल ही में बरसों से लटकता राममन्दिर-बाबरी मस्जिद के ज़मीन का मुद्दा सुलझाने पर सर्वोच्च न्यायालय का फ़ैसला आया। राममन्दिर के समर्थन के लिए सन् १९९२ में हिन्दुस्तान भर में रथ-यात्रा निकाली गयी थी। नेताओं द्वारा जुटायी भीड़ ने बाबरी मस्जिद का गुम्बद गिराकर क़ानून तोड़ा था। लेकिन जब हाल ही में इसके ज़मीन मुद्दे पर फ़ैसला आया तो वह लोकतन्त्र के संविधान और जनमत की आस्था को ध्यान में रखकर लिया गया फ़ैसला माना गया। जनमत जुटाकर तानाशाही में फ़ैसले को मरोड़ना लोकतान्त्रिक क़ानून के दायरे में ही आता है। जनता का जनमत जीतकर तानाशाही में भी लोकतान्त्रिक फ़ैसले को क़ानून विरोधी नहीं माना जा सकता है। क़ानून तोड़ने के कारण सन् १९९२ में हज़ारों लोग दंगों में मारे गये थे। लेकिन सन् २०१९ के लोकतान्त्रिक फ़ैसले में कहीं कोई दंगे नहीं हुए। इस फ़ैसले से भी साधन-साध्य को समझा जा सकता है।

आपकी यह बात आपके ही ख़िलाफ़ जाती है। आज़ादी से पहले अँग्रेज़ों ने जो कुछ हासिल किया वह मार-काट और लूट के साधन से ही हासिल किया। आज हिन्दुस्तान में अरबपतियों की कमी नहीं। उन्होंने बेशक मार-काट से नहीं लेकिन लूट-मार से बेइन्तिहा धन बटोरा है। अँग्रेज़ों की तरह इन लोगों ने भी साधन की परवाह किये बिना अथाह धन बटोरा। फिर हम अपनी मुराद पूरी करने के लिए साधन का ध्यान या विचार क्यों करें? अगर मेरे घर में चोर घुसे तब क्या मैं साधन का विचार करूँगा? मेरी कोशिश तो उसे किसी भी तरह बाहर निकालने की ही होगी। हिंसा के साधन से अमन-शान्ति को साधने की कोशिश बरसों से चली आ रही है।

विरोध में हमने अँग्रेज़ों को कितनी अर्ज़ियाँ भेजी होंगी लेकिन उससे कोई फ़र्क़ पड़ा था क्या? आज़ाद हिन्दुस्तान में आज भी सरकारों को अर्ज़ियाँ भेजी जाती हैं। उनकी भी कोई सुनवाई नहीं होती। ज़रूरत हो उतनी मार या सज़ा का डर तो बनाये रखना ही चाहिए। बच्चा अगर आग में पाँव डाले और मना करने पर नहीं माने तो उसके भले के लिए उसको मार का डर तो दिखाना ही पड़ता है। साधन कैसा भी हो हम साध्य तक पहुँचें, यही हमारा उद्‌देश्य होना चाहिए।

आपने दलील अच्छी दी है। लेकिन यही दलीलें देकर हम साधन की नैतिकता से भटकते आये हैं। धोखा खाते रहे हैं। साधन से साध्य का परिणाम भी तय होता है। सच्चे साध्य को पाने के लिए सही साधन ही ज़रूरी होने चाहिए। यह विचार आ सकता है कि अँग्रेज़ों ने जो कुछ पाया लूट-मार-काट करके पाया, इसलिए हम भी वैसा ही करके मनचाहा पायें। लेकिन फिर इस साधन से उन्हें जो मनमुटाव का माहौल मिला है वही हमें भी मिलेगा। यह तो आप मानेंगे कि बन्दूक के डर का माहौल हमें नहीं चाहिए। दुनिया में कहीं भी बन्दूक के सहारे अमन शान्ति नहीं लायी जा सकी है। लेकिन सत्तायें और सत्ताधारी लगातार हिंसा के रास्ते अमन-शान्ति का ढोंग करते देखे ही जाते हैं।

आप कहते हैं कि साधन और साध्य, या ज़रिया और मुराद के बीच कोई सम्बन्ध नहीं। क्षमा करें, इसको मैं आपकी भूल ही मानूँगा। साधन ही साध्य की सफलता-असफलता निर्धारित करता है। धतूरे का पौधा लगाकर मोगरे के फूल की इच्छा नहीं की जा सकती। समुद्र पार करने का साधन पानी का जहाज़ ही हो सकता है। बैलगाड़ी से समुद्र पार करने की कोशिश नाकाम ही रहेगी। साधन ही वह बीज है जिससे पेड़ का साध्य हासिल किया जाता है। जितना सम्बन्ध बीज और पेड़ में है उतना ही साधन और साध्य में है। ऐसी ही एक कहावत भी प्रचलित है : 'जैसे देव, वैसी पूजा।' शैतान का भजन करने पर, ईश्वर श्रद्धा पाने की आस सम्भव नहीं। इसको कोरा अज्ञान ही मानना होगा।

आज के अधिकार और कर्तव्य का भेद भी इसी कारण है। हमें अधिकार तो चाहिए, लेकिन कर्तव्य हम भूल गये हैं। आज अपने लोकतन्त्र में फैले भ्रष्टाचार का कारण भी साधन और साध्य का भेद ही है। ग़लत रास्ते से सही मंज़िल पाना मुश्किल ही रहा है। फिर आपने चोर और चोरी की बात की। इसको चोर कौन है, इससे भी समझना होगा। मान लो मुझे आपकी घड़ी अच्छी लगी। अगर मुझे आपकी घड़ी छीननी हो तो मार-पीट करनी होगी। अगर ख़रीदनी हो तो उसके दाम देने होंगे। अगर घड़ी उपहार के तौर पर चाहिए तो मुझे विनती करनी होगी। घड़ी पाने के लिए मैं जो साधन काम में लूँगा उसके अनुसार घड़ी चोरी की, ख़रीदी हुई या भेंट में मिली होगी। तीन अलग साधन से तीन अलग परिणाम आयेंगे। शायद अब आपको साध्य के लिए साधन का महत्त्व समझ आये। फिर साधन की चिन्ता क्यों न हो?

अब चोर को घर से निकालने की बात पर ध्यान दें। इसके लिए चाहे जो साधन काम में लेने की बात से भी मैं सहमत नहीं हूँ। मान लो मेरे पिता ही चोरी करने आते हैं तो मैं कौन-सा साधन काम में लूँगा? फिर अगर कोई जानकार या अनजान चोरी करने आता है तो साधन में फ़र्क़ होगा। अगर वह मेरे बराबर का है तो अलग, और अगर वह

हथियारबन्द, ताक़तवर चोर है तो कोई तीसरा साधन अपनाना होगा। पिता हो, ताक़तवर हो या हथियारबन्द चोर हो उनके आगे मैं शायद चुपचाप सोता ही रहूँ। आप चोर के मुताबिक ही उसे निकालने का साधन काम में लेंगे। इसलिए, लिए गये साधन के मुताबिक ही उसका नतीजा भी आयेगा। फिर चोर के प्रति जो साधन गाँधी जी अपनाने की ओर संकेत करते हैं वह तो आज सिरफिरा ही माना जायेगा। लेकिन समाज के प्रति सच्ची भावना रखने वाले वही करेंगे। व्यक्ति के चोरी करने की भावना को ही मिटा देने की क्षमता समाज में पनपनी चाहिए। सज़ा के डर से ज़्यादा, पश्चाताप और फिर चरित्र सुधार ही समाज में आदर्श स्थापित कर सकता है। बदले की भावना में बदलाव आना चाहिए। भय की भावना से निकलकर समाज को अभय होना सीखना होगा। तभी वह सभ्य समाज हो सकता है। आप चोर की भावना को स्नेह से बदल सकें तो वह भी एक सुलभ साधन ही है। अच्छे नतीजे लाने के लिए साधन भी अच्छे ही लाने होंगे।

हथियार बल से ज़्यादा ताक़तवर तो दया बल होता है। हथियार के इस्तेमाल में किसी न किसी की हानि होती ही है। लेकिन दया बल में कभी किसी की हानि नहीं। दया-बल की हिम्मत और ताक़त आत्म-बल से मिलती है। जिस आधुनिक सभ्यता में आत्मा का अस्तित्त्व ही न माना जाता हो, उस में आत्म-बल ज़रा मुश्किल है। इसलिए अगर सज़ा के डर से कोई चोरी नहीं करता, तो सज़ा का डर मिट जाने पर फिर चोरी करने की उसकी इच्छा होगी। और वह फिर चोरी करने लगेगा।

आपने अर्ज़ी लिखने को महत्त्व का नहीं माना। लेकिन सचाई यह है कि अगर अर्ज़ी के पीछे नैतिक बल न हो तो वह निकम्मी ही मानी जायेगी। इतना तो ज़रूर है कि अर्ज़ी लिखने से लोगों को उस मुद्दे की जानकारी मिलती है। आज सूचना का अधिकार इसीलिए क़ानून बना है। लोगों की जानकारी के लिए यह सूचना का सही साधन है। अर्ज़ी ही राजकर्ता को चेताने या चेतावनी देने के काम आती है। बराबरी के

बल की अर्ज़ी को नम्रता की निशानी माना जायेगा। ग़ुलामी की अर्ज़ी को उसकी ग़ुलामी की निशानी माना जायेगा। अगर अर्ज़ी के पीछे डराने का बल होगा तो इसका नतीजा हम देख चुके हैं। अगर अर्ज़ी बराबरी और आत्म-बल से लिखी जाये तो सामने वाले के पास झुकने के अलावा चारा नहीं बचता। अर्ज़ी में आत्म-बल से सत्य का आग्रह होना चाहिए। जिसमें सत्य का आत्म-बल है उसका हथियार बल कुछ नहीं बिगाड़ सकता।

बच्चे को आग में पाँव डालने से रोकने में दया बल को काम में लेना होगा। बच्चे को अपने स्वार्थ का भान नहीं रहता। उसकी तो बस भोली ज़िद होती है। आप अपने दया बल से उसके स्वार्थ की बात उसको समझा सकते हैं। लेकिन जो बड़े हैं, जो स्वार्थ में पड़े हैं उनको न दया-बल समझ आयेगा, न नैतिक बल। उनसे तो अहिंसक आत्म-बल से ही निपटना होगा।

सभी जानते हैं गाँधी जी अहिंसा के सबसे बड़े प्रवक्ता थे। अक्सर उन पर आक्षेप भी लगे कि वे अपनी अहिंसा प्रवृत्ति के द्वारा हिन्दुस्तान की जनता की कमज़ोर मानसिकता दर्शाते थे। सन् १९१७ के चम्पारण सत्याग्रह के दौरान वहाँ के निलहों और उनके गुण्डों ने जब गाँवों में किसानों पर अत्याचार किये तो कुछ अपनी पत्नी और बच्चों को छोड़कर भाग गये। गाँधी जी तक जब यह सूचना जे. बी. कृपलानी ने पहुँचायी तो इससे गाँधी जी परेशान हुए। उन्होंने जो कहा वह भी ध्यान रखने लायक है : "यदि गाँववालों की इतनी हिम्मत नहीं थी कि गुण्डों से अहिंसक रीति से मुक़ाबला करते हुए अपनी जान दे देते, तो उन्हें लाठियों से दुष्टों से लड़ना चाहिए था, और इस तरह भयभीत होकर भाग नहीं जाना चाहिए था। यह कायरता है।" गाँधी जी की अहिंसा तो मानवता का अभय आत्म-बल था।

सत्याग्रह और आत्म-बल

सत्याग्रह और आत्म-बल

पाठक : गाँधी जी ने ज़रूर सत्याग्रह और आत्म-बल की बात की थी। लेकिन दुनिया के इतिहास में इसका कोई अन्य प्रमाण मिलता है क्या? छोटी-मोटी घटनाओं के अलावा एक भी राष्ट्र इस बल से ऊपर चढ़ा हो ऐसा देखने में नहीं आया। सज़ा काटने और मार-पीट के डर के बिना बुरे लोग सीधे रास्ते चलते ही नहीं हैं। आज ऐसा ही अपना समाज बन गया है।

सम्पादक : आपको याद दिलाना चाहूँगा। सन् २०११ की शुरुआत में सिर्फ़ तीन हफ़्तों के अहिंसक असहयोग ने हुस्नी मुबारक के तीस साल से चले आ रहे हिंसात्मक तानाशाह राज को घुटने टेकने पर मजबूर कर दिया था। विश्व ने भय और निर्भय से अलग अभय का अनूठा उदाहरण देखा था। जब दस लाख अहिंसक लोग मिस्त्र की राजधानी काहिरा के तहरीर चौक पर जमा हुए तो मुबारक की हिंसक कोशिशें नाकाम हो गयीं। सेना को अपने निर्देश पर चलाने वाले मुबारक को आख़िर उसी सेना से बचकर काहिरा से भागना पड़ा था। सेना के ज़ोर पर ही मिस्त्र या इज़िप्ट में सत्ता पायी और चलायी जाती रही है। वहीं की जनता के अभय और आत्म-बल के कारण मुबारक को अपनी ही सेना और सत्ता को छोड़कर भागना पड़ा था।

कवि तुलसीदास के नाम से मशहूर एक दोहा पढ़िये :

> 'दया धरम को मूल है, पाप मूल अभिमान,
> तुलसी दया न छाड़िए, जब लग घट में प्राण।'

धर्म का मूल तो दया ही है। अभिमान पाप का मूल है। इसमें सन्त प्रार्थना कर रहे हैं कि जब तक प्राण है तब तक दया छूटे नहीं। मेरी आस्था भी इस वाक्य को शास्त्र वचन मानने की ही है। जैसे दो जमा दो हो, या दो गुणा दो हो, वह चार ही होता है। ऐसा ही भरोसा मुझे भी इस वचन पर है। दया-बल आत्मा का बल है जिसके प्रमाण पग-पग पर दिखायी देते हैं। सत्याग्रह जैसा पढ़ने में आता है—'सत्य का आग्रह'—है। दया-बल से ही सत्य का आग्रह हो सकता है। अगर संसार के लोगों में यह बल नहीं होता तो पृथ्वी कभी की रसातल में मिल गयी होती।

लेकिन आप इसके इतिहास में प्रमाण चाहते हैं। इतिहास शब्द का अर्थ है—'ऐसा हो गया'। अगर ऐसा अर्थ करें तो अनेक प्रमाण मिल जायेंगे। लेकिन इतिहास का जब अँग्रेज़ी में तरजुमा किया जाता है तो वह 'हिस्ट्री' हो जाता है। हिस्ट्री यानी 'हिस-स्टोरी', यानी उसकी कहानी। यानी तब के राजा-महाराजा व बादशाहों और सत्ताधीशों की कहानी का इतिहास। 'हिस्ट्री' के अर्थ में देखने जायेंगे तो सत्याग्रह का प्रमाण नहीं मिलेगा। क्योंकि ज़िंक (जस्ता) की खान में अगर चाँदी ढूँढ़ेंगे तो कैसे मिलेगी? हिस्ट्री में तो दुनिया के कोलाहल की ही कहानी मिलेगी। राजाओं, बादशाहों व साम्राज्यों के लड़ने-भिड़ने, खेलने-ख़ून करने और बैर-सैर करने की कहानी ही मिलेगी। आज सभी कुछ सत्ता के दम-ख़म पर या उसके असर को दर्शाने के लिए लिखा और लिखाया गया इतिहास है। क्या आप दुनिया का इतिहास इतना भर ही मानते हैं? अगर दुनिया की कहानी लड़ाई से शुरू हुई होती तो मानवता ज़िन्दा नहीं बच पाती। यह समझना कोई विज्ञान नहीं है। विज्ञान का तो फिर भी इतिहास है लेकिन इतिहास का कोई विज्ञान नहीं होता। जो प्रजा या जनता लड़ाई का भोग बनी, उसकी दशा ऐसी ही होती आयी है।

आस्ट्रेलिया या अमेरिका के मूल निवासियों का नामोंनिशां मिटा क्योंकि उनमें सत्याग्रह और बलिदान की समझ नहीं थी। वे लड़ना ही जानते थे इसलिए लड़ते-लड़ते ही मिट भी गये। जो बन्दूक या हथियार पर जीते हैं, वो बन्दूक या हथियार से ही जाते हैं।

दुनिया की आबादी लगातार बढ़ती ही रही है। यह बताता है कि दुनिया का आधार हथियार बल पर नहीं रहा है। सत्ता को छोड़ दें तो समाज का बल तो सत्य, दया और आत्म-बल पर ही रहा है। इसीलिए दुनिया लड़ाई के हंगामे और कोलाहल के बावजूद आज भी टिकी हुई है। करोड़ों लोग आज भी प्रेम से जीवन गुज़र-बसर करते हैं। कुटुम्बों का क्लेश प्रेम की भावना में समाता रहा है। सैकड़ों राष्ट्र मेल-जोल और मित्रता से रह रहे हैं। यह सब हिस्ट्री क्यों नोट नहीं करती है? जब दया की, प्रेम की, सत्य की धारा रुकती या टूटती है तभी हिस्ट्री में वह दर्ज होती है।

मान लो एक घर के दो भाई, या मुहल्ले के दो दोस्त आपस में लड़ते हैं। अगर उनमें से एक सत्याग्रह बल को व्यवहार में लाता है तो हो सकता है, दोनों फिर से मिल-जुलकर रहने लगें। इसका नोट कोई हिस्ट्री नहीं लेगी। लेकिन अगर वे लड़ते रहें, हथियार इस्तेमाल में लें और अदालत तक पहुँच जायें तो बेशक अख़बार में ख़बर छपेगी। बातें बनेंगी, और तब बेशक वे इतिहास में दर्ज हो जायें। इसलिए जो बात घर, गाँव, जाति या इतिहास के बारे में सच है वही राष्ट्रों के बारे में भी समझ लेनी चाहिए। दुनिया में दो अलग क़ानून चल सकते हैं, ऐसा मानने का कोई कारण नहीं है। अस्वाभाविक को ही हिस्ट्री दर्ज करती है। गाँधी इतिहास-पुरुष हुए इसलिए उनके सत्याग्रह के प्रयोगों को इतिहास में दर्ज किया गया। गाँधी जी ने भी सत्याग्रह के सिद्धान्त हिन्दुस्तान की सांस्कृतिक परम्परा से ही सीखे थे। सत्याग्रह मानव का स्वाभाविक व्यवहार है इसलिए उसे इतिहास में दर्ज करने की ज़रूरत नहीं रही।

> मुझे तो यही समझ में आता है कि सत्याग्रह और आत्म-बल की मिसालों में आज किसी का विश्वास नहीं है। फिर भी इसे धैर्य से समझना होगा। सत्याग्रह और आत्म-बल को साफ़ शब्दों में कह सकें तो समझने में आसानी होगी।

इतिहास और हिस्ट्री का अन्तर तो आपकी समझ में आ गया होगा। साधारण अर्थ में समझें तो सत्य के लिए अन्याय या अन्यायी के ख़िलाफ़ लड़ाई तो चलनी ही चाहिए। लेकिन यह लड़ाई बिना क़ानून तोड़े और सज़ा भुगतने के आत्म-बल से लड़ी जानी चाहिए। मिस्र में हुस्नी मुबारक की तानाशाही के विरोध में जो अहिंसक आन्दोलन चला उसमें राजनीति विज्ञान के प्रसिद्ध लेखक ज़ीन शार्प का भी योगदान रहा। उन्होंने एक किताब लिखी थी—'तानाशाही से लोकतन्त्र : मुक्ति की वैचारिक रूपरेखा'। चौबीस भाषाओं में अनुवाद की गयी यह किताब अरबी भाषा में भी है। मिस्र में इसकी लोकप्रियता थी। शार्प का मानना था कि भ्रष्ट, हिंसक और दमनकारी शासन का तख़्ता पलटने के लिए अहिंसा सब से कारगर औज़ार है। आज के सोशल मीडिया ने भी इस आन्दोलन में जागरूक होकर प्रचार किया था।

दक्षिण अफ्रीका के दिनों में गाँधी जी ने सत्याग्रह के प्रयोगों पर लेख लिखे थे। वहाँ के लोगों ने इन प्रयोगों को अँग्रेज़ी शब्द के 'पैसिव रेज़िस्टेन्स' से समझा। दक्षिण अफ्रीका में ही गाँधी जी ने इसके लिए सही नाम 'सत्याग्रह' खोजा और प्रयोग में लिया। सत्य के आग्रह के साथ आत्मा के बल की बात रखी। इंग्लैण्ड में पैसिव रेज़िस्टेन्स को शस्त्र उपयोग न कर पाने वाले कमज़ोर आन्दोलनकारी माना जाता था। गाँधी जी वहीं समझ गये थे कि 'पैसिव रेजिस्टेन्स' उनका सत्याग्रह नहीं है। लेकिन दक्षिण अफ्रीका के ही दिनों में गाँधी जी ने 'पैसिव रेज़िस्टेन्स' नाम से तीन फुटबॉल क्लब चलाये थे। फुटबॉल खेलने के अलावा इन क्लबों का काम था लोगों में अधिकारों के प्रति जागरूकता, और दुख झेलने की सीख। अधिकारों के लिए अहिंसक तौर पर सत्य

और आत्म-बल से लड़ने के प्रयोग हुए। गाँधी जी ने इसे परिभाषित किया था : 'अहिंसा से सत्य का आग्रह करना, और आत्म-बल से दुख झेलना।' गाँधी जी के लिए महत्त्वपूर्ण था कि साध्य को पाने के साधन शुद्ध ही हों।

गाँधी जी हिन्दुस्तान की स्वतन्त्रता के लिए सभी भारतीयों का एकजुट होना भी ज़रूरी मानते थे। इसलिए उनके साधनों में खेलों के प्रयोग भी साध्य पाने के शुद्ध साधन रहे। मुम्बई में क्रिकेट खेल की लोकप्रिय प्रतियोगिता अँग्रेज़ चलाते थे। अँग्रेज़, पारसी, हिन्दू और मुस्लिम टीमों के बीच 'क्वॉडरेंगुलर' या चार टीमों की क्रिकेट शृंखला खेली जाती थी। अन्य जाति जैसे दलित लोग भी क्रिकेट खेलना चाहते थे। कुछ समय बाद पाँचवीं टीम 'रेस्ट' या अन्य की टीम भी खेलने लगी। 'पैंटांगुलर' या पंचभुजीय क्रिकेट शृंखला खेली जाने लगी। गाँधी जी को पन्थ-मज़हब के लोगों के बीच खेली जाने वाली इस प्रतियोगिता का मलाल था। गाँधी जी सन् १९३० में लम्बे समय तक मुम्बई में रहे। तभी का उनका एक पत्र है जो उनने इस प्रतियोगिता के आयोजकों को इसी बात का खेद जताते हुए लिखा था। गाँधी जी फिर 'डाण्डी यात्रा' पर निकल गये थे। लेकिन इतिहास गवाह है कि सन् १९३० से सन् १९३३ तक यह प्रतियोगिता बन्द रही। फिर यही प्रतियोगिता सन् १९३४ में रणजी ट्रॉफी के नाम से शुरू हुई जो आज तक लोकप्रियता में चल रही है। राज्यों की नयी प्रतियोगिता का नाम टेस्ट क्रिकेट खेलने वाले पहले भारतीय रणजीत सिंहजी के नाम पर रखा गया। डाण्डी यात्रा के नमक सत्याग्रह के बाद देश की राजनीति ने नया मोड़ लिया और क्रिकेट खेल का मुद्दा छोटा पड़ गया। लेकिन गाँधी जी द्वारा साध्य को साधने के ऐसे ही सच्चे प्रयास चलते रहे।

अभी के माहौल में देखें तो मिसाल के तौर पर सरकार का नागरिक संशोधन क़ानून लेते हैं। कोई आदेश अगर किसी को पसन्द नहीं आता है तो उसके विरोध में लोग निश्चित जगह, बिना क़ानून तोड़े अहिंसक

आन्दोलन कर सकते हैं। अगर इस क़ानून के विरोध में लोग हमला बोलते हैं तो सरकार को भी सज़ा देने का हक़ बनता है। इसकी नौबत नहीं आनी चाहिए। शरीर बल का इस्तेमाल किये बिना विरोध हो, और आन्दोलन चले। विरोध में खड़े लोग सज़ा भुगतने के लिए भी तैयार रहें तभी वह आत्म-बल का सत्याग्रह माना जायेगा। बलिदान देने के आत्म-बल को ही सच्चा सत्याग्रह कह सकते हैं। ऐसी लड़ाई में लड़ाई छेड़ने वालों को ही दुख भोगने और कष्ट सहने को तैयार रहना चाहिए। हिन्दुस्तान में अपने राजा-महाराजाओं और बादशाहों के आदेश के विरोध में लोग ऐसे अहिंसक आन्दोलन करते रहे हैं। सत्याग्रह ही उन लोगों को इसकी स्वतन्त्रता देता है। यही सत्याग्रह की सफल कुंजी है।

> यह तो आप क़ानून विरोधी बात करते हैं। जबकि हमारी गिनती हमेशा क़ानून को मानने वाली जनता में रही है। आप तो अराजक होकर 'एक्स्ट्रीमिस्ट' जैसी बातें करते हैं। क़ानून आज अपनी ही संसद बनाती है। क़ानून के राज में अराजकता का राग कैसे अलापा जा सकता है?

क़ानून को मानने वाली जनता भी हिन्दुस्तान इसीलिए है क्योंकि हम सांस्कृतिक तौर पर मनोभाव से अहिंसक सत्याग्रह में विश्वास रखते हैं। आज दुनिया भर में रह रहे हिन्दुस्तानी इसी सत्याग्रही व्यवहार के कारण माने और जाने जाते हैं। क़ानून जब पसन्द न आये तब हम क़ानून बनाने वाले का सिर नहीं फोड़ते, उस पर बन्दूक या तोप नहीं चलाते। बल्कि ऐसे क़ानून को रद्द कराने के लिए ख़ुद उपवास करते हैं और दुख उठाते हैं। यह मानवता का स्वाभाविक, प्राकृतिक विरोध का तरीक़ा है।

क़ानूनी आदेश अच्छे हों या बुरे हों, उनको मानना ही चाहिए यह अर्थ तो आजकल ही बना है। पहले ऐसा नहीं था। ग़लत आदेशों का लोग अनादर करते रहे हैं। और क़ानून तोड़ने की सज़ा भुगतते थे। अगर कोई आदेश हमें पसन्द न हो, तो भी उसके मुताबिक ही चलना चाहिए,

यह सीख ही पुरुषार्थ के विरुद्ध है। धर्म के ख़िलाफ़ है। ग़ुलामी की हद है। जिस आदमी में सच्ची इनसानियत है और जो ईश्वर या ख़ुदा पर प्रेम, श्रद्धा रखता है, वह किसी और से नहीं डरेगा। दूसरे के बनाये आदेशात्मक क़ानून से वह बाध्य नहीं होता। बेचारी सरकार भी नहीं कहती कि 'तुम्हें ऐसा करना ही पड़ेगा'। वह तो सिर्फ़ कहती है 'तुम ऐसा नहीं करोगे तो तुम्हें सज़ा होगी'। हम स्वयं अपने भोलेपन में मान लेते हैं कि हम जो भी सही या ग़लत करते हैं वह क़ानून के हिसाब से ही सिद्ध होना चाहिए। बेशक हमारी नैतिकता में धर्म ज़रूरी है। लोगों को सीखना होगा कि जो आदेश या क़ानून उन्हें ग़लत, अन्यायी लगता है उसे मानना पुरुषार्थ नहीं। अहिंसक रहकर हमें तो किसी का भी ज़ुल्म नहीं सहना है। अन्यायी क़ानून हमें बाँध नहीं सकता। यही स्वराज की कुंजी है।

अल्पसंख्यक और बहुसंख्यक के भेद भी ऐसे ही क़ानून से उठते हैं। ज़्यादा लोग जो कहें उसे थोड़े लोगों को मान लेना चाहिए, बेबुनियाद बात है। दोनों का वहम है। ऐसी अनेक मिसालें हैं जब बहुतों ने जो कहा वह ग़लत हुआ और थोड़ों ने जो कहा वह सही। बहुतों के ख़िलाफ़ जाकर थोड़ों ने ही कई सुधार करवाये। अन्यायी क़ानून को मानने वाला ग़ुलाम ही रहता है। इस क़ानूनी वहम को सिर्फ़ सच्चा सत्याग्रही ही दूर कर सकता है।

अण्णा हज़ारे ने दिल्ली में सन् २०११ में रोग की तरह फैले सरकारी भ्रष्टाचार के ख़िलाफ़ आन्दोलन छेड़ा था। आन्दोलन को देशव्यापी समर्थन मिला। नेताओं की नींद हराम हुई और सरकारों की नींव हिल गयी। अपने समय का सफल आन्दोलन अहिंसक सत्याग्रह ही था। डटकर सामने से विरोध रखना जनता का अधिकार है। शरीर बल का उपयोग या छिपकर बन्दूकबल या मशीन-गन काम में लेना सत्याग्रह के क़ानून के ख़िलाफ़ है। आन्दोलन करने वालों के द्वारा इनका इस्तेमाल, विरोधी को भी इन्हें इस्तेमाल करने की स्वतन्त्रता देता है। कोई किसी

को ज़बरदस्ती अपनी बात मनवाने के लिए ज़ोर नहीं दे सकता। अगर ऐसा होता है तो हम कभी एक राय पर नहीं पहुँच सकते। विनम्रता ही सत्याग्रही का गहना होना चाहिए। वरना जैसा कोल्हू का बैल गोल-गोल चक्कर लगाने को ही आगे बढ़ना मान लेता है वैसा ही सामाजिक विकास हम भी करते रहेंगे।

> आप जैसा बता रहे हैं उससे लगता है सत्याग्रह कमज़ोर आदमियों के लिए ही अच्छा है। जब वे बलवान बन जायें तो उन्हें बन्दूक या तोप ही चलाना सीखना होगा।

यह तो आपने बड़े अज्ञान की बात कही। सत्याग्रह तो सबसे ऊँचा बल है। उसमें जो आत्म-बल है वह तोप बल से भी ज़्यादा काम का है। फिर उसे कमज़ोर का हथियार कैसे माना जायेगा? आपको याद होगा कि सन् १९८९ में चीन में विद्यार्थियों के द्वारा लोकतन्त्र बहाली, अभिव्यक्ति की आज़ादी और पत्रकारिता की स्वतन्त्रता के लिए आन्दोलन चला था। बीजिंग के थआनमेन चौराहे पर जमा हुए चीनी विद्यार्थी अहिंसक तौर पर आन्दोलन कर रहे थे। जब चीनी सेना उनसे निपटने आयी तो वे उग्र हो गये। चीन में मार्शल लॉ लगा और आन्दोलन कर रहे लोगों का नरसंहार किया गया। लेकिन इसमें देखना यह ज़रूरी है कि जब चीनी विद्यार्थी उग्र, हिंसक हुए तभी चीनी सेना को उन पर बन्दूक, तोप चलाने की हिम्मत आयी। आत्म-बल में कमज़ोर हुए विद्यार्थियों पर ही चीनी सेना हथियार बल का उपयोग कर पायी। क्योंकि विद्यार्थियों में आत्म-बल के सत्याग्रह की सीख नहीं थी इसलिए आन्दोलन कुचल दिया गया। आन्दोलन से पछताई और डर गयी चीन सरकार को फिर जनता और देश के विकास में लगना ही पड़ा। यही विकास बिना ख़ून-ख़राबे के भी किया जा सकता था, अगर चीनी सरकार और जनता अधिकार के साथ अपने कर्तव्य भी समझती। एक्स्ट्रीमिस्ट तो तोपबल, बन्दूकबल और पशुबल के हिमायती रहे हैं। उनको इस बल के अलावा

कोई बल मालूम ही नहीं। ऐसे ही बल के कारण थआनमेन चौराहे का आन्दोलन कुचल दिया गया। आज चीन में आज़ादी और स्वतन्त्रता के नाम पर कुछ नहीं है। लेकिन सत्याग्रही तो कहेगा कि जो क़ानून उसे पसन्द नहीं है उन्हें वह स्वीकार करेगा ही नहीं। फिर चाहे उसे तोप के मुँह पर बाँधकर उसकी धज्जियाँ क्यों न उड़ा दी जायें। इस सब के बावजूद उनकी सरकार को अपने लोगों का विकास तो करना ही पड़ा।

आप क्या मानते हैं? तोप चलाकर सैकड़ों को मारने में हिम्मत की ज़रूरत है या हँसते-हँसते तोप के मुँह पर बँध जाने में हिम्मत की ज़रूरत है? ख़ुद मौत को हथेली पर रखकर जो चलता-फिरता है वह वीरबहादुर है, या दूसरों की मौत को अपने हाथ में रखता है वह वीरबहादुर है? यह निश्चित मानिये कि आत्म-बल में कायर इनसान घड़ी भर के लिए भी सत्याग्रही नहीं हो सकता। हाँ, यह ज़रूर सही है कि शरीर से जो दुबला-पतला हो वह भी सत्याग्रही हो सकता है। एक आदमी भी सत्याग्रही हो सकता है और लाखों लोग भी हो सकते हैं। मर्द भी सत्याग्रही और महिला भी सत्याग्रही हो सकती है। एक सच्चे सत्याग्रही को अपने लश्कर, साज़ो-सामान तैयार करने की ज़रूरत नहीं रहती। उसे पहलवानी, जिम जाना या बन्दूक चलाना सीखने की भी ज़रूरत नहीं है। सत्याग्रही को तो बस अपने मन पर काबू रखना सीखना होगा। फिर वह सिंह की तरह गर्जन कर सकता है। सत्याग्रह ऐसी तलवार है जिसको चलाने वाला, और जिस पर चलायी जा रही है दोनों ख़ुश रह सकते हैं। न वह ख़ून निकालती है, न उसे जंग ही लगता है, और न ही उसे कोई चुरा सकता है। फिर भी आप सत्याग्रह को कमज़ोरों का हथियार मानें तो इसको अज्ञानता ही कहा जायेगा।

गाँधी जी ने कहा था कि सत्याग्रह और आत्म-बल हिन्दुस्तानियों का ख़ास हथियार रहा। लेकिन आज दंगे-फ़साद भी होते हैं और वहाँ बन्दूकधारी सेना बल भी पहुँचती है। पहले क्या तोप-बन्दूक का उपयोग ही नहीं होता था? और क्या सेना बल होना ही नहीं चाहिए?

आपके हिसाब से तो लगता है आप पहले के कुछ राजा-महाराजा और बादशाहों को ही सब कुछ मानते हैं। और अब, आज के सत्ताधीशों को ही महत्त्वपूर्ण मान रहे हैं। यह तो गिने-चुने हुक्म देने वालों की बात हुई। लेकिन दुनिया के ज़्यादातर लोग जो हुक्म मानने वाले हैं वे हथियार के सहारे जीवन बसर नहीं करते। यही लाखों किसान, मज़दूर और अनगिनत छोटे धन्धे करने वालों से हिन्दुस्तान और दुनिया भी बनी है। उन्हीं के सहारे राजा-महाराजा और आप हम सब जीते आये हैं। इन्हीं ने असल हिन्दुस्तान और दुनिया बनायी है। हम अपनी बात और बहस का ध्यान भी इन्हीं पर रखें तो अच्छा रहेगा।

पहले भी राजा-महाराजाओं के बीच युद्ध तो चलते ही थे। आक्रमणकारी बादशाहों और राजाओं के बीच भी कई युद्ध हुए। सीमाओं और साम्राज्यों के फैलाव की इच्छा के कारण युद्ध होते रहे हैं। युद्ध में पहले तलवार और घोड़े काम में लिए जाते थे। फिर जब तोप-बन्दूक आयी तो उनका इस्तेमाल होने लगा। आज हवाई जहाज़ के द्वारा बम फेंके जाते हैं। क्योंकि राजा-महाराजा और सत्ताधीश युद्ध करते रहे हैं इसलिए राष्ट्रों को ख़ुद की सेना की ज़रूरत पड़ी। हिन्दुस्तान को भी पड़ोसियों का ध्यान रखते हुए सशक्त सेना बनानी पड़ी। जो साधारण लोग हैं, उन्हें या तो तोप-बन्दूक बल, या फिर सत्याग्रह बल सिखाया जा सकता है। सभी के हाथों में तो तोप-बन्दूक नहीं दी जा सकती है। इसलिए जब हुक्म देने वालों ने तोप-बन्दूक का सहारा लिया तो हुक्म मानने वालों के लिए तो सत्याग्रह सीखना ही सुलभ होना चाहिए। हुक्म देने वालों में सत्ता और धन की लालसा रही है।

किसान, मज़दूर और छोटे धन्धे करने वाले लोगों को कभी तलवार या बन्दूक के सहारे की ज़रूरत नहीं रही। इसका डर भी उनको नहीं सताता। वे अपनी छाती पर मौत का डर लिए नहीं घूमते। जो मौत का सत्य जानते हैं वे निडर रहते हैं। मगर जो तोप-बन्दूक बल के प्रभाव में रहते हैं, उनके लिए तो डर ही मुख्य है। मानवता और हिन्दुस्तान का भी नैतिक मानस तो सत्याग्रह बल पर ही रहा है। जब हमारे सत्ताधीश

हमें नाख़ुश करते हैं तो हम उनसे अहिंसक असहयोग करते हैं। यही सत्याग्रह बल है।

राजस्थान के जैसलमेर के पास कुलधरा नाम का सम्पन्न गाँव बसता था। माना यह जाता है कि जैसलमेर के एक मन्त्री ने गाँववालों को आदेश दिया। आदेश कुलधरा के लोगों को नामंज़ूर था। कुलधरा के लोगों ने फ़ैसला किया और रातों-रात सभी ने अपना सम्पन्न गाँव छोड़ दिया। आज भी कुलधरा उजड़ा हुआ गाँव है जहाँ कोई नहीं रहता। यह समाज के महान् सत्याग्रह का बल था। सच्चा स्वराज भी वही है जब ज़्यादातर लोगों का विश्वास सत्याग्रह के बल पर हो। इसके अलावा अन्य सभी बल अस्वाभाविक और अप्राकृतिक हैं।

फिर इस हिसाब से तो शरीर की कसरत करने, या उसे कसने की ज़रूरत ही नहीं है।

हाँ, आज का माहौल न तो शरीर से कसरत लेने का है, और न ही उसको कसने का रह गया है। लेकिन बिना शरीर को कसे, या मन से शरीर को तैयार किये कोई सत्याग्रही नहीं हो सकता। अक्सर जिन शरीरों को ग़लत लाड़ लड़ाकर या आलस में डालकर थुलथुल बनाया गया हो, उनमें रहने वाला मन भी कमज़ोर होता है। जहाँ मन पर अंकुश नहीं वहाँ आत्मा का बल कैसे आ सकता है? बड़े शहरों में आजकल शरीर से काम लेने के हालात और रिवाज़ नहीं रह गये हैं। इसीलिए लोगों ने आज बिना मन के जिम में कसरत करने जाने की आदत बना ली है। क्योंकि उन्हें समझ आ गया है कि शरीर को कसने से ही वह लम्बा चल सकता है। शरीर और मन को कसने से ही एक सत्याग्रही तन-मन से आत्म-बल पा सकता है।

आपने कहा उस हिसाब से तो सत्याग्रही होना मामूली बात नहीं। आप फिर यह बताइये कि आदमी सत्याग्रही कैसे बन सकता है?

आत्म-बल कैसे पा सकता है?

सत्याग्रही होना आसान भी है और मुश्किल भी। एक छोटे बालक से लेकर एक बूढ़ा आदमी भी सत्य का आग्रह कर सकता है। अपने सत्य के लिए अहिंसक तौर पर लड़ सकता है। शरीर से बलवान और हर तरह से सुख-सम्पन्न होने पर कोई सत्याग्रही हो ही जाये, ऐसा नहीं है। क्योंकि सत्याग्रह आत्मा के बल की बात है। जिनमें ख़ुद को जानने की जिज्ञासा हो, जगत् व उसके लोगों का भला करने का जोश हो और आसपास सत्य व अहिंसा का माहौल बनाने की आकांक्षा हो, वही सत्याग्रही हो सकता है। सत्याग्रही के गुण हैं, सादा नैतिक जीवन, ब्रह्मचर्य का पालन, सत्य पर अडिग रहना और अभय रहना। ब्रह्मचर्य महान् व्रत है जिससे मन मज़बूत होता है। जिसका मन ही विषयों में भटकता हो उसमें आत्म-बल आना मुश्किल है। अब आप सवाल करेंगे कि फिर घर-संसारी को क्या करना चाहिए? शास्त्रों में शादी करके घर-परिवार चलाना विषय भोग नहीं माना गया। स्त्री-पुरुष का संग ऐसी जीवन-प्रक्रिया है जिससे दोनों तन-मन की स्वाभाविक पूर्ति पाते हैं। घर चलाना व परिवार पालना तो जीवनयापन का ज़रिया है। इसलिए संसारी होने पर भी ब्रह्मचर्य का पालन हो सकता है। यहाँ इससे ज़्यादा खुलकर बात करने की ज़रूरत नहीं। प्रकृति के इन स्वाभाविक सवालों को भी सत्याग्रही को ख़ुद से ढूँढ़ना ही होगा। जैसे सत्याग्रही को अपने मन को स्थिर करने की ज़रूरत है, वैसे ही उसे सादगी भरा जीवन भी जीने की ज़रूरत है। ज़रूरत से ज़्यादा धन का लोभ और सत्याग्रह का सेवन साथ-साथ नहीं चलते। सत्याग्रही को धन-संग्रह या संचय से दूर रहना चाहिए। जो सत्य का उपासक नहीं, वह सत्य का बल भी दर्शा नहीं सकता। बड़े से बड़ा नुक़सान होने पर भी सत्य को छोड़ा नहीं जा सकता। एक असत्य को बचाने में सौ झूठ का सहारा लेना पड़ सकता है। मृत्यु से बचने या बचाने तक में झूठ का सहारा लेना, झूठ का बचाव करना ही है। सत्य की राह पर चलने वाले को धर्म-संकट नहीं रहता।

बिना अभय हुए तो सत्याग्रही की गाड़ी चल ही नहीं सकती। सम्पूर्ण समर्पण से ही पूर्ण अभय पाया जा सकता है। ज़मीन-जायदाद का, झूठी इज़्ज़त का, सगे-सम्बन्धियों का, सत्ता राजनीति का, शरीर क्षति होने का और मरण का डर न हो, तभी सत्याग्रह का सही पालन हो सकता है। यह सब मुश्किल है, अगर ऐसा मानकर छोड़ देना या कोशिश ही नहीं करना तो वह पुरुषार्थ नहीं हो सकता। जैसा भी समय आये या जो भी सिर पर पड़े, उसे सह लेने की शक्ति प्रकृति या कुदरत ने हर मनुष्य को दी है। मान लें जिसे राष्ट्र सेवा या लोगों का भला न भी करना हो, उसे भी इन गुणों के सेवन से जीवन में शान्ति मिल सकती है।

बिना आत्म-बल के तो कैसा भी हथियार बल काम नहीं आ सकता है। जिसकी हथियार बल में आस्था हो या हथियार पाने की कामना रखता हो, उसे भी इन गुणों की ज़रूरत रहेगी ही। धाकड़ मनुष्य भी कोरी इच्छा भर से पराक्रमी नहीं हो जाता। सेना के कठिन जीवन के बारे में हम सभी जानते हैं। उन सच्चे योद्धाओं के लिए भी ब्रह्मचर्य का पालन, आत्मसंयम और नियम ज़रूरी है। और योद्धा अगर अभय न हो तो वह लड़ भी नहीं सकता। ऐसा भी बेशक लग सकता है कि योद्धा को सत्य के व्रत के पालन की ज़रूरत न हो, लेकिन जहाँ अभय है वहाँ सत्य रहता ही है। मनुष्य सत्य को तभी छोड़ता है जब उसे किसी तरह का भय घेरता है। इसलिए ब्रह्मचर्य, सदाचार, सत्य और अभय इन चार गुण वाला ही सत्याग्रह का पुरुषार्थ कर सकता है। हिन्दुस्तानी समाज में ही नहीं, विश्व के सभी धर्मों में व्रत, उपवास, रोज़े या फास्टिंग के नियम हैं जो मनुष्य का मन मज़बूत करने के काम आते हैं। शरीर को बस में रखने के लिए मन को बस में रखना सिखाया जाता रहा है। कोरोना काल में ही यह भी समझ आया कि ये व्रत, उपवास, रोज़े या फास्टिंग मनुष्य के स्वास्थ्य के लिए कितने ज़रूरी हैं।

फिर बन्दूक पर आस्था रखने वालों को ऐसे कई नाहक के पैंतरे अपनाने पड़ते हैं जिनकी सत्याग्रही को ज़रूरत नहीं पड़ती। बन्दूकबाज़ी

की या शरीर बल की कोशिशें भी किसी न किसी भय या डर के कारण ही पनपती हैं। बन्दूक के खेल का अमेरिका में अजब नज़ारा देखने को मिलता रहा है। छोटे-छोटे बच्चों का बदले की भावना में बन्दूक लेकर विद्यालय पहुँचना और शिक्षक या सहपाठियों पर चलाने के क़िस्से सुनने में आते हैं। अगर इन लोगों में सच्ची निडरता आ जाये तो बन्दूक गिर जायेगी और उठा हाथ थम जायेगा। जिसकी किसी से दुश्मनी नहीं, उसको बन्दूक की भी ज़रूरत नहीं।

पिछले दिनों बाँधवगढ़ के राष्ट्रीय वन्य-जीव उद्यान जाना हुआ। पर्यटक टाइगर या चीते को देखने वहाँ पहुँचते हैं। चीता और उसका परिवार हर शाम उद्यान के तालाब पर पानी पीने आते हैं। चीते के पानी पीने के ठीक समय पर सैकड़ों पर्यटक तालाब के किनारे गाड़ियाँ रोककर खड़े हो जाते हैं। चीता ऊपरी पहाड़ी से उतरकर सैकड़ों लोगों के बीच में से सड़क पार कर तालाब की ओर जाता है। सैकड़ों लोगों को इतने पास देखकर चीता थोड़ा ठहरता है फिर आत्मविश्वास में लोगों को अनदेखा कर वह तालाब में उतर जाता है। पर्यटकों को चीते का डर इसलिए नहीं लगता क्योंकि वे संख्या में ज़्यादा थे। अकेले चीते को डर इसलिए नहीं लगा, क्योंकि उसकी किसी से दुश्मनी नहीं। संसार का प्राकृतिक नियम तो निर्भय रहना ही है। सच्चा सत्याग्रही भी ऐसा ही कोई निडर हो सकता है।

शिक्षा

शिक्षा

पाठक : आपने इतना सब कुछ कहा परन्तु उसमें कहीं भी शिक्षा की ज़रूरत पर बात तो हुई नहीं। शिक्षा की शिकायत हम आज भी करते हैं। शिक्षा की अनिवार्यता का आन्दोलन हम देख चुके। आज सरकार शिक्षा नीति बदलने, और नयी बनाने को उत्सुक है। इस कोशिश पर आपके विचार क्या हैं?

सम्पादक : अभी तक जितनी भी बातें हुई हैं उन सब का लेना-देना शिक्षा या तालीम से ही तो था। अगर हम अपनी सभ्यता को सबसे अच्छा मानते हैं तो आख़िर उसमें कुछ तो अच्छा होगा ही। उसी नींव पर नयी कोशिशें भी होती रहनी चाहिए। जिस अँग्रेज़ी शिक्षा को हिन्दुस्तान में आज़ादी के बाद चलाया गया, उससे अलग नया कुछ करने का समय भी आज ही है। बस सरकार और समाज के करने का हेतु निर्मल और नैतिक होना चाहिए। पिछली सरकारों की कोशिश के नतीजे अब हमारे सामने हैं।

हिन्दुस्तान में शिक्षा का माध्यम अकेली अँग्रेज़ी नहीं हो सकता। बहुभाषी हिन्दुस्तान में प्राथमिक शिक्षा का माध्यम मातृभाषा में ही होना चाहिए। उसके बाद ही जिसको जिस भाषा या बोली में जैसी भी उच्च शिक्षा लेनी हो, लेनी चाहिए। इसका मतलब अँग्रेज़ी बिलकुल ही न सीखी जाये, ऐसा मेरा या किसी का भी मतलब नहीं हो सकता है। अँग्रेज़ों ने

जिस शिक्षा को हिन्दुस्तान में चलाया वह सिर्फ़ उनके राज चलाने के ही काम आने वाली थी। हमें अँग्रेज़ी अक्षर ज्ञान में शिक्षित किया क्योंकि उनको अपना राज चलाने में हमारी मदद चाहिए थी। हमें दफ़्तरी बाबू बनाया गया ताकि हम राज चलाने में उनकी मदद कर सकें। आज भी हमारी दफ़्तरी बाबू शिक्षा सिर्फ़ सत्ता के नेता, सरकारी अफसरों या फिर उद्योगपति मालिकों के ही काम आ रही है। इसलिए अँग्रेज़ी में हमारी शिक्षा अँग्रेज़ों के तो काम आयी, लेकिन हिन्दुस्तानियों को अपने संस्कार और संस्कृति से दूर ले गयी। शिक्षा अनिवार्य तो हो सकती है लेकिन इससे भी ज़्यादा ज़रूरी वो हमारे समाज, परिस्थिति, संस्कार और पर्यावरण से जुड़ी होनी चाहिए। लेकिन अफ़सोस के साथ कहना पड़ रहा है कि ऐसा कुछ हो नहीं पाया।

अमेरिका के विचारक, पत्रकार, वक्ता और प्रसिद्ध लेखक मार्क ट्वेन ने मज़ेदार, मगर सार्थक बात कही थी : "अपनी शिक्षा में मैंने कभी विद्यालय को दख़ल नहीं देने दिया।" शिक्षा उस नदी की तरह है जो अविरल, कलकल बहती रहनी चाहिए। आज की पढ़ाई वह नाला है जो औद्योगिक और व्यवसायी होते स्कूलों के कचरे से मिलकर बह रहा है। आज नम्बर और डिग्री की होड़ में शिक्षा परवरिश के सामान्य गणित से बाहर हो गयी है। पढ़ना, सीखना और निरन्तर अभ्यास करना ही पूर्ण शिक्षा हो सकती है। नैतिक और नीतिगत शिक्षा की आज सख़्त ज़रूरत है।

शिक्षा का अर्थ भी सिर्फ़ शब्द या अक्षर ज्ञान नहीं हो सकता। क्योंकि फिर इसके अच्छे या बुरे दोनों उपयोग हो सकते हैं। आज़ादी के बाद हिन्दुस्तान में वही चलायी गयी। जैसे एक शस्त्र से ऑपरेशन के द्वारा बीमार को अच्छा किया जा सकता है वैसे ही उसी शस्त्र का इस्तेमाल किसी की जान लेने के काम में भी लिया जा सकता है। कोरे अक्षर ज्ञान को भी ऐसा ही समझिये। शिक्षा को तो जीवन का आधार, जनतन्त्र का सदाचार और जगत् का विकास होना चाहिए। आज के माहौल को देखें तो बहुत से लोग इसका बुरा उपयोग ही करते हुए दिखते हैं। सोशल

मीडिया के भद्दे अक्षर ज्ञान को फिर आज किस रूप में देखा जाये? फिर अगर ऐसे ही हालात आप भी देख पा रहे हैं तो कोरे अक्षर ज्ञान से दुनिया को फ़ायदा हुआ है या नुक़सान? आज भी शिक्षा का साधारण अर्थ अक्षर ज्ञान ही लगाया जाता है। लोगों को लिखना, पढ़ना और हिसाब लगाना सिखाना बुनियादी व प्राथमिक शिक्षा है।

किसान ईमानदारी से ख़ुद खेती करके सभी के लिए अनाज उगाता है, मज़दूर मेहनत करके देश में संरचना करते हैं, मिस्त्री-कारीगर समाज का आधार रचते हैं और बनिया उपयोगी वस्तु प्रदान करता है। सभी को मामूली तौर पर ज़रूरी दुनियावी ज्ञान तो है ही। अपने माता-पिता के साथ कैसा बरताव करना, अपनी पत्नी का साथ कैसे लेना या देना, बच्चों से कैसे पेश आना, जिस समाज में वह बसता है उसमें कैसे रहना-सहना, निभाना इन सबका उसे अच्छा ज्ञान होता है। वह नीति के नियम समझता है और नैतिकता से उनका पालन करना जानता है। लेकिन उसको अपना नाम लिखना या दस्तख़त करना नहीं आता। अक्षर ज्ञान के अलावा उसको किसी और ज्ञान की ज़रूरत हो, ऐसा तो आप नहीं ही मानेंगे। अब इनके सुख में अक्षर ज्ञान और क्या बढ़ोत्तरी कर सकता है? क्या उसकी झोपड़ी या उसकी हालत पर उसके मन में आप असन्तोष पैदा करना चाहते हैं? ऐसा ही करना हो तो भी उसे अक्षर ज्ञान की क्या ज़रूरत? क्योंकि दुनिया एक रास्ते पर ही चलती है इसलिए पश्चिम के असर में हमने भी अक्षर ज्ञान की शिक्षा को ही सब कुछ मानते हुए अनिवार्य बनाया। मगर हम उसके आगे-पीछे की बात और उसके परिणाम सोचना भूल गये।

अब उच्च शिक्षा को ही लें। आज भूगोल, खगोल, बीजगणित, रेखागणित, भूगर्भ विद्या और ऐसे पता नहीं कौन-कौन से विषय हैं जिन्हें उच्च शिक्षा में अनिवार्यता के तौर पर पढ़ाया जाता है। ये सभी विषय अपने आप में पूरी लगन और समर्पण माँगते हैं। जिनको इन विषयों में आगे बढ़ना हो, उन्हीं को इन विषयों को पढ़ना या पढ़ाना चाहिए। उच्च शिक्षा का लेना-देना रोज़ी-रोटी की आर्थिकी से होना चाहिए। सभी को सभी विषय का

कोई लाभ या उससे उनके विकास की आशा नहीं लगायी जा सकती। यह सभी जानते और मानते हैं कि इन विषयों की अनिवार्यता से हमारे जीवन में कोई लाभ या हमारा विकास नहीं हो सका है। इसको आप इन विषयों की शिक्षा का विरोध मत मानिये। मगर जिनको इन विषयों में रुचि है वे ज़रूर इनमें उच्च शिक्षा ग्रहण कर सकते हैं। लेकिन सभी को इन विषयों को पढ़ाए जाने पर विवेक से विचार ज़रूरी है। मैं क्रिकेट खेलता था इसलिए उच्च शिक्षा न मेरी ज़रूरत थी न ही उससे मुझे कुछ लाभ ही होना था। मेरी शिक्षा औपचारिक ही हुई। मगर शिक्षा हो, या खेल की लगन हो, संस्थानों में जाने से अनुशासन और आत्मविश्वास तो बढ़ता ही है।

अँग्रेज़ विद्वान और दर्शनशास्त्री ऐल्डोस हक्सले ने शिक्षा के बारे में कहा था : "उसी आदमी ने सच्ची शिक्षा पायी है जिसने अपने शरीर को बस में रखने की आदत डाल ली है। जिसका शरीर चैन से, आसानी से मन द्वारा सौंपा हुआ काम करना जानता है। जिसकी बुद्धि शुद्ध, शान्त और न्यायदर्शी है उसी ने सच्ची शिक्षा पायी है।"

जिसका मन प्रकृति के क़ानून से चलता है और जो इन्द्रियों को बस में रखना जानता है, उसी ने सच्ची शिक्षा पायी है। जिसके मन की भावनाएँ शुद्ध हों, जिसे बुरे कामों से नफ़रत हो और जो दूसरों को अपने जैसा ही मानता हो, सच्चा शिक्षित उसी को कह सकते हैं। अगर आप मान लें कि यही सच्ची शिक्षा है तो ऊपर जिन विषयों को मैंने गिनाया उनका उपयोग मेरे शरीर या मेरी इन्द्रियों को बस में रखने के काम नहीं आया है। इसलिए जो प्राथमिक और उच्च शिक्षा हमें मिलती है, उसका उपयोग हमारे जीवन में अमूमन नहीं होता है। अपनायी गयी शिक्षा से हम अच्छे मनुष्य नहीं बनते, और न ही अपना कर्तव्य हम जान सकते हैं।

शिक्षा के बारे में आपके विचार भी भरमाने वाले ही हैं। आप तो खेल में लगे रहे और उच्च शिक्षा ग्रहण की नहीं, लेकिन गाँधी जी तो लन्दन से बैरिस्टर हुए। फिर उन्होंने उस शिक्षा को जीवन में उतना महत्त्व का क्यों नहीं माना? आज तो सभी युवा अँग्रेज़ी के

माहौल में शिक्षा पाने की होड़ में लगे दिखते हैं। आप आज की शिक्षा के क्या नतीजे देखते हैं?

आपने अच्छी सुनायी। मेरी शिक्षा तो खेल और खेल के मैदान पर ही हुई। आज इसे समझने की कोशिश करता हूँ तो उच्च शिक्षा की कमी के बावजूद, मुझमें जीवन बर्बाद हो जाने की भावना नहीं पैदा हुई। कई महान् विचारकों और विद्वानों के हिसाब से भी शिक्षा तो वही है, जैसी ऊपर बात हुई और हमने समझने की कोशिश की। अँग्रेज़ी भाषा से ही शिक्षा; वह कारण रहा जिससे हिन्दुस्तान की शिक्षा धीमी और निरर्थक रही है। अँग्रेज़ी की शिक्षा पर अपनी सरकारों ने या नीति निर्धारकों ने जो ज़ोर दिया उसके कारण हमारे गाँव और शहर दोनों विपरीत दिशा में चलते रहे हैं। अँग्रेज़ी सीखने के लिए जो आज बावलापन है उसे मैं ग़लत मानता हूँ। मुझे याद है सत्तर के दशक में जब मैं पाँचवीं कक्षा तक दिल्ली के एक अच्छे विद्यालय में पढ़ रहा था तो अँग्रेज़ी न बोल पाने, या ग़लत बोलने के दस पैसे जुर्माना देना पड़ता था। शिक्षकों ने कुछ बच्चों को ज़ुर्माना जाँचने और जमा करने के लिए भी लगाया था। अँग्रेज़ी भाषा और उस पर ग़लत अँग्रेज़ी बोलने की शर्म और संकोच के कारण मुझमें और कई अन्य विद्यार्थियों में आत्मविश्वास पनप नहीं पाया। जिस भाषा को अपन घर के व्यवहार में नहीं लाते हैं वह विद्यालय में भी आसानी से सीख नहीं पाते। फिर पहले अँग्रेज़ी सीखने में ही इतना समय लग जाता है कि अन्य विषय पल्ले नहीं पड़ते। आज भी करोड़ों घरों में अँग्रेज़ी नहीं बोली जाती है। इसलिए उन नगरों के स्कूलों में बच्चों को अँग्रेज़ी सीखने में बहुत दिक़्क़त आती है। ग़लत अँग्रेज़ी भी सीखते हैं। इसके कारण छोटी उम्र में ही उनमें हीनभावना पैदा हो जाती है। इसलिए महान् विचारकों के अनुसार अक्षर ज्ञान होना तो चाहिए, मगर वही सम्पूर्ण शिक्षा हो, ऐसा कतई नहीं माना जाना चाहिए।

गाँधी जी ने यह मानने से इनकार किया था कि अक्षर ज्ञान पाने के कारण ही वे लोगों की सेवा कर पाये। बल्कि उन्होंने जो भी शिक्षा पायी,

उसको लोगों की सेवा के लिए इस्तेमाल किया। हम मानते हैं कि वे अपनी शिक्षा का इस्तेमाल अच्छे से कर पाये। लेकिन उनका मानना था कि भाषा के ही कारण वो करोड़ों हिन्दुस्तानियों की सेवा नहीं भी कर पाये। उनकी बात सिर्फ़ जिन्हें वैसी शिक्षा मिली, उन्हीं तक पहुँच सकी। गाँधी जी ने ख़ुद की बैरिस्टर जैसी उच्च शिक्षा को भी बेमानी ही माना था। उनका मानना सही था कि पूरे हिन्दुस्तान को अँग्रेज़ी सीखने में सैकड़ों साल लग सकते हैं। इसलिए शिक्षा का जैसा व्यवहार अँग्रेज़ हिन्दुस्तान में लाये उस पर बावले होने या उसी को सब-कुछ मान लेना ग़लत था। अक्षर ज्ञान की शिक्षा तभी ज़रूरी है जब उसको ग्रहण करने वाले ने अपनी इन्द्रियों को बस में रखना सीख लिया हो। उसकी नैतिकता की नींव परिपक्व हो गयी हो। अँग्रेज़ी में शिक्षा को ग्रहण करने के बाद भी हम इसका अच्छा ही उपयोग करें। इस शिक्षा को आभूषण या डिग्री के तौर पर नहीं देखना चाहिए। गाँधी जी के अनुसार हिन्दुस्तान की पुरानी शिक्षा पद्धति हर तरह से सक्षम थी। चरित्र निर्माण सबसे ज़रूरी प्राथमिक शिक्षा है। इसी से सभ्यता और सभ्य राष्ट्र का निर्माण हो सकता है। ऐसी शिक्षा की नींव पर ही हिन्दुस्तान के भविष्य की मज़बूत इमारत खड़ी की जा सकती है।

> तो आप यह कहना चाहते हैं कि हिन्द के स्वराज के लिए अँग्रेज़ी शिक्षा का कोई महत्त्व नहीं?

आज हम जिस स्थिति में हैं उसको देखते हुए इसका जवाब 'हाँ' और 'नहीं' दोनों है। रोज़मर्रा की अपनी बोली, भाषा की जगह अँग्रेज़ी की शिक्षा को महत्त्व देने के कारण हम इसके ग़ुलाम ही बने। फिर हम अपने स्वराज के स्वतन्त्र हिस्से कैसे रह सकते हैं? दुख तो यह है कि मैकाले ने जिस शिक्षा के कारण हमें ग़ुलाम बनाये रखने की बुनियाद रखी थी, उसको ही हमारे राजकर्ता आज तक चलाये आ रहे हैं। यह भी कितने दुख की बात है कि हम स्वराज के बारे में बात, और उसकी

कार्यवाही आज भी पराई भाषा में ही करते हैं?

जैसे अँग्रेज़ों को अपनी अँग्रेज़ी पर गर्व है वैसे ही सभी को अपनी भाषा या बोली पर गर्व होना चाहिए। ऐसे कई देश हैं जो अपने व्यवहार में अपनी भाषा को ही महत्त्व देते हैं। अपनी भाषा, रीति-रिवाज़ और संस्कृति को सहेज कर भी राष्ट्र का निर्माण किया जा सकता है। सभी को इसकी स्वतन्त्रता भी होनी चाहिए। आज ऐसे कई देश हैं जिन पर हिन्दुस्तान जैसा ही विदेशी संकट आया था। लेकिन उसने अपनी मातृभाषा को सहेजे रखना ही सर्वोपरि माना। जापान, चीन, रूस और ऐसे कई देश हैं जिसने अपनी भाषा को सहेज कर ही विकास किया। अँग्रेज़ी हमारी भाषा न होने के कारण हम उसका भौंडा और ग़लत इस्तेमाल करते आ रहे हैं। उसमें न हम अपने मन की बात सच्चे से रख सकते हैं और न ही सुनकर अच्छी तरह समझ सकते हैं। हमारे राजनीतिक दलों का कारोबार अँग्रेज़ी में ही चलता आ रहा है। यह मानना पड़ेगा कि दक्षिणी राज्यों में विभिन्न भाषाएँ हैं लेकिन जैसे उनको जोड़ने वाली आज अँग्रेज़ी हो गयी है वैसे ही हिन्दी भी हो सकती है। कम से कम हिन्दुस्तानी होने का भाव और संस्कार तो पनप ही सकता है। जैसा गाँधी जी ने 'हिन्द स्वराज' में जताया था, आज ठीक वैसा ही हाल है। आने वाली पीढ़ी हमारा तिरस्कार ही कर रही है। अँग्रेज़ियत फैलाने का श्राप भी हमारी आत्मा को लग रहा है।

सभी को समझना होगा कि अँग्रेज़ी शिक्षा के ही कारण हम अँग्रेज़ियत के ग़ुलाम बने। आज अँग्रेज़ी शिक्षा पाये लोगों में उसका दम्भ साफ़ दिखता है। उनमें आम लोगों से घुलने-मिलने की कमी झलकती है। ऐसी शिक्षा पाये अँग्रेज़ीदाँ लोगों ने ही आम जनता को ठगा, और परेशान ही किया। यह क्या कम ज़ुल्म की बात है कि अपने ही देश में अगर मुझे इंसाफ़ पाना हो तो अँग्रेज़ी भाषा का ही उपयोग करना होगा। वकील हों या डाक्टर, वे स्वभाषा में बोल या काम कर ही नहीं सकते। उनकी बातें समझने के लिए या तो तर्जुमा करने वाला चाहिए वर्ना हमारी समझ में नहीं आयेगी। अदालत हो, थाना हो या अन्य किसी सरकारी दफ़्तर की

कार्यवाही की भाषा, आम लोगों की समझ से बाहर है। यह क्या कम दम्भ है? यह अगर ग़ुलामी नहीं है तो फिर क्या है? इसमें मैं अँग्रेज़ों का दोष निकालूँ या अपना? हिन्दुस्तान को पहले ग़ुलाम और आज ग़रीब बनानेवाले तो हम अँग्रेज़ी शिक्षा पाये लोग ही हैं। राष्ट्र की सच्ची हाय अँग्रेज़ों पर नहीं पड़ेगी, बल्कि हम और हमारी सरकारों पर पड़ेगी।

शुरुआत में 'हाँ' और 'नहीं', दोनों बात की थी। अँग्रेज़ी शिक्षा ग़लत है यह तो बात हो गयी, अब ग़लत क्यों नहीं है इस पर बात करते हैं। हम इस सभ्यता के रोग में ऐसे फँस गये हैं कि अँग्रेज़ी शिक्षा लिए बिना आज काम चल सके, ऐसा समय नहीं रह गया है। आज ध्यान इस पर ज़रूरी है कि जिसने भी अँग्रेज़ी शिक्षा पायी है वह उसका अच्छा उपयोग ही करे। यह शिक्षा इसलिए भी ज़रूरी हो गयी है कि इसके कारण हिन्दुस्तान में हुए नुक़सान और फ़ायदे हम जान सकें। जिन अँग्रेज़ों ने ख़ुद की सभ्यता को विनाशकारी माना, उनके विचार भी हम जान सकें। आज अँग्रेज़ी पढ़े हुए लोगों को पहले अपनी सन्तानों को नैतिक शिक्षा देनी होगी। अपनी मातृभाषा सिखानी होगी। इसके अलावा हिन्दुस्तान के विभिन्न राज्यों की अनेक भाषाओं में से एक दूसरी भाषा भी सीखनी चाहिए।

बच्चे जब पक्की उम्र के हो जायें तब भले ही वे अँग्रेज़ी शिक्षा पायें। अँग्रेज़ों ने क्योंकि अँग्रेज़ी को रोज़गार से जोड़ा इसलिए वह आज तक हम पर छायी हुई है। अँग्रेज़ी के अलावा हिन्दी या हिन्दुस्तान की अन्य भाषाओं में भी रोज़गार को बढ़ावा मिलना चाहिए। यह भी हमें समझना होगा कि अँग्रेज़ी अगर हमारे समाज का उद्धार कर सकती है तो कैसे? अँग्रेज़ी हम पर थोपी न जाये। बल्कि हमें इससे क्या सीखना है इसका चयन भी हमको ही करने की आज़ादी हो। हालाँकि अँग्रेज़ी को अब हमारे जीवन से बाहर करना मुश्किल है लेकिन धीरे-धीरे इसके असर को कम किया जा सके तो हिन्दुस्तान का भला ही होगा।

तब शिक्षा कैसी होनी चाहिए?

इसका जवाब कुछ हद तक ऊपर आ ही गया है। फिर भी इस सवाल पर हम और विचार कर सकते हैं। हमें सभी प्रान्तीय भाषाओं को प्रोत्साहन देना होगा। हमारी शिक्षा हमारी मातृभाषा में ही होनी चाहिए। यह हमारे आत्म-सम्मान, आत्म-विश्वास और आत्म-विकास के लिए ज़रूरी है। जो अँग्रेज़ी पुस्तकें काम की हों उनका अनुवाद हमारी मातृभाषाओं में होना चाहिए। धर्मपाल जी ने जो स्वदेशी समाज, उसकी राजनीति, शिक्षा और अर्थव्यवस्था का अध्ययन और शोध किया उसका भी अनुवाद हिन्दी और प्रान्तीय भाषाओं में होना चाहिए। शिक्षा के शुरुआती दिनों में हमें धर्म की नैतिकता और शास्त्र की नीति सीखनी चाहिए। हर एक पढ़े-लिखे हिन्दुस्तानी को अपनी मातृभाषा का और संस्कृत का, मुसलमान को उर्दू और अरबी का, सिख को गुरमुखी का और इन सभी को हिन्दी का ज्ञान होना चाहिए। वहीं कुछ हिन्दुओं को उर्दू और अरबी, तो कुछ मुसलमानों को उनके राज्यों की भाषा और संस्कृत सीखनी चाहिए। उत्तरी और पश्चिमी हिन्दुस्तान के लोगों को तमिल या दक्षिण की अन्य भाषाएँ भी सीखनी चाहिए। आज जैसे अँग्रेज़ी हिन्दुस्तान को जोड़ रही है, उसकी जगह हिन्दी हमें जोड़ने वाली भाषा हो जानी चाहिए। हिन्दी को उर्दू या अन्य कोई भी हिन्दुस्तानी लिपि में लिखने की छूट होनी चाहिए। हिन्दू-मुसलमान के सम्बन्ध अच्छे रहें इसलिए बहुत से हिन्दुस्तानियों को एक से ज़्यादा लिपियों की जानकारी ज़रूरी है। अगर ऐसा हो पाता है तो हम आपस के व्यवहार में अँग्रेज़ी का असर कम कर सकेंगे।

आज़ादी के बाद से ही हिन्दुस्तान में नयी शिक्षा या तालीम पर बात हो रही थी। बाद के आख़िरी दिनों में किसी ने गाँधी जी से पूछा था कि अगर उनको एक चीज़ सभी के लिए अनिवार्य करनी हो तो वह क्या होगी? आप जानते हैं, अध्यात्म और रचनात्मक कार्यों से राजनीति को तारने में लगे गाँधी जी ने क्या कहा होगा? उन्होंने कहा था, अगर एक ही चीज़ करनी हो तो मैं संगीत को सभी के लिए अनिवार्य करूँगा। संगीत को ही उन्होंने जीवन को चलाने और जोड़ने का आधार माना

था। संगीत की ध्वनि से शिक्षा आज दुनिया भर में लोकप्रिय हुई है। हिन्दुस्तान में गुरु-शिष्य परम्परा में ऐसी ही शिक्षा चलती आयी है। क्यों हमारी शिक्षा आज भी संगीत के सुमधुर वातावरण और व्यवस्था में फल-फूल नहीं सकती? ज़रा इस पर भी विचार किया जाना चाहिए।

अँग्रेज़ दार्शनिक, राजनीतिक अर्थशास्त्री, प्रशासक और आज़ाद विचारों के प्रवक्ता जॉन स्टूवर्ट मिल ने जो दो सौ साल पहले विचार रखे थे वह आज भी हमें कौंध रहे हैं : "नामुमकिन ही यह आशा लगायी जाती है कि मनुष्य के मानसिक विकास के लिए ज़रूरी ख़ुराक विदेशी भाषा से मिल सकती है।" राजधानी दिल्ली में ही एक सरदार पटेल विद्यालय है। यहाँ पाँचवीं कक्षा तक सभी विषय हिन्दी में ही पढ़ाए-सिखाए जाते हैं। यह अपनी शैली का अनूठा मगर लोकप्रिय विद्यालय माना जाता है। विषयों को अँग्रेज़ी में छठी कक्षा से पढ़ाया जाता है जब विद्यार्थियों की शिक्षा की नींव मज़बूत हो गयी हो। आज इस विद्यालय से पढ़कर निकले किसी भी छात्र से बात करने पर समझ आ जायेगा कि उनमें हिन्दी, अँग्रेज़ी को लेकर कोई हीन भावना नहीं है। वे आसानी से दोनों भाषाओं में अपने विचार रखने में सक्षम हैं।

अब यह बताइये कि अँग्रेज़ी की शिक्षा किसके लिए ज़रूरी रही है? हम जो अँग्रेज़ी के ग़ुलाम बने, उनके लिए। हमारी ही ग़ुलामी की वजह से हिन्दुस्तान की जनता ग़ुलाम बनी। अगर हम ग़ुलामी से छूट जायें तो जनता तो छूट ही जायेगी।

> आपने जो धर्म और नैतिकता की शिक्षा की बात कही वह बड़ी कठिन है।

बेशक कठिन हो। लेकिन फिर भी उसके बिना काम नहीं चलने वाला। पूरा हिन्दुस्तान कभी नास्तिक या निरीश्वरवादी नहीं हो सकता। आस्था के हिन्दुस्तान में नास्तिक फल-फूल नहीं सके हैं। आख़िर क्यों धर्म की शिक्षा का ख़याल आते ही सिर चकराने लगता है?

धर्म की शिक्षा तो घर के दादा-दादी, नाना-नानी, अन्य बुज़ुर्ग या फिर धर्म जानने वाले समाज के विवेकी लोगों से मिल जाती थी। वे कथा-कहानी-क़िस्सों से बिना बोझ और कठिनाई के धर्म समझाते और सिखाते थे। हम सभी को अपने बचपन की यादें ज़रूर होंगी। दादा से गणित समझना और विज्ञान पढ़ना। दादी से महाभारत, रामायण या इससे जुड़ी रुचिपूर्ण कथाएँ सुनने का आनन्द भी शिक्षा का ही हिस्सा रहा है। मेरी दादी के पास हर क़िस्से की एक केनावत या कहानी होती थी। बेशक समय बदला है। करने-धरने को आज और बहुत कुछ हो गया है। लेकिन आनन्द से जो शिक्षा उन क़िस्से-कहानियों से मिली, वो आज भी जीवन में रची-बसी है।

गाँधी शताब्दी में जब हम दिल्ली आये तो राजघाट के सामने गाँधी निधि में रहना हुआ। वहाँ केरल से आये गाँधीवादी मेनन जी भी रहते थे। वे गाँधी निधि के सभी बच्चों को नियम अनुशासन के लिए प्रभात-फेरी पर ले जाते, शारीरिक कसरत के लिए श्रमदान कराते और एकाग्रता और संयम के लिए शाम को एक-साथ बैठाकर प्रार्थना कराते थे। संगीत और रचनात्मक कार्यक्रमों में ले जाते थे। कालोनी में ही एक पुस्तकालय भी उनने बनवाया था। बच्चे मनपसन्द किताबें पढ़ते थे। मेनन जी ने अपना पूरा जीवन बच्चों की सेवा में समर्पित किया था। हमें अपने विद्यालयों से ज़्यादा आनन्द में शिक्षा तो मेनन जी के साथ मिली। आज बेशक समय बदल गया हो लेकिन स्वधर्म की नैतिक शिक्षा की नींव जो मेनन जी ने डाली वह आज भी काम आ रही है।

ब्रिटिश इतिहासकार मैकॉले ने अपनी अज्ञानता में हिन्दुस्तान के लोगों को जो कुछ भी कहा हो, आज उसे कोरी नासमझी और नैतिक बेमानी ही माना जायेगा। ऐसे स्वधर्म की शिक्षा हर पन्थ-मज़हब में सिखायी जा सकती है। हमारे यहाँ गुरु-शिष्य परम्परा रही। धर्म की शिक्षा का असल बेड़ा ग़र्क़ तो पन्थ-मज़हब के बाबाओं, मुल्लाओं और पादरियों ने किया। आज ढोंग के इन बाबाओं, मुल्लाओं और पादरियों के हाल सब के सामने हैं।

आज माहौल जैसा भी बना हो, चलना तो समय के साथ ही होगा। जिनमें सद्बुद्धि है और जिनमें अँग्रेज़ी शिक्षा पाने का जोश पैदा हुआ है वे भी आज समाज में नैतिक शिक्षा देने का बीड़ा उठा सकते हैं। यह मुश्किल नहीं है। आज मेनन जी जैसे समाज स्नेहियों का अकाल ज़रूर दिखता है। लेकिन हर शिक्षित व्यक्ति को समाज के उत्थान के लिए आगे आना होगा। क्योंकि अगर समाज डूबेगा तो व्यक्ति का डूबना भी निश्चित है। आज की अपनायी गयी शिक्षा से जो प्रभावित हैं बस उन्हीं के मन का मैल साफ़ होना बाक़ी है।

हम लोगों ने जो भी हमारा अच्छा छोड़ दिया है, उसे अपनाकर ही हम ख़ुद साफ़ भी हो सकते हैं। मेरी यह टिप्पणी उन करोड़ों हिन्दुस्तानियों के लिए नहीं है जो आज भी हिन्दुस्तानी शैली में ही शिक्षा पा रहे हैं। जीवन तो सामाजिक आनन्द और व्यक्तिगत निष्ठा से ही कटता या पूरा होता है। शिक्षा को सही रास्ते पर लाने के लिए आज के हिन्दुस्तान को अपने असल रास्ते पर चलना होगा। गाँव-देहात के करोड़ों हिन्दुस्तानी तो आज भी असली रास्ते पर ही हैं। शिक्षा में सुधार, बिगाड़, उन्नति, अवनति समय के अनुसार होती रही है और आगे भी होती रहेगी। बस, जो पश्चिमी सभ्यता हिन्दुस्तान के काम की नहीं है उसे बाहर निकालने की कोशिश चलती रहनी चाहिए। बाक़ी सब अपने आप ठीक हो जायेगा।

नयी तकनीक

नयी तकनीक

पाठक : गाँधी जी ने मशीनी सभ्यता का विरोध किया था। तकनीक के विकास का तो उनको अन्दाज़ा भी नहीं होगा। आज टेक्नोलॉजी के बिना जीवन अन्धकारमय ही लगेगा। नित नयी तकनीक ने हमारे जीवन पर जो असर डाला है उसके बारे में आप क्या सोचते हैं?

सम्पादक : गाँधी जी द्वारा लिखे लेख देखें तो समझ में आयेगा कि उनको आने वाले समय का अच्छा-खासा अन्दाज़ा था। उनका मशीन विरोध भी उसका आगा-पीछा और अच्छे-बुरे को ध्यान में रखकर ही किया गया होगा। इससे छुटकारा मिलना मुश्किल होगा, यह भी वे जानते होंगे। मशीन के ही कारण मानव आलसी और निकम्मा होता गया। यह तो आज हम भी देख रहे हैं। मानव हाथ-पाँव से काम करना भूल गया है। तन्दुरुस्ती खोता जा रहा है। मगर आज साधारण मशीन से आगे निकल आये हम तकनीक की जकड़ में फँसे हैं।

मशीन ने मानव के शरीर को निकम्मा बनाने की शुरुआत की थी। आज तकनीक मानव के सोच-विचार को, समझ-विवेक को और स्मरण-प्रक्रिया को भी निगलने में लगी है। मशीन को जब कम्प्यूटर द्वारा चलाया जाता है तो वह चलते हुए याद रखना सीखती है। यानी हम जो सुनना, देखना, जानना या पाना चाहते हैं उसको वह याद रखती है।

तकनीक में आज याद रखने के लिए विशाल डेटा बैंक है। न चाहते हुए भी जो सूचना हमें ज्ञान के रूप में मिल रही है उसको बनावटी बुद्धि भी कहा जाने लगा है। तब की मशीनी विद्या ने ही आज की बनावटी बुद्धि के प्रकोप को फैलाया। आज मानवता को शारीरिक, मानसिक और विवेकीय तौर पर हर तरह से कमज़ोर तकनीकी सभ्यता ही कर रही है। आज सुरक्षा के नाम पर जगह-जगह सीसीटीवी कैमरा लगाए जा रहे हैं जो हमारी सुरक्षा तो कम, मगर हमको असुरक्षा के माहौल के बारे में ज़्यादा अवगत करा रहे हैं। व्हाट्सऐप पर ऐसे वीडियो की भरमार है जो हमें घर बैठे असुरक्षा देते हैं। कितना विचित्र है कि मानव के विरोध में तकनीकी मुहिम चलानेवाला भी मानव ही है। हमारे समय के महान् वैज्ञानिक स्टिफन हॉकिंग ने तो कहा ही था : "हमारी तकनीकी उपलब्धियों ने ही हमारी विवेकीय शक्ति को क्षीण किया है।"

हॉकिंग और अन्य विचारक मानते थे कि शायद तकनीक सृष्टि में मशीनीकरण से हुए नुक़सान को कम करने में मददगार रहेगी। उनकी आशा थी कि नयी क्रान्ति का उपयोग अगर समझदारी से किया जाता है तो दुनिया में ग़रीबी और बीमारी ख़त्म करने में सहयोग मिल सकेगा। बनावटी बुद्धि के प्रकोप को संयम में पकड़कर रखना वे ज़रूरी मानते थे। तकनीक से दुनिया बदलने वाली है, मगर बनावटी बुद्धि नयी चुनौतियाँ भी खड़ी करती रहेगी। बनावटी बुद्धि और उससे पैदा किये जा रहे रोबोट के कारण करोड़ों नौकरियों पर ख़तरा मँडराने लगेगा। बनावटी बुद्धि मानव के लिए अच्छी और बुरी दोनों सम्भावनाएँ पैदा करती है। इसलिए तकनीक के सही उपयोग का जिम्मा मानव पर ही है। इसकी सफलता या असफलता भी इससे ही तय होनी चाहिए। हमें इसके परिणामों को पहले से भाँपकर ख़तरों की पहचान करनी होगी। तकनीक के अच्छे तरीक़े अपनाने होंगे। हॉकिंग ने ठीक ही आगाह किया था। तकनीक को सिद्धान्त और तथ्यों के आधार की बहस से आगे ले जाकर, व्यावहारिकता के स्तर पर इस्तेमाल करना सीखना-समझना होगा।

वहीं अमेरिका की सिलिकॉन वैली में तकनीक के धन्धे में लगे एलन मस्क का मानना है कि बनावटी बुद्धि के कारण मानवीय अस्तित्त्व का ख़तरा पैदा हो सकता है। मगर माइक्रोसॉफ़्ट के सह-संस्थापक बिल गेट्स ने माना कि अभी इससे आतंकित होने की ज़रूरत नहीं है। मगर तकनीक ने आज मानव को हर तौर पर, हर तरह से और हर तरफ़ से घेर लिया है। तकनीक के सहारे आने वाले आसमानी आक्रमण ने हमें हमारे ड्रॉइंग रूम तक में अकेला नहीं छोड़ा है। ऐसा लगता है कि आज समाज में सूचना और ज्ञान की बाढ़ आयी हुई है। यह तो आप जानते ही हैं कि लोहे से ही हल बनता है, और लोहे से बन्दूक भी बनती है। परमाणु से ऊर्जा भी बनती है और बम भी बनता है। टेक्नोलॉजी के प्रयोग से मनुष्य का काम आसान भी होता है और रोबोट के कारण मनुष्य निष्क्रिय भी हो सकता है। इसके बावजूद मानव अपने जीवन को कृत्रिम भी बना सकता है और प्रकृति की ओर भी ले जा सकता है।

मालवा में प्रचलित कहावत है "भरोसे की भैंस पाड़ा जनती है।" यानी इन आविष्कारों के उपयोग का प्रणेता अगर मानव है तो इनके दुरुपयोग का प्रमाण भी मानव ही देता आ रहा है। मानव को विवेक से सोचना होगा ताकि तकनीक का इस्तेमाल मानवता के भले के लिए किया जा सके। क्योंकि तकनीक तभी तक टिकी रह सकती है जब तक मानवता टिकती है।

> तकनीक ने जो विकास किया वह अद्‌भुत है। तकनीक के कारण जीवन पहले से भी ज़्यादा आरामपसन्द हुआ है। आपके मानने, कहने से भी मशीन और तकनीक पर लगाम अब नहीं लगायी जा सकती। ऐसी स्थिति में आप क्या सोचते हैं?

सन् १९०६ में हिन्दुस्तानी प्रशासक, लेखक रमेश चन्द्र दत्त ने ब्रिटिश राज में 'हिन्दुस्तान का आर्थिक इतिहास' नाम से एक किताब लन्दन में छपवायी थी। किताब में दर्शाये गये आर्थिक हालातों का दुख गाँधी जी को भी बहुत था। लेखक ने दर्शाया कि कैसे ब्रिटिश हुकूमत ने

मैनचेस्टर की मिलों को मुनाफ़े में लाने के लिए हिन्दुस्तानी कारीगरी की कमर तोड़ी थी। यहाँ के लोगों को सिर्फ़ कच्चा माल उगाने की स्वतन्त्रता थी ताकि वही माल लन्दन भेजकर मैनचेस्टर की मिलों में कपड़ा बनाया जाये। फिर मैनचेस्टर का बना कपड़ा हिन्दुस्तान में लाकर बेचा जाता था। हिन्दुस्तान के किसान पहले मज़दूर बने, फिर मैनचेस्टर का बना कपड़ा ख़रीदकर ग़रीब भी बना दिये गये। फिर बची-खुची कसर १८७५ से १९०० तक के २५ सालों में ६ विकराल अकालों ने ले ली। अकाल और भुखमरी से २५ सालों में १ करोड़ ५० लाख हिन्दुस्तानी मारे गये थे। उस समय की जनसंख्या के हिसाब से ३६ प्रतिशत लोग अकाल के कारण मरे। यह सब इसलिए हुआ था क्योंकि ब्रिटिश हुकूमत को मेनचेस्टर की मिलों को किसी भी क़ीमत पर चलाये रखना था। हिन्दुस्तान के किसानों को उस मशीनी सभ्यता के लिए जान जैसी बहुमूल्य क़ीमत चुकानी पड़ी थी। ब्रिटिश व्यापार की उसी मशीनी सभ्यता के कारण सोने की चिड़िया से हिन्दुस्तान अकालों की भुखमरी में बरबाद हुआ था।

यह तो तब के हिन्दुस्तान का क़िस्सा हुआ। आज तो हमारी आर्थिक स्थिति उससे कुछ बेहतर है। लेकिन आज भी मज़दूर की मेहनत और मालिक के मुनाफ़े का कोई मेल-जोल नहीं है। मानव की जगह आज तकनीक लेने पर उतावली है। उद्योग और व्यापार ठीक वैसा ही चल रहा है। मानवता को जो आज तकनीक की सुख-सुविधा का आभास हो रहा है उसकी क़ीमत भी मानव को शारीरिक, मानसिक और बौद्धिक तौर पर चुकानी ही पड़ेगी। आज दुनिया समरसता के आनन्द से ज़्यादा अर्थ के शास्त्र से चल रही है। तकनीक या टेक्नोलॉजी उसका आज सबसे बड़ा आयाम हो गया है। तकनीक से निजात आज मुश्किल ही नहीं नामुमकिन है। ऐसे में समाज की पौराणिक समझ महत्त्व की हो जाती है। तकनीक निरन्तर इनसान को बावला बनाने में लगी है। इससे बचना भी इनसान को समय से सीखना होगा।

हिन्दुस्तान पूरी दुनिया में सबसे ज़्यादा तकनीक का इस्तेमाल करने वाले देशों में एक माना जाता है। इसके बावजूद हिन्दुस्तान नयी तकनीक के ईजाद और उत्पादन में पिछड़ा है। हम क्यों सिर्फ़ उपभोक्ता होकर रह गये हैं?

तकनीक तो नित-नया ईज़ाद कर रही है। लेकिन क्या आप इससे सुकून और शान्ति का अनुभव कर पा रहे हैं? इसने सिर्फ़ आधुनिकता के नाम पर आदमी को अचम्भित किया और आलसी बनाया। तकनीक का सारा प्रयोजन और उपयोग मानवीय सुविधायें बढ़ाने में लग रहा है। तकनीक से व्यक्ति का कितना बौद्धिक विकास हुआ, या समाज का कितना भला हो पाया है यह तो शोध का विषय है। लेकिन हिन्दुस्तान की संस्कृति से प्रभावित रहे अँग्रेज़ साहित्यकार टी. एस. एलियट ने सवाल किया था :

'वह विवेक कहाँ है, जिसे हमने ज्ञान में खो दिया है?

वह ज्ञान कहाँ है, जिसे हम सूचना में खोते जा रहे हैं?'

इसके आगे अपन जोड़ सकते हैं...

'वह धीरज कहाँ है, जिसे हम बाज़ार की होड़ में खोते जा रहे हैं?'

तकनीक ने सूचना तन्त्र को सभी के लिए निहायत ही सस्ता और आसान बना दिया है। एक क्लिक पर सूचना का अपार भण्डार है। यहाँ तक कि बाहर से और दूसरों से मिलने वाली सूचना को ही ज्ञान भी मान लिया जाता है। जबकि ज्ञान तो ख़ुद ही अन्दर के विवेक से ढूँढ़ना पड़ता है। आज सूचना प्रौद्योगिकी ने मानव को हैरान-परेशान तक कर दिया है। आज सूचना तो अपार है मगर महत्त्व विवेक से इसके ज्ञानपूर्वक उपयोग का है। ऐसे ही कभी दुनिया में ईंधन तेल का बोलबाला था। तब तेल के धन्धे में लगे अमेरिकी उद्योगपति जॉन रॉकफैलर दुनिया के सबसे रईस आदमी माने जाते थे। तकनीक या टेक्नोलॉजी के धन्धे में लगे बिल गेट्स और मार्क ज़करबर्ग दुनिया के सबसे रईस आदमी गिने

जाते हैं। आने वाले समय में हिन्दुस्तान का भी कोई आदमी दुनिया का सबसे रईस बन सकता है। लेकिन इनके रईस होने से दुनिया ख़ुशहाल, या उसकी तकलीफ़ें कम हुई हों ऐसा माना जा सकता है क्या? क्या कोविड महामारी के दौरान दुनिया के बीमारों को तकनीक के धन्धे से बने रईस लोग कोई राहत दिला पाये? तकनीक के कारण आज सभी की आज़ादी ख़तरे में है। सिर्फ़ आज़ाद मन ही सच्ची स्वतन्त्रता का आभास दिला सकता है। आज तकनीक के सहारे कोविड की वैक्सीन का बाज़ार चलाने की मुहिम चल रही है। सत्ता के स्वार्थ में जो पड़ते हैं उन्हीं का विश्वास वैश्विकता की आर्थिकी में होता है।

आज मानव को टेक्नोलॉजी के चंगुल में फँसाने की मुहिम हर ओर से चलायी जा रही है। फ्री या मुफ़्त बाँटने के धन्धे से लोगों को इसकी आदत डाली जाती है। इनसान को इनकी आदत लगे तभी बाज़ार इसके मुँह माँगे दाम वसूल कर सकता है। संसार में हर वस्तु का दाम अदा ही करना पड़ता है। मुफ़्त मिली चीज़ के दाम हमें किस रूप में अदा करने पड़ सकते हैं, इसका अन्दाज़ा अभी मानव लगा पाने की स्थिति में नहीं है। इसके दाम हमारी समझ से बहुत ज़्यादा और भयंकर भी हो सकते हैं। इसमें पश्चिम का या तकनीक ईजाद करने वालों का दोष क्यों निकाला जाये? हम लोग ही तकनीक पर बावले होकर उस पर सब कुछ न्यौछावर करने की उतावली में देखे जा सकते हैं।

आज हम टेक्नोलॉजी के ग़ुलाम हो गये हैं। मोबाइल या लैपटॉप अगर हमारी नज़रों से दूर हो जाये तो हम किस हद तक अधीर और उतावले हो जाते हैं, यह आज सभी के सामने है। टेक्नोलॉजी जब नहीं थी तब भी संसार में जीवन तो चलता ही था। और आज से ज़्यादा सुकून और शान्ति से गुज़र-बसर होती थी। इससे तो आप इनकार नहीं कर सकते हैं? दोष सिर्फ़ पश्चिम या उनकी तकनीक का नहीं माना जा सकता। मगर हमारा है जिन्होंने उसको अपने जीवन का आधार या सब-कुछ मान लिया है। हम उसका इस्तेमाल जैसा बाज़ार चाहता है वैसा ही करते आये हैं। इसलिए बाज़ार और तकनीक हम पर हावी हुई है।

इस उपभोक्तावाद के बावलेपन से छुटकारा पाने का रास्ता भी हमें ही खोजना होगा।

क्या मशीन के बाद तकनीक को मानव का विकास माना जाये? बेशक यह बड़ी उपलब्धि है। लेकिन देखना यह भी ज़रूरी है कि इससे मानवता का कितना भला हो पाया है? आज अनैतिकता और चरित्रहीनता समाज में ज़हर की तरह फैली है। साँप का काटना तो आदमी के शरीर को ही नष्ट करता है लेकिन यह ज़हर तो आदमी के शरीर, मन और आत्मीयता को भी नष्ट करता जा रहा है। आज की बाज़ारवादी टेक्नोलॉजी के ही कारण आज की नैतिकता और चरित्र पर सवालिया निशान खड़े हुए हैं। हालाँकि बन्दूक से गोली निकल चुकी है फिर भी हमें इन पर बावले होने की या इसको ही जीवन में सब-कुछ मान लेने की ज़रूरत नहीं है।

हमारे समय के बड़े शायर राहत इंदौरी ने ठीक ही कहा :

> "न हमसफर से, न हमनशीं से निकलेगा,
> हमारे पाँव का काँटा, हमीं से निकलेगा।"

आपने सवाल उठाया कि हिन्दुस्तान तकनीकी उपभोक्ता ही रहा, उत्पादक क्यों नहीं बन पाया है? इसका भी कारण वही व्यवस्था है जो हमारी सरकारों ने अपनायी। दो सौ साल के अँग्रेज़ी राज ने जो हमारी शिक्षा पद्धति बनायी उसने हमें सिर्फ़ दफ़्तरी बाबू ही बनाया। यही कारण रहा कि स्वतन्त्रता से हम विज्ञान और तकनीक के विकास में नहीं लग पाये। आज भी हम अफ़सरशाही के लिए दफ़्तरी बाबू ही बने हुए हैं। प्रशासन में लगे, जनता के कर पर जीवनयापन कर रहे हैं। उच्च शिक्षा से बैरिस्टर बने स्वतन्त्रता आन्दोलन के अपने ज़्यादातर नेता अँग्रेज़ी हुकूमत के दफ़्तरी बाबू ही थे।

इस सब के बावजूद क्योंकि दुनिया एक ही दिशा में चलने पर मजबूर है इसलिए तकनीक के उत्पादक के तौर पर हिन्दुस्तान भी तेज़ी से आगे बढ़ रहा है। अन्य देशों के अलावा तकनीक के धन्धे का मुख्य केन्द्र

अमेरिका की सिलिकॉन वैली है। वहाँ जितनी तादाद में हिन्दुस्तानी मन लगाकर काम कर रहे हैं उतना अन्य कोई जाति नहीं कर पायी है। देश में भी आईआईटी और आईआईएम से नयी हिन्दुस्तानी पौध निकल रही है जो जल्दी ही तकनीक के उत्पादक के तौर पर दुनिया भर में छा जाने वाली है।

> यह तो आपने ठीक याद दिलाया कि बन्दूक से गोली निकल चुकी है। आज हम मशीन के कारण पंगु बने हैं। शहरों या गाँवों तक में घण्टा भर बिजली चली जाये तो हाय-तौबा मच जाती है। सब काम ठप हो जाते हैं। अब ऐसी स्थिति में आप तकनीक को सिर्फ़ समस्या के तौर पर देखते हैं या इसका कोई अलग उपाय भी देखते हैं?

अगर आज ऐसी स्थिति है तो इसको समस्या ही मानना होगा। यह समस्या भी हमारी ही पैदा की हुई है। टेक्नोलॉजी तो साँप का ऐसा बिल है जिसमें से सैकड़ों साँप लगातार निकलते ही रहेंगे। नित नयी टेक्नोलॉजी मानवता को डँसने के लिए फुँकार मारती ही रहेगी। फिर इससे निकलने वाले कचरे या ई-वेस्ट का पर्यावरण पर प्रभाव भयानक हो सकता है। इसके दूरगामी असर के बारे में तो अभी पूरी जानकारी भी नहीं है। क्योंकि हम इस विशाल ई-कचरे के निपटारे के उपाय नहीं खोज पाये हैं। ई-वेस्ट हमारी मिट्टी, जल और हवा पर ग़लत असर करने वाला है। पर्यावरण संकट गहराने वाला है। इस सब के बावजूद तकनीक के सहारे आज मशीन दुगना-चौगुना उत्पादन करने की क्षमता में आयी है। हिन्दुस्तान का दुर्भाग्य है कि हमें आज भी टेक्नोलॉजी का आयात ही करना पड़ रहा है। सॉफ़्टवेयर के मामले में पश्चिम ने अपनी कलाकारी हम तक पहुँचने नहीं दी। पश्चिम में तो सीमित आबादी के कारण उनको नित नयी तकनीक और उसके सॉफ़्टवेयर ईज़ाद करने की ज़रूरत रही। लेकिन हिन्दुस्तान में अपार आबादी को रोज़ी-रोटी के लिए काम चाहिए इसलिए टेक्नोलॉजी हमारी उतनी ज़रूरत नहीं है।

फिर भी विदेश में रहने और काम करने वाले प्रवासी हिन्दुस्तानी सूचना तकनीक के मामले में ख़ूब तरक़्क़ी कर रहे हैं। इसका कारण विदेश में तकनीकी सुविधाओं के लिए शोध की स्वस्थ व्यवस्था है।

आज तकनीकी सॉफ़्टवेयर की मदद से कुछ-एक लोग करोड़ों का धन्धा करते हैं। वहीं हज़ारों-लाखों लोग रोज़ी-रोटी की तलाश में भटकते रहते हैं, या ग़ुलामी करने पर मजबूर हो जाते हैं। मूल में देखें तो तकनीक का ईज़ाद मानवता की भलायी के लिए ही हुआ था। हिन्दुस्तान की सरकारों को समझना होगा कि हिन्दुस्तान के लोगों के लिए कैसी और कौन-सी तकनीक ज़्यादा कारगर रह सकती है। ताकि उसी को बढ़ावा दिया जाये। आज भी काम की मजबूरी में गाँव से लोग मज़दूरी करने शहर आते हैं। शहरों में क्योंकि लोग ज़्यादा हैं इसलिए यहाँ ही तकनीकी सुविधाओं को बढ़ावा मिलता है।

आज सारी दुनिया लैपटॉप, टैबलेट और स्मार्ट फ़ोन के उपभोग में डूबी हुई है। समाज की गतिविधियाँ, और उसके प्रति हमारे उत्तरदायित्त्व आज हर तरह से नकार दिये गये हैं। परिवार और समाज के प्रति हमने अपने कर्तव्य तक भुला दिए। हमारी युवा पीढ़ी आज इसकी लत और नशे में चूर है। लेकिन आप देखिये माइक्रोसॉफ़्ट के संस्थापक बिल गेट्स ने बाक़ायदा प्रेस कॉन्फ्रेंस में कहा था कि उन्होंने अपने बच्चों को १४ साल की उम्र तक मोबाइल फ़ोन उपयोग नहीं करने दिया था। वे अपने बच्चों को तो इससे दूर रखना चाहते थे लेकिन दूसरों के बच्चों को इसकी आदत डाल रहे हैं। मेरा तो मानना है कि आज इससे किसी के भी बच्चे बच नहीं सकते हैं। और सबसे बड़ी दिक़्क़त तो यह है कि आज इन्हीं तकनीकी सूचनाओं को ही ज्ञान भी मान लिया गया है। ऐसी स्थिति में सिर्फ़ धीरज ही धरा जा सकता है। इन्तज़ार करना पड़ेगा कि जब इन सुविधाओं की अति से घबराकर समाज सुकून और शान्ति का नया रास्ता खोजेगा।

आज तकनीक के सहारे हम प्रगतिशील और विकासशील माने जाते हैं। आप भी तो तकनीक के इस्तेमाल के सहारे यह लिख

और छाप रहे हैं। आज के यान्त्रिक और तकनीकी माहौल को आप गुण मानते हैं या अवगुण?

आज हमें तकनीक की ऐसी लत या आदत हो गयी है कि हमारा संसार उसी में सिमटकर रह गया है। समाज या आस-पड़ोस की सेवाभाव के प्रति तकनीक ने हमें बेफ़िक्र बना दिया है। हमारी जीवन शैली आज तकनीक के भरोसे ही चल रही है। हम क्या सोचते हैं? क्या करना चाहते हैं? कहाँ जाना चाहते हैं? हमारी पसन्द क्या है? आज यह सब हमारे लिए तकनीक ही तय कर रही है। आज तो ऐसा लग रहा है कि हम ख़ुद से जी नहीं रहे हैं बल्कि तकनीक ही हमें ज़िन्दा रखे हुए है। जीवन में हम ऐसा बहुत कुछ अनजाने में करते हैं जिसके परिणाम अच्छे निकलते हैं। और जानकर भी बहुत कुछ ऐसा करते हैं जिसके परिणाम बुरे निकलते हैं। मानव सिर्फ़ पूर्णता की ओर अग्रसर ही हो सकता है। प्रकृति ही है जो मानव के हर अच्छे–बुरे को भी समाहित करती है।

सही है कि आज हमारे सारे काम तकनीक के सहारे ही हो रहे हैं। दुनिया को डिजिटल और आर्थिकी को कैशलेस बनाया जा रहा है। तकनीक के उपयोग से जो बाज़ार चलाया जा रहा है मानव उसको भी सहन करने की क्षमता रखता है। आगे भी तकनीक अपने विषैले फन दर्शाती ही रहेगी। लेकिन मेरा मानना है दुनिया में ऐसा कुछ नया नहीं होता है जो पहले नहीं हुआ हो या सोचा न गया हो। आने वाले समय में इसके भी परिणाम सामने आयेंगे। तकनीक की तरह प्रकृति रातों-रात अचम्भा करने वाला कोई काम नहीं करती है। नवजात शिशु के जन्म में आज भी नौ महीने ही लगते हैं। अगर हम प्रकृति की कार्य-नीति समझेंगे तो तकनीक पर बावले नहीं होंगे। आज की मशीनी उपलब्धियों के गुण उतने ही हैं जितने पहिये के आविष्कार के समय आशा लगायी जा रही थी। मगर अवगुण इतने हैं कि जब मानवता को इसकी क़ीमत चुकानी पड़ेगी तो गुण नगण्य लगने लगेंगे।

छुटकारा

छुटकारा

पाठक : आपके विचारों से लगता है आप भी दुनियादारी और आज की व्यवस्था से अलग कोई तीसरा ही पक्ष या पहलू कायम करना चाहते हैं। आप न तो 'पुरातनी' हैं और न ही 'आधुनिक'।

सम्पादक : यह आप मुझ पर ग़लत आरोप लगा रहे हैं। जैसे पुरातनी दकियानूसी हो सकता है वैसे ही आधुनिक भी नासमझ हो सकता है। जिनका धर्म समाज की सेवा हो उनका समाज से अलग पहलू या पक्ष कैसे हो सकता है? मैं प्रकृति के नियम से अलग अन्य कोई पहलू या पक्ष कायम नहीं करना चाहता हूँ। मैं तो पुरातन की भी सेवा करना चाहूँगा और आधुनिक की भी सेवा करूँगा। जो विचारों का मतभेद है उसको भी विवेक से सुलझाने की ईश्वर से प्रार्थना करूँगा। मेरी कोशिश तो पुरातन में भी आधुनिक तलाशना, और आधुनिक को भी पुरातन से समझना भर है। दोनों को नम्रता से अपनी बात बताना और अपना काम करते रहना ही मेरा उद्देश्य है।

यह आपने अच्छा कहा। अगर आप दोनों से कुछ कहना चाहें तो क्या कहेंगे?

पहले तो यह समझ लें। पुराणों में पुरुषार्थ के लिए आवश्यक चार

उद्देश्य बताये गये हैं। समाज में 'धर्म, अर्थ, काम और मोक्ष' के इन चार पुरुषार्थ के सहारे लोगों को अपने जीवन का विकास करने की सीख दी गयी। पुरुषार्थ के इन चार उद्देश्यों में समन्वय भी बेहद ज़रूरी माना गया। लेकिन क्योंकि हमने संस्कृत को भुलाकर अँग्रेज़ी अपनायी, इसलिए हमने पुरुषार्थ के आदर्श भी भुला दिए। नारायण देसाई के अनुसार हिन्दुस्तान के लिए गाँधी जी के तीन प्रयोजन रहे।

- सत्य के आग्रह से वर्तमान में जीना सीखना होगा।
- एकादश व्रत के पालन से अपने अतीत को समझना होगा।
- रचनात्मक कार्यक्रमों से भविष्य के समाज की नींव गढ़नी होगी।

इन सब बातों को ध्यान में रखते हुए पुरातनी से कहूँगा कि समय से अलग कोई काल नहीं होता। और आधुनिक से कहूँगा कि हर काल का समय होता है। दोनों के समन्वय से ही सभ्यता की समझ, स्वराज का भान और समाज की सेवा हो सकती है। अँग्रेज़ों के चले जाने भर से हमने स्वराज पा लिया, यह हमारा भ्रम है। स्वराज के लिए कोशिश तो हर हिन्दुस्तानी को अपनी समझ और विवेक से करनी होगी। न हम बीते गुज़रे ज़माने को देखकर रोते रह सकते हैं और न हमारा आज की आधुनिकता पर बावले होना सही रहेगा। हमारे सामूहिक पुरुषार्थ से ही हमें सच्चा स्वराज मिल सकता है। सत्य और अहिंसा से ही समाज और संसार का कल्याण हो सकता है। सत्ता की तानाशाही और हिंसा के भीड़तन्त्र से स्वराज मिलना नामुमकिन है। हिन्दुस्तान का मूल स्वभाव हिंसा पर नहीं रहा है। आज हिन्दुस्तान की राजनीति में धर्म, आर्थिकी में नैतिकता, समाज के काम-काज में निष्कपटता और मोक्ष के लिए अध्यात्म की ज़रूरत है। इनके बिना हिन्दुस्तान को स्वराज मिल नहीं सकता।

पुरातनी को नयी तकनीक के उपयोग से हिन्दुस्तान या भारत के वेद, उपनिषद् और ग्रन्थों का अध्ययन और शोध फिर से करना चाहिए। उस ज्ञान को आज के विवेक से समझना ज़रूरी है। उसका युवा पीढ़ी के लिए आसान और उपयोगी तौर पर प्रसार, प्रचार करना होगा। ताकि

आज के युवा अपने रीति-रिवाज़ और संस्कृति से जुड़ें। भारत की महान् विरासत को आज के हिन्दुस्तान के लिए कारगर और उपयोगी बनाया जा सके। वहीं आधुनिक से कहूँगा आज की तकनीकी उपलब्धियों पर बावले होने से बचें। उन्हीं को सबकुछ समझने से पहले ख़ुद की जड़-नाल को समझें। पश्चिम की नक़ल में हिन्दुस्तान को देखने की अपनी ज़िद छोड़ें। विश्व में समन्वय, सम्मान और सौहार्द का माहौल बनाने के लिए सत्याग्रह का प्रयोग करें। आत्म-बल से बलिदान के लिए तैयार रहें। हमें सारी वसुधा या सृष्टि को एक कुटुम्ब या परिवार मानकर अपने सभी कार्य करने होंगे। 'वसुधैव कुटुम्बकम्' पर चलना होगा।

हर हिन्दुस्तानी अपने समाज में फैले मनमुटाव को मिटाने के लिए सच्चे साधनों को प्रयोग में लायें। आज अगर सम्प्रदाय, जाति या पन्थ-मज़हब के मनमुटाव फोड़े बन गये हैं तो उनको एक बार तो फूटना ही होगा। हिन्दुस्तान अगर एकजुट होकर रहने की ठान ले तो छोटे-मोटे मनमुटाव के बावजूद समाज कमज़ोर नहीं पड़ सकता। बहुसंख्यक और अल्पसंख्यक के मनभेद भी मिटाने होंगे। हिन्दी के बहुसंख्यक या अल्पसंख्यक को अँग्रेज़ी के 'माइनॉरिटी' या 'मैजॉरिटी' के राजनीतिक गणित से अलग रखना होगा। हिन्दी में महज़ संख्या के कम या ज़्यादा का असर दिखता है लेकिन अँग्रेज़ी में संख्या भेद के अलावा ऊँच-नीच, छोटा-बड़ा और अमीर-ग़रीब के अन्तर भी निहित रहे हैं। अँग्रेज़ी में इसके इस्तेमाल को सत्ता का रूप दिया गया। वहीं हिन्दी में संख्या को सेवा के तौर पर देखने का भाव रहा है। बहुसंख्यक को अपनी संख्या पर दम्भ न हो और अल्पसंख्यक को अपनी संख्या से डर न हो। अल्पसंख्यक कमज़ोरी में हाथ न फैलाये और बहुसंख्यक दान में हाथ बढ़ायें।

इस प्रार्थना को याद रखना हमारे लिए अच्छा रहेगा :

ॐ सर्वे भवन्तु सुखिनः
सर्वे सन्तु निरामयाः।
सर्वे भद्राणि पश्यन्तु
मा कश्चिद्दुःखभाग्भवेत्।

ॐ शान्तिः शान्तिः शान्तिः॥

हमें 'तैत्तिरीय उपनिषद्' में अंकित इस प्रार्थना का अर्थ समझना होगा। इस प्रार्थना को निरन्तर अभ्यास में लाना होगा। हिन्दुस्तान को अपनी इस प्रार्थना पर अडिग रहना होगा। संसार को भी यह महान् प्रार्थना सिखानी होगी। संसार शान्तिमय तरीक़े से तभी रह सकता है। सत्य और अहिंसा में हिन्दुस्तान को विश्व का गुरु बनना होगा। हमारी भलाई तो पुरातन और आधुनिक दोनों को मिल कर, एक-साथ आगे चलने में ही है। पुरातन को आज के नये से समझना होगा, और आधुनिक को पुराने की खोज करनी होगी।

दोनों पक्षों को कही आपकी बात ठीक लगी। समाज के नेता, जनसेवक और सरकार से आप क्या कहेंगे?

पहले तो मैं समाज को नरसी महेता का लिखा और गाँधी जी का प्रिय भजन याद दिलाना चाहूँगा।

वैष्णव जन तो तेने कहिये
जे पीड़ पराई जाने रे।
पर दु:खे उपकार करे तोये,
मन अभिमान न आणे रे ....

फिर मैं विनयपूर्वक उनसे कहूँगा कि आप बेशक मानें कि आप ही हमारे राजकर्ता हैं लेकिन सच्चा राज तो समाज का ही रहा है और रहेगा। आप हमें चलाते हैं या इसके लिए हम आपको चुनते हैं, हमें आपको यह समझाने की ज़रूरत नहीं। आप बेशक इसे राज चलाना समझें लेकिन आप जनता के सेवक भर ही हैं। हमें आपकी इच्छा के अनुसार नहीं चलना है, बल्कि आपको हमारी इच्छाओं के लिए काम करने होंगे। आपने जो नैतिक-अनैतिक धन अर्जित किया, वह धन्धेबाज़ी अब ख़त्म हो। हम दरिद्र ही बने रहे हैं, इसलिए आगे हम आपको ऐसा नहीं करने दे सकते। आप राज चलाने को व्यापार चलाना न समझें। जनता की सेवा के नाम पर अपनी औद्योगिक उपलब्धियों को अब छोड़ें।

सेवा-नीति चलाने आये लोग व्यापार नीति चलाने में नहीं लग सकते। जिस पश्चिमी सभ्यता को आप पकड़े बैठे हैं उसको हम सभ्यता ही नहीं मानते। हिन्दुस्तानी सभ्यता के हमारे विश्वास को आप भी समझें और अपना। तभी आप हिन्दुस्तान की सेवा भी कर सकते हैं। सत्ता के लिए हमें पन्थ-मज़हब, जात-पात और बहुसंख्यक-अल्पसंख्यक में बाँटने से बाज़ आयें। इसके बजाय धर्म की राजनीति कायम करने की ज़िद जगायें। हम अपने स्वार्थ के कारण कमज़ोर हुए, और आपने अपने सत्ता स्वार्थ के लिए इसका फ़ायदा उठाया। अब ऐसा नहीं चलेगा। आज हम अपनी कमज़ोरी जान गये हैं, इसलिए आप भी अब सचेत हो जायें। आपको आईना दिखाना हमारा कर्तव्य है। वह हम आपको दिखाते रहेंगे।

आपको नयी शिक्षा नीति बनानी होगी। गाँवों को राष्ट्र के विकास की धारा से जोड़ना होगा। गाँवों को आत्मनिर्भर बनाना होगा। गाँव और छोटे ज़िलों का उद्धार करना होगा। पंचायती व्यवस्था कायम करनी होगी। हिन्दुस्तान को जोड़े रखने वाली भाषा अँग्रेज़ी के बजाय हिन्दी हो, इसकी शुरुआत होनी चाहिए। राजकाज का सारा व्यवहार मातृभाषा या हिन्दी में ही होना चाहिए।

अब हम आपकी मनमर्ज़ी की फिज़ूलख़र्ची बरदाश्त नहीं करेंगे। हमें मुफ़्त या दान में कुछ नहीं चाहिए। लेकिन अपनी मेहनत की कमाई को हम बेवजह के अन्धाधुन्ध कर के द्वारा लूटने भी नहीं देंगे। आप पड़ोसी राष्ट्रों का डर बैठा कर सुरक्षा के नाम पर युद्ध उपकरणों की ख़रीद-फरोख़्त में लूट न मचायें। यह भी अब हम नहीं चलने देंगे। सीमा पर सुरक्षा जितनी ही ज़रूरत और महत्त्व किसान के खेतों को भी समझना होगा। स्वदेश में की जा रही पैदावार को बढ़ावा मिले। ज़रूरत की वस्तु ही निर्यात की जाने की व्यवस्था बने। हिन्दुस्तान में हर तरह की पैदावार बढ़े और बाज़ार को नियन्त्रण में रखा जाये।

यह सब आपको कोई दम्भ या लाचारी में नहीं सुनाया जा रहा है।

आपके पास तरह-तरह की योग्य सेनाएँ हैं जो हमारे ही भाई-बन्धु हैं। इसलिए हमारे ही भाई-बन्धुओं का हमारे ही ऊपर दुरुपयोग करने की आपको कोई आज़ादी नहीं है। अगर ऐसा होता है तो हम आपकी नीति मानने से इनकार करेंगे, असहयोग करेंगे। फिर आप हमें चाहें जो सज़ा दें। सत्ता फिर किसी की भी हो, हमें उसका तिरस्कार करना ही होगा। हमारी इच्छाओं के विरोध में अगर आप सत्ता का दम्भ दिखाते हैं, तो हम असहयोग और सत्याग्रह करेंगे। मगर आपकी सत्ता की मनमानी हम किसी भी हाल में सहन नहीं करने वाले हैं।

ऐसा हो सकता है कि सत्ता के नशे में चूर आप ऊपर कही गयी बातों पर हमारी हँसी उड़ायें। हमारी हालत पर आपका हँसना बेकार होगा। क्योंकि हमारे पास तो खोने को कुछ नहीं है। मगर आपके लिए तो सत्ता ही आपका जीवन है। हममें दम होगा तो आप ज़रूर देखेंगे कि आपका मद बेकार है। हम पर हँसना और हमारे वोट के लिए हमें भरमाना आपको इसी जनम में भारी पड़नेवाला है।

हम मानते हैं, आप भी हमारे धर्म आधारित नैतिक समाज से निकले हमारे ही नेता हैं। इसलिए आपका भी धर्म के रास्ते पर चलना ज़रूरी है। ऐसा होता है तभी विशाल हिन्दुस्तान, असल विकास के रास्ते पर चल सकेगा। हमारा साथ ले कर ही आप हिन्दुस्तान में अच्छे सम्बन्ध बनाये रख सकते हैं। तभी अपनी राजनीति में आप प्रगति भी कर सकते हैं। आपको अपने कारनामे और करतूतें जनता का विश्वास जीतने के लिए सुधारने होंगे। यह मत भूलिये, जो जनता आपको चुनती है वह यह सब अच्छी तरह से जानती है। भोली जनता, जो आपको चुनती है उसका दिल दुखाना आपको शोभा नहीं देगा। आप भी अपने धर्म की छानबीन करेंगे तो मानेंगे कि हम जनता की माँगे सच्ची और सही हैं। बेशक जनता की इच्छाएँ सीमित होती हैं, इसलिए हमें आपसे कुछ नहीं सीखना है मगर आपको अपनी इच्छापूर्ति के लिए हमसे बहुत कुछ सीखना होगा। तभी हम एक-दूसरे का साथ ले-देकर हिन्दुस्तान और दुनिया को लाभ पहुँचा

सकते हैं। यह सब तभी सम्भव हो सकता है जब हमारे सम्बन्ध की जड़ धर्म और नैतिकता पर चले।

राष्ट्रवादी से आप क्या कहना चाहेंगे?

राष्ट्रवादी कौन है?

अभी तो आप जिस अर्थ में यह शब्द काम में लेते हैं उसी अर्थ वाला राष्ट्रवादी। यानी जो हिन्दुस्तानी आज यूरोप या अमेरिका की सभ्यता में रंगे हुए हैं, वे आज स्वराज की बात कर रहे हैं।

रवीन्द्रनाथ टैगोर की एक कविता है जिसका अनुवाद भवानी प्रसाद मिश्र ने किया था। कविता जितना ही सजीव अनुवाद है :

देश की माटी, देश का जल
हवा देश की, देश के फल
सरस बनें प्रभु, सरस बनें।
देश के घर और देश के घाट
देश के वन और देश के बाट
सरल बनें, प्रभु सरल बनें।
देश के तन और देश के मन
देश के घर के भाई बहन
विमल बनें, प्रभु विमल बनें।

एक राष्ट्रवादी को यह कविता कण्ठस्थ होनी चाहिए। मैं मानता हूँ इस पर अमल करने वाला ही सच्चा राष्ट्रभक्त माना जायेगा।

हिन्दुस्तान में आज जैसे राष्ट्रवाद का माहौल है, उसमें मैं कहूँगा कि जिस किसी हिन्दुस्तानी को स्वराज की खुमारी या मस्ती चढ़ी होगी, वही सरकार और राजनीति से ऊपर उठकर अपनी बात कह सकेगा। किसी के अनैतिक रौब से दबेगा नहीं। सच्चे राष्ट्रवाद की मस्ती तो उसी को चढ़ सकती है जो ज्ञानपूर्वक विवेक से समझे कि हिन्द की सभ्यता

ही हिन्दुस्तान के लिए सबसे अच्छी है। 'चार दिन की चाँदनी' वाली पश्चिमी सभ्यता हिन्दुस्तान के काम नहीं आने वाली। वैसे सभ्यतायें तो आज तक कई हो गयी हैं, और मिट्टी में मिल गयीं। आगे भी कई होंगी और मिट्टी में मिलेंगी।

सच्ची मस्ती तो उसी में होगी जो आत्म-बल से जीएगा। शरीर बल से न तो दबेगा, और न किसी को दबाएगा। निडरता से हर स्थिति का सामना करेगा। सच्ची ख़ुमारी उसी हिन्दुस्तानी को रहेगी जो राष्ट्र के हालात से डूब गया होगा, और जिसने ज़हर तक चख लिया होगा। ऐसा हिन्दुस्तानी अगर एक भी होगा तो वह सरकार को कड़े शब्द कह पायेगा और सत्ताधीशों को उसकी बात सुननी पड़ेगी। यह हमारी कोरी माँग नहीं, इसे हमारा अधिकार मानिए। यही हमारे भी मन की बात बतायेगा। जिनको हम अपनी सेवा के लिए लाते या चुनते हैं, उनसे हमें माँगना नहीं, लेना होगा। ऐसे लेने या पाने की हममें ताक़त होनी चाहिए।

ऐसी हिम्मत और ताक़त उसी में होगी...

- जो अँग्रेज़ी भाषा का उपयोग ज़रूरत या मजबूरी पर ही करे।
- जो वकालत का ही पेशा चुनते हैं, वे अपनी समझ से नीति और सत्य का ही साथ दें।
- जो वकील बनते हैं वे अपने ज्ञान का उपयोग सिर्फ़ लोगों को समझाने और लोगों की आँखें खोलने के लिए ही करें।
- जो वकील हो ही गये हैं, वे वकालती कार्यवाही की भाषा को आम लोगों के लिए आसान बनाने में लगें। झगड़ों में पक्ष न ले कर निष्पक्ष झगड़े सुलझाने में लगें।
- वकील जैसे पक्षपात छोड़ सकता है, वैसे ही न्यायाधीश भी पक्षपात को त्याग सकता है।
- जो डॉक्टर होते हुए भी पेशे की गरिमा बनाये रखें। बीमार को नुगरी काया के पचड़े में डालने के बजाय, बीमार के मन और आत्मा

को छुए। बीमारी की शोध-खोज करके बीमार को तन्दुरुस्त बनाने की कोशिश में लगें।

- जो डॉक्टर ख़ुद किसी भी पन्थ-मज़हब का हो मगर अँग्रेज़ी फार्मेसियों में जीवों पर निर्दयता से बनायी दवाओं पर रोक लगाये।
- जो डॉक्टरी को बीमार की सेवा माने। बीमार को बीमारी का सही कारण बताये। उनको बेवजह दवाएँ न दे। जीवन-मरण का चक्र समझे और समझाये।
- जो धनी होने पर भी समझे और समझाये कि 'पूत-कपूत तो क्यों धन संचय, पूत-सपूत तो क्यों धन संचय'।
- जो धनी हैं वे समाज की ज़रूरतों के लिए धन-न्यासी बनें। समाज के उत्थान में ख़र्च करें। स्वदेशी को बढ़ावा दें।
- हर वह हिन्दुस्तानी जो कथनी-करनी का भेद मिटाने में लगेगा। जो पश्चाताप के, प्रायश्चित के और शोक के समय को समझेगा।
- हर वह हिन्दुस्तानी जो दूसरों का कुसूर निकालने से पहले, ख़ुद के अन्दर झाँकेगा। ख़ुद का कुसूर दूर करने को ही हिन्दुस्तान का हित मानेगा।
- जो हिन्दुस्तानी सही-ग़लत, नैतिक-अनैतिक और सम्मान-अपमान के अन्तर को समझेगा और गाँठ बाँध लेगा। जाने-अनजाने में हुए सही-ग़लत की सज़ा-माफ़ी के लिए भी तैयार रहेगा।
- जो हिन्दुस्तानी यह समझेगा कि अपने अधिकारों के लिए जेल भी जाना पड़े तो उसमें कोई ख़राबी नहीं है।
- जो हिन्दुस्तानी यह समझेगा कि कथनी से करनी ही भली है। निडर होकर अपने मन की बात कह सकेगा और नतीजे सहने के लिए तैयार रहेगा। हमारे कहने का असर भी तभी हो सकेगा।
- जो हिन्दुस्तानी यह समझेगा कि हमारे दुख सहने का आत्म-बल ही हमें अपनी असल आज़ादी दिला सकता है।

- जो हिन्दुस्तानी यह समझेगा कि जिस पामाल सभ्यता को हमने आजतक अपनाया हुआ है उसका पाप धो डालने के लिए हमें काले पानी तक की सज़ा भी भोग लेनी चाहिए।
- जो हिन्दुस्तानी यह समझेगा कि कोई भी राष्ट्र दुख सहन किये बिना सुखी, या ऊपर नहीं उठा है। लड़ाई के मैदान में भी कसौटी दूसरे को मारने से ज़्यादा दुख कम करने की ही होती है। ऐसा ही सत्याग्रह के लिए भी माने।
- जो हिन्दुस्तानी समझेगा कि यह बहाना भर ही है कि 'जब सब लोग करेंगे, तब हम भी करेंगे।' हम तो इसलिए करें क्योंकि हमें वही ठीक लगता है। और जब दूसरों को ठीक लगेगा, तब वे करेंगे। सही करने का सच्चा रास्ता भी यही है। जैसे स्वादिष्ट भोजन देखने पर हम दूसरों के चखने-खाने का रास्ता नहीं देखते। ऐसे ही राष्ट्र के लिए प्रयत्न करते रहना, और दुख सहने के लिए तैयार रहना भी स्वादिष्ट भोजन की तरह ही समझें। लाचारी में करना, या मन मार कर दुख सहना कोई आत्म-बल नहीं माना जायेगा।

ऐसे हम कब हो पायेंगे? हमारे पूर्वग्रहों का अन्त कब आयेगा?

आप फिर भूल कर रहे हैं। सबकी न तो मुझे चिन्ता है और न ही परवाह है। न ही आपको ऐसी चिन्ता होनी चाहिए : 'आप अपना देखिये, मैं अपना देख लूँगा।' ऐसी सोच अक्सर स्वार्थी मानव की मानी जाती है। लेकिन यही परमार्थ वचन भी है। अगर मुझमें रोशनी आयेगी, अपना नीतिपूर्ण भला करूँगा तभी तो दूसरे का भला करने की नैतिक स्थिति में आ सकता हूँ। अपना कर्तव्य मैं निष्ठा से निभाऊँ, इसी में सारे कामों की सिद्धि समायी है।

आपसे विनयपूर्वक विदा लेने से पहले फिर एक बार यह दोहराने की इजाज़त चाहता हूँ :

- अपने मन का राज चलाना, या मन पर राज करना ही स्वराज है।
- उसकी कुंजी सत्याग्रह, आत्म-बल और करुणा बल में है।
- 'स्वेच्छिक मज़दूरी, स्वेच्छिक ग़रीबी' से समाज में आदर्श स्थापित हो।
- इन बलों को आज़माने और अपनाने के लिए स्वदेशी के गर्व को पूरी तरह अपने जीवन में उतारने की ज़रूरत है।

हमें जो करना है, वह हमें करना चाहिए। हमें जो भी करना हो वह इसलिए न करें कि हमारे मन में किसी के प्रति द्वेष हो, तिरस्कार करने या सज़ा देने की भावना हो। मगर अपना कर्तव्य समझ कर करें। मान लो राजनीति हम पर अनीति करती है, हम पर ज़रूरत से ज़्यादा कर लगाती है, अयोग्यता को बढ़ावा देती है, सत्ता की तानाशाही दिखाती है तो हमें जब हमारा मन करे, हम अपनी बात असहयोग करते हुए सत्याग्रह से रख सकें। यह हम इसलिए नहीं करें कि हमारे मन में दुर्भावना है, बल्कि इसलिए करें क्योंकि यही लोकतन्त्र का प्राकृतिक स्वभाव है। अँग्रेज़ी के बजाय हिन्दी और अन्य मातृभाषाओं को बढ़ावा दें। स्वदेशी पर गर्व करें। हिन्दुस्तान की राजनीति से मेरा कोई द्वेष नहीं है। बस उस राजनीति को सच्ची श्रद्धा से, नैतिक इच्छा से और साफ़ मन से हिन्दुस्तान की सेवा में लगना होगा। हमें मानना होगा कि पश्चिम के लोगों से हमारा कोई बैर नहीं, लेकिन समझना यह भी होगा कि पश्चिमी सभ्यता हिन्दुस्तान के लिए किसी काम की नहीं है। उसकी लत में पड़ने से और उस पर बावले होने से बचना होगा।

मेरा पक्का मानना है कि हिन्दुस्तान ने स्वराज के सच्चे मायने समझे बिना, उसे केवल शब्द मात्र में ही अपनाया। इसलिए मेरा यह प्रयास और प्रयत्न, जैसा मैंने समझा उसे ही आपसे यहाँ साझा करने की कोशिश रही है। मैं अपनी अन्तरात्मा और ज़मीर को साक्षी मान कर ऐसे समाज को पाने के लिए सदा समर्पित रहूँगा।

सन्दर्भ-ग्रन्थ सूची

- *गीता प्रवचन*; विनोबा भावे
- *हिन्द स्वराज्य*; मोहनदास करमचन्द गाँधी
- *मंगल प्रभात*; मोहनदास करमचन्द गाँधी
- *Gandhi : Hind Swaraj and Other writings*; Anthony J. Parel
- *Gandhi's Philosophy and Quest for Harmony*; Anthony J. Parel
- *सत्य के प्रयोग*; मोहनदास करमचन्द गाँधी
- *अज्ञान भी ज्ञान है*; अनुपम मिश्र
- *Collected Works of Mahatma Gandhi*; Indian Government
- *Unto this last*; John Ruskin
- *Civil Disobedience*; Henry David Thoreau
- *यूरोपीय सभ्यता का स्वरूप और उसका भविष्य*; बनवारी
- *भारत का स्वराज्य और महात्मा गाँधी*; बनवारी
- *एक था मोहन*; सोपान जोशी
- *मेरे गाँधी*; नारायण देसाई
- *Essays on Tradition, Recovery and Freedom;* Dharampal